ullstein

Das Buch

In Amsterdam hat Lchen ihre neue Liebe gefunden. Denkt sie. Doch schon auf der Heimreise kommen ihr Zweifel: Ist Dick, der Holländer, wirklich der Richtige? Zuhause holen alte Gefühle sie wieder ein. Für 119, den Mann aus Hamburg. Sie ist noch nicht über ihn hinweg…

Dick kämpft um Lchen. In seinem kleinen Häuschen am Kanal behandelt er sie wie eine Prinzessin. Sie feiern Weihnachten zusammen, Silvester, Ostern… Dick malt gerade Eier an, als Lchen endlich klar wird: Sie liebt diesen Mann. Sie will mit ihm leben. Sie ist *glücklich*! Aber sie kommt nicht mehr dazu, ihm das zu sagen. Wenig später, sie ist zurück in Hamburg, klingelt ihr Telefon: Es ist Dick, der sagt, dass er verheiratet ist.

Jetzt ist Lchen dran mit Kämpfen. Sie tut alles, um Dick von ihrer Liebe zu überzeugen. Sie fährt – Spinnenphobie hin, Bandscheibe her – sogar mit ihm zelten. Und ihr größter Wunsch erfüllt sich: Dick verlässt seine Frau, er kommt zu ihr nach Hamburg. Das Happy End – oder geht die Geschichte da vielleicht erst richtig los? Mitbewohner Curd Rock hat schließlich auch ein Wörtchen mitzureden…

Die Autorin

Conni Lubek absolvierte ein Psychologiestudium sowie eine Ausbildung zur Drehbuchautorin und war zehn Jahre lang Werbetexterin in einer großen Hamburger Agentur. *Entlieben für Fortgeschrittene* ist ihr zweiter Roman. Ebenso wie ihr Debütroman *Anleitung zum Entlieben*, der auf Anhieb ein Bestseller wurde, basiert er auf ihrem Internet-Tagebuch. Das hatte schon 400.000 Besucher und wird – gemeinsam mit Co-Autor Curd Rock – weiterhin von ihr geführt (www.blogigo.de/Lapared).

Der Co-Autor

Curd Rock – der auch im Buch als Curd Rock auftritt – lebt und arbeitet auf einer weißen Couch im Herzen Hamburgs. Er hat Philosophie, Germanistik und Atomphysik studiert.

In unserem Hause ist von Conni Lubek bereits erschienen:
Anleitung zum Entlieben

Conni Lubek

Entlieben für Fortgeschrittene

Roman

Ullstein

Besuchen Sie uns im Internet:
www.ullstein-taschenbuch.de

Umwelthinweis:
Dieses Buch wurde auf chlor- und säurefreiem Papier gedruckt.

Originalausgabe im Ullstein Taschenbuch
1. Auflage November 2009

Umschlaggestaltung: Conni Lubek und HildenDesign, München
Titelabbildung: © Conni Lubek (Foto von Curd Rock)
Foto Umschlagrückseite und sämtliche Fotos im Innenteil: © Conni Lubek
Ausnahmen: S. 294/295 oben (ohne Curd): © zodak, www.flickr.com
(Thank you, zodak!)
S. 294/295 unten (ohne Curd): © James Carroll Lambert (Thank you, Jim!)
Die Urheberrechte an der Figur Curd Rock liegen bei der Autorin.
Satz: KompetenzCenter, Mönchengladbach
Gesetzt aus der Times
Druck und Bindearbeiten: CPI – Ebner & Spiegel, Ulm
Printed in Germany
ISBN 978-3-548-26808-8

Die Liebe ist langmütig und freundlich, sagt die Bibel. Sie verträgt alles, sie glaubt alles, sie hofft alles, sie duldet alles. Die Liebe hört niemals auf.

Dass die Liebe *klug* ist, hat doch kein Schwein gesagt.

Vorwort

Ich bin ein reicher Mensch. Und ich werde es immer bleiben. Selbst dann, wenn ich vielleicht eines Tages mit einer Kamelhaardecke auf den Knien zwischen anderen armen alten Schachteln im Pflegeheim sitze und Hagebuttentee aus einer Schnabeltasse trinke. Wenn man mir allmorgendlich eine Bettpfanne unter den Po schiebt und einmal monatlich ein Karnickelchen in den Schoß setzt, damit ich was zum Streicheln habe. Ich werde reich sein. Reich und stolz, denn ich besitze einen Schatz. Einen Schatz Erinnerungen. Erinnerungen, die in meinen Zellen gespeichert sind, in meinem Blut, in meinen Knochen, dort, wo sie selbst vor Alzheimer sicher sind, dem gemeinsten aller Räuber. Ich wurde geliebt. Ich wurde angebetet. Ein wunderschöner, lieber, kluger, blonder Mann hat mir einst sein Herz zu Füßen gelegt. Er hat mich geliebt, so wahnsinnig, so über alle Maßen, wie ein Mensch wohl nur dann lieben kann, wenn seine Liebe nicht erwidert wird. So lange tat er alles, alles, alles für mich. Kompliziert wurde es erst, als *ich* ihn ebenfalls zu lieben begann. Aber daran werde ich nicht mehr denken als alte Schachtel. Ich werde jeden Abend vorm Einschlafen das Kästchen aus dem Bettschrank nehmen und sie einen Moment lang in den alten, zitternden, aber manchmal noch erstaunlich kräftigen Händen halten. Seine Eier.

*Seine Eierchem? **Meime!** Für mich hatte er sie gemacht, für mich, bezaubermden kleinem Curd Rock…*

Der Beginn einer langen Reise

Nun fuhr ich also wieder nach Hause. Nun war es schon wieder vorbei. Ich saß im Zug von Amsterdam zurück nach Hamburg.

Erst drei Tage war es her, da war ich dieselbe Strecke in entgegengesetzter Richtung gefahren. Ich hatte aus dem Fenster in die aufziehende Nacht gesehen. Das weite, flache Land, die ersten Sterne. Und später, als draußen alles in Dunkelheit versunken war, hatte ich in der Spiegelung der Scheibe meinen Tränenfluss verfolgt. Ein Spektakel. Ich sah zu, wie sich die Tränen zunächst an der unteren Lidkante meiner Augen lautlos sammelten. Um dann beim nächsten Lidschlag schwarz von Mascara in die Tiefe zu stürzen. Verwegen. Dramatisch. Nicht vorsichtig wie etwas weiter unten der Schnodder, der sich langsam abseilte, den man bis fast zuletzt wieder hochziehen konnte.

Vor drei Tagen, auf der Hinfahrt, hielt ich das Geschenk eines Mannes in den Händen, den ich in den vergangenen Jahren geliebt hatte. Und er mich nicht. Er mich nicht. Drei Jahre lang hatte ich an ihm gehangen. Immer, wenn ich gehen wollte, hatte er mich zurückgeholt. Im letzten Moment. Durch kleine Aufmerksamkeiten, einen ungewohnten Blick, eine zärtliche Berührung, eine Ecke meines präferierten Streichkäses in seinem Kühlschrank. Irgendwas, das unverbindlich und doch so interpretationsfähig war, dass es auf dem Nährboden meiner unendlichen Phantasie, meiner unendlichen *Dämlichkeit*, Hoffnung keimen ließ.

Vor drei Tagen hatte ich mich dann auf die Reise zu einem anderen Mann gemacht. Vor drei Tagen saß ich im Zug von

Hamburg nach Amsterdam und wieder, wieder hatte ich so ein Rückhol-Geschenk bekommen. Angesichts des Ernstes der Lage war es diesmal etwas verbindlicher ausgefallen. Kein Streichkäse. Ein Ring, vermutete ich stark. Ich hielt das Kästchen mit der roten Schleife in der Hand, seit Hamburg hielt ich es, aber ich machte es nicht auf. Diesmal nicht. Diesmal habe ich etwas zu verlieren, hatte ich gedacht und mir dabei fest in die verquollenen Augen in der Scheibe geschaut. Weitere Tränen waren über die Lidkante in die Tiefe gestürzt und in dem dicken Stoff des neuen Mantels versickert, den ich für die Reise extra angeschafft hatte. Nebst Unterhosen. Hinter meinen Augen draußen in der Dunkelheit lag Holland. Wir waren über der Grenze, schon eine Weile. Ich schluchzte noch bis kurz vor Enschede, dann verstaute ich das Kästchen unausgepackt in meinem Trolley und stand auf, um mir die Wimperntusche zu erneuern. Für den neuen Mann, den ich nicht gleich wieder verlieren wollte. Warum nicht, war mir im Moment entfallen.

Im Bahnhof von Amsterdam war der neue Mann neben dem einfahrenden Zug hergelaufen. Ich sah ihn durchs Fenster, sein Gesicht war angespannt, seine Augen suchten mich. Er war nicht sicher, ob ich im Zug sein würde. Ein kluger Mann. Tatsächlich war ich in Enschede kurzerhand ausgestiegen und hatte einen Moment lang mit meinem Trolley auf dem Bahnsteig gestanden. Aber es war ein so trostloser Bahnsteig, es gab nicht mal einen Snackautomat. Ich stieg zurück in den Zug und fuhr weiter nach Amsterdam Centraal.

Der neue Mann entdeckte mich erleichtert. Er strahlte, winkte und berührte, als wir langsamer wurden, mit der Hand die Scheibe. Ich legte meine Hand von innen gegen seine und lächelte. Ich bin nur hier, weil es in Enschede keine *Scheiß*schokoriegel gab, sagte ich dabei. Er strahlte.

Kurz darauf schloss er mich in die Arme und plötzlich erkannte ich ihn wieder. Den Mann, mit dem ich schon einige Male geschlafen hatte, das reinste Vergnügen. *In dessen Armen* ich schon einige Male geschlafen hatte, das reinste Glück. Ich erkannte ihn, wie manche Tiere ihre Partner oder Jungen aus Zehntausenden anderen am Geruch erkennen, noch nach Jahren, lebenslang. Ich erkannte ihn. Ich spürte mein Herz rasen, hörte mich lachen und seinen schönen Namen sagen. Dick! Ich war verliebt in diesen Mann, ich war verliebt, verliebt, verliebt! Es war mir im Zug nur kurz entfallen, nur entfallen.

Drei Tage war das nun her. Drei Tage hatte ich mit Dick in Amsterdam verbracht. In seinem nach warmer Milch duftenden Zwergenhaus am Kanal. Nun saß ich im Zug und fuhr wieder zurück. Wieder sah ich aus dem Fenster, wieder brach die Nacht herein. Ich betrachtete das Gesicht einer Mitreisenden in der Spiegelung der Scheibe. Einer blassen, streng frisierten Dame mittleren Alters, die ununterbrochen lächelte wie eine Nonne, der Jesus erschienen war. Nackt. Ich schob mir beide Zeigefinger tief in die Nase. Die Dame lächelte ungerührt weiter und popelte ebenfalls. Keine Frage, diese Dame war ich. Mein Gott, *ich*! Lchen glücklich! Selig! Das hatte die Welt noch nicht so oft gesehen.

Es war schöm bei meim
neuem Freund Dick.

Aber jetzt will ich
wieder nach Hause zu
meim altem Freund 119…

Umd zu meim geliebte Couch.

Die gemeine Saat

Ich beschloss, mein Glück zu feiern. In Münster in Westfalen. Mit der Person, die auch in finsteren Zeiten immer für mich da gewesen war. Meiner Schwester. Ich rief sie an, und als mein Zug in ihrer Heimatstadt stoppte, nahm sie mich auf dem Bahnsteig freudig in Empfang. Ich konnte es kaum erwarten, mit ihr auf dem Designersofa abzuhängen, Rotwein zu trinken (oder vielleicht sogar Prosecco?) und kichernd die Details meines Sexlebens mit ihr zu teilen.

»Also, wovon lebt er?«

Meine Schwester lehnte an der Spüle und aß biologische Puffreistaler.

»Kann er für dich sorgen? Ist er bereit, Verantwortung zu übernehmen und dich zu schwängern? Und vielleicht auch deine bezaubernde ältere Schwester? Ich hab diesen Scheißjob so satt, diese Kacknasen!« Huch. »Im Kühlschrank steht übrigens Saft…«

Saft.

Meine bezaubernde Schwester hatte offenbar einen bescheidenen Tag gehabt. Sie sah müde aus, sehr müde. Ihre schönen, großen, kurzsichtigen Augen blickten stumpf, und sie vergaß beinahe weiterzukauen.

»Tut mir leid«, sagte sie leise, »tut mir leid.« Ihr Kauapparat setzte sich zäh wieder in Gang. »Ich weiß, das passt jetzt eigentlich nicht, aber… Ich hab mich immer so angestrengt, um einen tollen Job zu kriegen…«

»Hast du doch auch, du bist Ober… Ober… dingensdirektorin…«

»Ich fühle mich wie ein Legehuhn in den letzten Zügen. Verbraucht und zu nichts mehr gut.«

»Coq au Vin?«, zwinkerte ich. So schnell gab ich nicht auf.

»Und ich bin schlimmer als diese Houellebecq-Männchen*!«

»Huch!«

»Nur, dass ich nicht alle 2 Sekunden an Sex denke, sondern ans Staubsaugen.«

»Du Ferkel!«

»Staubsaugen, kochen und…«, meine Schwester schluckte, »Kackwindeln wechseln.«

---

* Houellebecq-Männchen: arme, unglückliche Menschen, die durchschnittlich alle 2 Sekunden an Sex denken und ihn durchschnittlich alle 200 Jahre bekommen. (Anm. d. Red.)

»Scheiße.«

»Dieses ewige Sich-beweisen-müssen, Besser-sein-müssen… Warum versorgen uns Männer heute nicht mehr? Das geht viel zu schnell! Für unsere Mütter war es noch selbstverständlich, ihr Leben als Hausfrauen zu Hause zu verbringen. Für unsere Töchter wird es selbstverständlich sein, ihr Leben lang Konzerne zu leiten oder Länder zu regieren. Aber wir, wir sind die Generation dazwischen. Da muss man doch Rücksicht nehmen und uns erst mal nur die halbe Spielzeit auf dem Feld lassen…«

»Sollen wir vielleicht auf die Bank, ich meine…« Ich deutete zur Couch.

»Ich dachte immer, ich wäre ehrgeizig, ich wollte Karriere machen. Aber inzwischen glaube ich, ich wollte nur möglichst schnell zeigen, wie genial ich bin, um dann in Ruhe Hausfrau und Mutter sein zu dürfen.«

»Dreißig Jahre *Emma* für'n Arsch.«

»Im Ernst. Als Hannes sagte, dass er nun doch keine Kinder mehr will, habe ich mich gefühlt, als würde ich nachts nach dem Marathon geweckt, und jemand brüllt: Aufstehen! Weiterrennen! Ich bin so müde, so müde…«

Hannes war ihr Mann, bereits Opa und nicht mehr zeugungswillig.

»Ach, Häschen…, Hausfrau und Mutter sein ist auch anstrengend, erzählt man sich.«

»Aber konkurrenzlos. Diesen Job nimmt dir keiner wieder weg.«

Meine Schwester knibbelte selbstzerstörerisch an einem Pickel. Wie alle Frauen suchte sie die Schuld bei sich.

»Nur wegen Hannes. Warum habe ich mich auch mit einem Opa eingelassen.«

»Weil Opa noch rüstig und potent ist?«, steuerte ich das Gespräch sanft zurück in romantische Bahnen. »Und weil du zudem über beide Ohren verliebt in ihn bist?«

Meine Schwester sah mich schniefend an.

»Das stimmt. Das stimmt. Das ist das Wichtigste.« Nun lächelte sie schon wieder ein bisschen. »Aber manchmal eben nicht genug.«

Sie wischte sich eine Träne aus den schönen, kurzsichtigen Augen.

»Und dieser Dick…«

Endlich, endlich sprachen wir über mich. Mein neues Glück.

»Mal im Ernst, was ist das für ein Mann? Ist er gut für dich? Kannst du dich bei ihm ein bisschen ausruhen? Du hast dich genug angestrengt, Lchen.«

Plötzlich beschlich mich so ein Gefühl. Ein Gefühl, als hätten wir möglicherweise schon länger über mich gesprochen. Hm. Hm, hm, hm. Meine kluge, weitsichtige Schwester blinzelte.

»Wein?«

Kleine Schönheitsfehler

In der Nacht lag ich wach im Gästebett und dachte nach. Neben mir lag meine Schwester. Sie ließ Hannes heute allein im Ehebett und schlief bei mir, eine liebe Geste. Fand Hannes sicher auch, denn nach dem Wein sägte sie wie ein Matrose auf Landgang.

Ich dachte an den Tag im Freibad. Dick war in meinem

Leben aufgetaucht wie die kleine Meerjungfrau. Eingehüllt in das letzte Sonnenlicht war er aus den glitzernden Wellen aufgestiegen, im Schwimmerbecken. Ein Märchen. Und als er den Mund aufmachte, hatte er gerülpst. Quasi. Lass uns auf die Toilette gehen, sagte er genau genommen, kaum dass wir uns drei Sekunden kannten. Ein Märchen.

Und ich. Ich trauerte diesem Mann namens 119 nach (ja, ein komischer Name, aber das ist eine andere, eine *lange* Geschichte). Dem gemeinen Rückhol-Mann, der mich damals wieder mal wochenlang ungehindert meiner Wege ziehen ließ. Ich war nur schwimmen gegangen, um den letzten Molekülen nahe zu sein, die aus vergangenen Sommertagen vielleicht noch von ihm im Wasser schwammen. Ich stellte mir vor, dass er möglicherweise gepinkelt hatte beim Baden, und kleine Restpippiatome von ihm – Wochen nach unserer Trennung – sich mit kleinen Neupippiatomen von mir vereinen würden. Gut, ein eher spezieller Sinn für Romantik. Aber ich verspürte nun mal diesen fiesen Druck auf der Blase, seit ich im Wasser war. Eigentlich nett, dass Dick mir ein Rendezvous auf dem Klo vorschlug. Sehr empathisch.

Meine Schwester sägte. Sägte. Sägte. Ja, mein Glück hatte von Anfang an ein paar Schönheitsfehler gehabt. Ich war für Dick ein sexueller Schlüsselreiz, der seine Hirnfunktionen augenblicklich deaktivierte. Und er für mich ein Trostpflaster, das mich von meinem Liebeskummer ablenkte, und von einem Harndrang, einen Moment zumindest. So hatte es begonnen, damals im Freibad. Und nun versuchten wir auf der Basis von körperlicher Anziehung und gedanklicher Ablenkung eine Beziehung aufzubauen. Toll. Über eine Entfernung von 500 Kilometern. Ganz toll.

»Warum schläfst du nicht?«, flüsterte meine Schwester. Das Sägen hatte aufgehört.

»Weil du schnarchst«, flüsterte ich.

»Käse!«, flüsterte sie.

»Okay, dann versuche ich's schnell noch mal«, sagte ich. »Gute Nacht.« Ich drehte mich zur Seite. Nach zwei Sekunden drehte ich mich wieder zurück.

»Er ist nicht der Richtige!«

»Käse…«

Der Wein hatte meine Schwester milde gestimmt. Mich nicht.

»Er ist auf mich zugebrummt wie eine geile Hummel!«

Meerjungfrau gestrichen, Hummel. Geile Hummel.

»Na ja… Es war eben… Liebe auf den ersten Blick!«

»Liebe? *Liebe?* Du meinst, er hätte mich gesehen und sich gesagt, die Zufriedenheit und Sicherheit dieses Menschen liegt mir ebenso sehr am Herzen wie die meine, du denkst, er hätte…«

Meine Schwester fiel mir sanft ins Wort.

»Er hat dich erkannt… quasi. Du warst das, was er immer gesucht hat. Deine Worte. Er trug dein Bild schon lange in seiner Seele…«

»Ja, als ideale Wichsvorlage.«

Meine Schwester knipste die Nachttischlampe an und sah mich forschend an.

»Was ist denn plötzlich los mit dir? Vorhin hast du nur in den höchsten Tönen von ihm gesprochen…«

»Ich hätte doof sein können wie eine Tulpe.«

Meine Schwester grinste müde, knipste die Lampe wieder aus und drehte sich demonstrativ in Schlafposition. So was! Erst die Saat des Zweifels in meine Seele säen und jetzt pennen wollen.

Ich musste an Italien-Urlaube in unserer Kindheit denken, wenn wir zusammen in einem Doppelzimmer schliefen (daheim hatte jeder sein eigenes kleines Reich). An glutheiße Nächte, in denen wir starr wie Zahnbürsten auf den Betten lagen und dem Anflug der Mücken harrten. Eine von uns, bis auf den Schlüpfer nackicht, als lebendiger Köder mit der Hand am Nachtischlämpchen-Knipser – das übernahm meistens meine Schwester. Die andere, für Mücken unzugänglich, aber kurz vorm Ersticken, komplett unter der Bettdecke verborgen, mit Badeschlappen bewaffnet – den Job hatte ich. Wenn der Köder etwas anfliegen hörte, sagte er möglichst unaufgeregt »Alarm!«, wartete regungslos, bis die Mücke sich setzte, und knipste dann mit nur einer winzigen Bewegung seines Daumens das Nachttischlämpchen an. Der Späher, ich, sprang unter seiner Decke hervor, ortete blitzschnell die – wenn es nach Plan lief – vom Licht total überraschte und geblendete Mücke auf oder in unmittelbarer Nähe des Köders... und klatsch, erledigte sie! Es lief nicht nach Plan. Morgens hatten wir regelmäßig fünfzig Stiche mehr, jede, egal ob Köder oder Späher. Trotzdem waren wir ein eingespieltes Killerteam. Ach ja, schön war das, schön... Meine Schwester fing wieder an zu sägen.

»Und weißt du, was mich noch beunruhigt?« sagte ich.

Srrrrrrrzzzzz...

»Willst du wissen, was in dem Päckchen war?«

Meine Schwester saß im Bett wie eine Kerze.

»Ich denke, du hättest es nicht aufgemacht!? Vorhin hast du gesagt, du hättest es nicht aufgemacht! Es wäre nicht mehr wichtig! 119s Rückholtricks zögen bei dir nicht mehr, hast du posaunt! Angeberin!«

Ich erzählte meiner Schwester von dem Abend in Amsterdam. Als Dick und ich nach dem Schlittschuhlaufen gemütlich in der Badewanne lagen und den Tag ausklingen ließen, mit Musik. Zwischen uns das Bügelbrett mit einem Topf Zitroneneis, Wodka und einem leckeren Tütchen... ganz idyllisch. Als ich dann ein Foto von uns machen wollte, zur Erinnerung, für schlechte Zeiten, ohne Musik. Und ich Dick – als er den Anstand hatte, zum Pinkeln die Wanne zu verlassen – gebeten hatte, bei der Gelegenheit flink die Kamera zu holen. Aus meiner Tasche. Ich halte das Wasser warm, hatte ich gesäuselt.

»Ich hab's nicht aufgemacht! Dick hat das gemacht!«, verteidigte ich mich jetzt. »Er fand das Päckchen, als er in die Tasche griff, und dachte, es wär für ihn!«

»Oh. Und? Seid ihr zwei jetzt verlobt? Soll ich den Prosecco holen?«

Zu spät. Ich verriet meiner Schwester auch das beschämende Ende der Geschichte. In dem Päckchen war dann doch kein Ring gewesen, sondern ein Paar Holzschuhe. Für Curd Rock*. Kleine Holzschühchen, passend für Curds hinreißende Cornichonfüße. Ja, knapp daneben. Und ein Brief war auch dabei, die Erinnerung schnitt mir ins Herz wie ein chinesisches Kochmesser in Blumenkohl.

»Er hat mir *Glück* gewünscht! Glück für die Reise... und Glück mit dem neuen holländischen Mann... Glück!«

»*Glück?* So ein Schwein!«

---

* Curd Rock: Rockstar, Stil-Ikone, Universalgenie – Stofftier nur äußerlich. (Anm. d. Red.)

»Es war kein Rückholgeschenk, es war… ein Tritt in den Arsch.«

»Ach Lchen, armes Lchen… Aber hübsch verpackt!«

»Ich hätte es *nicht* aufgemacht, nie! Ich hätte es *ungeöffnet* zurückgebracht. *Geschickt!* Per Post *ungeöffnet zurückgeschickt!«*

»Ganz klar.«

»Aber jetzt wird es immer so aussehen, als wäre Dick nur der zweite Preis. Als hätte ich mich nicht bewusst und proaktiv für ihn entschieden, sondern den genommen, der übrig war.«

»Lchen, hör mal…«, meine Schwester setzte ihre Ich-gebe-dir-einen-weisen-Rat-Miene auf und strich mir sanft über den Kopf. »Drauf geschissen.«

»Verstehe.«

»Nacht.«

»Nacht.«

*Die Schuhchem hat mir meim alter Freumd 119 geschemkt…
für meim Besuch bei meinem neuen Freumd Dick. Wenn wir wieder zu Hause simd, muss ich sofort zu 119 laufem umd mich bedamken.*

Anflug der Killerzweifel

Richtig. Drauf gepfiffen. Es ist doch ganz egal, warum man sich anfänglich für einen Menschen entscheidet. Viel wichtiger ist, warum man ihn behalten will, warum man bleibt. Auch später, wenn Realität in die rosaroten Bilder sickert. Und ich blieb sehr lange bei Dick. *Sehr* lange.

Aber damals auf der Rückreise hatte ich noch so meine Zweifel. Sowohl von seiner als von meiner Seite erschien mir die Sache nicht ganz koscher. *Deshalb* war ich in Münster ausgestiegen. Deshalb. Ich hatte Angst vor der Ernüchterung, die sich vielleicht in Hamburg einstellen würde. Angst, dass dieser Dick doch wieder nicht der Richtige war. Schon wieder nicht. Angst, dass ich vielleicht nie nie *nie* jemanden fände. Dass es an mir lag. *Mir.* Gab ja die dollsten Sachen.

Dabei hatte ich mich in Amsterdam, in Dicks Armen, so glücklich gefühlt. So ruhig, so sicher, so… *endlich zu Hause.* Aber vielleicht hatte das ja gar nicht an Dick gelegen, sondern an Mehmet. Mehmet war auch ein sehr attraktiver Mann, wenn man nicht unbedingt auf Zähnen bestand. Und vor allem war sein Coffeeshop sehr gut sortiert. Ich hatte mich vielleicht gar nicht verliebt, sondern nur zu viel Hasch geraucht. Auweia. Auweia, auweia, auweia. Im Moment konnte ich ihn richtig spüren, den Anflug der Killerzweifel… Sirrrrrr… Und ein bisschen enttäuscht war ich genau genommen ja doch, dass das Päckchen nicht für mich, sondern Curd gewesen war… Siirrrrr… ein bisschen zu sehr vielleicht… Siirrrrrrr… wie Heuschrecken fielen die Zweifel über meine neue Liebe her… Siiiirrrrrrrrr… gefräßig wie afrikanische Riesenheuschrecken in einem Grünkohlfeld... SIIIRRRRRRRRRRRRRR...

»Ist das Ihr's?«

Erschrocken fuhr ich hoch. Zwei Augenpaare sahen mich unter gehobenen Brauen und durch goldgefasste Glasbausteine vorwurfsvoll an. Ich saß wieder im Zug Richtung Hamburg. Zusammen mit zwei bezaubernden alten Damen, augenscheinlich Schwestern, die sich nach dem Verzehr von Eierbroten und Bananen, deren Duft mich fast ins Nirwana befördert hätte, nun offenkundig vom Klingeln meines Handys gestört fühlten... SIIIIRRRRRRRRRRRRRRRRR... hastig kramte ich es aus meiner Manteltasche...

»DICK???« Ich klang wie ein Pinscher in Todesangst.

»Was ist los, Schatz? Wo bist du?«*

»Hinter Münster! Dick, ich liebe dich!«

Die beiden Damen lächelten.

»Ich liebe dich auch, Schatz! Wie ist Hintermünster? Warum bist du nicht in Hamburg?«*

»Ich liebe dich, aber auf der Rückfahrt hab ich Angst bekommen, dass ich dich in Hamburg nicht mehr liebe! Und da bin ich in Münster ausgestiegen!«

Die Damen vertieften ihre Nasen wieder tief in ihre Julia-Romane.

»Das war sehr umsichtig von dir. Gut gemacht!«*

»Aber... das ist doch keine Lösung! Dick, das ist keine Lösung!«

»Wir werden schon eine Lösung finden, Lchen. Und wenn nicht, dann liebst du mich eben nur in Amsterdam.«*

»Meinst du, das ginge?«

»Wir müssten es versuchen. Wir fangen in Amsterdam an, und dann sehen wir weiter.«*

»Eigentlich ist Amsterdam ja auch schon ganz schön… groß.«

»Riesig!«*

»Stell dir vor, ich würde dich nur in Enschede lieben oder in Appeldorn, du hast Glück.«

»Großes Glück, du machst mich sehr glücklich…«*

»Ich liebe dich in Amsterdam, Schatz.«

»Ich liebe dich überall, Schatz.«*

Das war auch so ein Punkt. Ein Punkt, der mir noch einige Sorgen bereiten würde. Meine Gefühle für Dick waren in den ersten Monaten stark ortsabhängig. Ich liebte ihn in der Tat nicht überall. Und am wenigsten in meiner Wohnung.

Vor meiner Antrittsreise nach Amsterdam hatte Dick mich dort ja schon zweimal besucht. Dabei hatte sich herausgestellt, dass ich nach spätestens anderthalb Tagen wünschte, er würde beim Milchholen im PENNY-Markt von den Taliban entführt. Ich war trotzdem guter Dinge, dass das was würde mit uns. Was Richtiges. Denn kaum waren wir getrennt, fehlte er mir so. Auch diesmal wieder. Noch am Abend meiner Rückkehr aus Amsterdam sehnte ich mich nach ihm, und wie.

»… wie… wie… wie ein zum humdertstem Mal als Darmbazille wiedergeborener Ex-Diktator nach Erlösumg, verschehsu?« Ich lächelte verzaubert von meinem eigenen Sinn für Romantik.

»Verstehe.« Meine Freundin Frau D., die mich am Bahn-

---

* Dicks Sprache: Durch seine Mutter, die Deutschlehrerin war, spricht der Holländer Dick zwar fehler-, aber nicht akzentfrei deutsch. Denken Sie an Rudi Carrell. Rudi Carrell, der seit zwölf Jahren unterm Hemd ein Halsband trägt, durch das er bei jedem Fehler einen Elektroschock bekommt. (Anm. d. Red.)

hof abgeholt und mal wieder zu einem Getränk überredet hatte, nickte.

»Aber wenn er hier ist, macht er mich platt wie… wie… wie eim Kuhfladen eime Lilie!«, sagte ich innerlich gebrochen.

Frau D. sah versonnen auf ihr Glas.

»Wo Kühe kacken, wachsen keine Lilien, Lchen«, sagte sie dann. Voll wie eine Strandhaubitze überwachte Frau D. trotzdem immer noch Stringenz und Logik meines Vortrags.

»Aber ich weiß, was du meinst«, sagte sie dann milder. »Es fühlt sich an, als wenn der kleine funkelnde Stern, zu dem du sehnsüchtig aufschaust, plötzlich als glühender Meteorit in dein Wohnzimmer kracht.«

Oder so.

»Kawumm«, sagte Frau D., lächelte und hob ihr Glas.

Sie hatte so, *so* recht. Es gab eben Männer, die in der Ferne schön waren, aber in der Nähe irgendwie… zu viel.

»Kawnn«, wiederholte ich traurig. Vielleicht war *ich* auch die Haubitze.

Wir nahmen trotzdem noch ein allerallerletztes Getränk.

Die Luft war herrlich klar und kühl, als ich danach durch mein ausnahmsweise schlafendes Viertel nach Hause schlich. Es musste diese Stunde zwischen vier und fünf Uhr morgens sein. Nach den letzten Nachtschwärmern und vor den Straßenkehrern, die ihre Spuren beseitigten. Ich dachte an Dick. In Amsterdam war alles so einfach gewesen. So schön. Habe ich erzählt, dass er für uns ein Boot aufgetrieben hatte? Das alte Holzboot eines Nachbarn, mit dem wir dann nachts durch Amsterdams Kanäle getuckert waren? Grachten, besser gesagt, Grachten werden sie von Fachkundigen genannt.

Es war kalt, aber er selbst merkte offenbar nichts davon. Er trug nur diese dünne blaue Jacke, die übrigens sehr vorteilhaft aussah zu seinem blonden Haar. Sein Gesicht war ganz ernst und konzentriert, weil er das auch noch nie gemacht hatte, nachts durch Grachten tuckern. Und weil der alte Kahn anscheinend nur mit Mühe zu steuern war, aber ernst und konzentriert stand meinem Schatz auch sehr gut. Sehr gut. Captain Dick hatte ich ihn genannt. Captain Dick, wir haben eine Eisbergwarnung. Er hatte nicht geantwortet, nur ganz leicht geblinzelt. Es gibt Leute, die einfach nicht aus der Geschichte lernen, hatte ich weiter gescherzt. Captain Dick ließ sich gar nicht ablenken. Sehr sexy.

Trotzdem hätten wir einmal fast ein Hausboot gerammt. Wir waren so nah, dass ich sehen konnte, dass die Frau, die drinnen am Computer saß, auf eBay war. *Drei, zwei, eins... Rums*, hatte ich gekichert. Und wenig später, als uns dieser nächtliche Grachtendampfer zweimal anhupte, hatte ich böse geguckt und *Scheißtouristen!* geschimpft. Ach ja, immer witzig, das Lchen.

Ich hatte mir nicht die geringsten Sorgen gemacht, dass uns etwas zustoßen könnte in unserem Bötchen. Ich traute Captain Dick vollkommen. Ich hatte einfach dagesessen, eingehüllt in Decken, und mich beim Anblick all der niedlichen Häuschen, Schiffchen, Brückchen fast eingenässt vor Entzücken. Wie Audrey Hepburn als ausgebüchste Prinzessin bei ihrer legendären Rom-Sause, wie in »Ein Herz und eine Krone« kam ich mir vor. Aller Pflichten und Verantwortung enthoben. Dick verlangte nichts von mir, nur glücklich gucken, nur entzückt sein. Und vielleicht auch ein bisschen entzück*end* sein. Also, keinen Broccoli beim Lächeln zwischen den Zähnen entblößen, nicht schlecht riechen und so. Ich hatte mich in Amsterdam nur um meine Körperpflege gekümmert. Herrlich war das gewesen, herrlich… Glück, jetzt so im Nachhinein gesehen.

Ich blieb stehen. Ich sah zu den Sternen. Das tat ich sonst nie in Hamburg, wer guckt schon zu Hause zum Himmel. Es zog mir bis tief in die Eingeweide vor Sehnsucht. Und in die Zähne.

»Na, ihr…!?«, flüsterte ich. »Bleibt mal schön da oben!«

Der Stern auf meiner Couch

Dick gegenüber äußerte ich mich nicht ganz so klar. Und als er kurz darauf am Telefon sagte: »Schatz, ich vermisse dich so«, sagte ich: »Schatz, ich vermisse dich auch so.« Die reine Wahrheit, so weit. Und als er danach sagte: »Schatz, ach, weißt du was, dann komme ich morgen einfach, was sind schon fünf Stunden Fahrt!«, da sagte ich: »Nun… Nun… das wäre… das ist… *toll*!« Und dachte: Oh Gott! Ohgottohgottohgott.

Als Dick dann vor der Tür stand, war ich nicht da.

Ich selbst hatte bei meiner Ankunft in Amsterdam meinen Namen auf den Fußboden geschrieben vorgefunden. In Kerzenlicht. Hundertfünfzig brennende Teelichterchen strahlten mich an: Willkommen Lchen. Und flackerten ganz aufgeregt, als Dick mit mir das Zimmer betrat. Er schloss die Tür hinter uns, und die Flämmchen beruhigten sich. Strahlten nur noch. Und ich dann auch, über alle Ohren. Ja, so war das, als Lchen Dick besuchte, romantisch. Als Dick Lchen besuchte, empfing ihn ein Post-it an der Tür: »Schlüssel im

Käseladen!« stand darauf. Romantisch höchstens, wenn Stevie Wonder zwischen Brie und Leerdamer am Flügel gesessen und »You are the sunshine of my life« gesungen hätte. Aber das hatte ich in dem Stress nicht mehr hingekriegt.

Das muss man natürlich auch sehen. Die Hintergründe. Zum Zeitpunkt von Dicks Besuch befand ich mich in einer wirklich angespannten Situation. Ich musste arbeiten. Ich war »gebucht«.

Ich verdiente mein Geld als freiberufliche Kreative in der Werbebranche. Einer Branche, für die ich so viel Eignung mitbrachte wie ein Elefant zum Eiskunstlaufen. Es mangelte mir an Leichtigkeit, Schnittigkeit, Esprit, was ich natürlich zu verbergen suchte. Äußerlich war ich nach all den Jahren einigermaßen angepasst. Aber mein Denken hatte immer noch diese schlimme ostwestfälische Behäbigkeit (ich kam doch aus Paderborn). Vor jedem Auftritt graute mir. Nachts träumte ich, dass jemand aufstand und rief: »Was macht denn das dicke Tier in dem Paillettenkleid auf dem Eis?« Ich war daher nervlich ein bisschen angegriffen, als Dick mir auf die Pelle rückte.

Piep! Als er simste, dass er soeben die Elbbrücken passiert hätte, saß ich gerade an so einer Sache mit aufständischen Kirschen. Kirschen, die dafür demonstrierten, dass sie bei ihrer Umsiedlung in einen Joghurt nicht zermatscht würden, sondern als Früchte ihre Identität gegenüber dem Gastjoghurt bewahren durften. Wegen dieser meiner Meinung nach sehr, sehr vielversprechenden Kampagnen-Idee für einen Joghurt mit ganzen (ganzen!) Früchten, war ich ein wenig in die Thematik der Integrationspolitik gegenüber Zuwanderern eingestiegen. Im internationalen Staatenvergleich. Im Wandel der letzten zweitausend Jahre. Wie gesagt, Elefant.

Ich fand es nun mal wichtig, gründlich vorzugehen. Ideen brauchten ein Fundament, eine solide Basis gründlich recherchierten Wissens. So. Aber wahrscheinlich würde Olli, der gerade bei einem Nickerchen unterm Tisch lag, weil er die letzte Nacht in der Agentur verbracht hatte, wahrscheinlich würde Olli wieder mal sagen: Lchen, du denkst zu kompliziert. Wir zeigen einen Joghurtbecher, auf den plötzlich von oben eine Melone knallt, und sagen: Mit *ganzen* Früchten. Aber nicht mit allen. Irgendwie so was würde Olli vorschlagen. So einfach. Und viel besser.

Olli hatte immer die besseren Ideen. Aber er brauchte mich, um drauf zu kommen, ha! Durch mich erkannte er erst, was Scheiße war. Sein Genie wuchs auf meinem Mist. Meinem Elefantenmist. Wir waren ein Team, wir waren Partner, schon seit Ewigkeiten (mit einer kleinen, aber nicht weiter nennenswerten Unterbrechung). Deshalb konnte ich die Spur ruhig noch ein bisschen weiter verfolgen. Kirschen mit Migrations-Hintergrund, bestimmt brachte Olli das auf was, wenn er erwachte. Bestimmt.

Ich war also wegen dieser Frucht-Joghurtkampagne gerade mit dem Einfall der Hunnen zu Beginn der Völkerwanderung beschäftigt (*dem* großen historischen Migrationsphänomen!), als mein Handy piepte und Dick mir mitteilte, er stünde in spätestens zehn Minuten vor meiner Tür. Dick? Dick Dick Dick Dick… DICK!

Eigentlich hätte ich entspannt bleiben können. Ich hatte morgens ja bereits damit gerechnet, dass ich nicht rechtzeitig zu Hause sein würde, deshalb hatte ich den Schlüssel im Käseladen hinterlassen. Aber plötzlich ging mir auf, dass ich vielleicht *gar nicht* heim konnte in dieser Nacht. Das Lämpchen war nämlich ausgegangen. Das Lämpchen, das innen drin anspringt wie das Flämmchen eines Durchlauferhitzers, wenn ein Mensch sich verliebt. Es war wieder aus. Ich liebte Dick nicht mehr. Das war mir schon peinlich, nachdem er meinetwegen gerade 500 Kilometer gefahren war. Ich konnte *unmöglich* nach Hause gehen, in meine Wohnung, wo Dick jetzt saß und sich auf Beischlaf freute. Voller Scham vertiefte ich mich wieder in die Völkerwanderung und die Früchtewelt. Ich war vielleicht eine Pflaume. Aber eine ganze.

Eigentlich wusste ich es schon seit Stunden. Seit ich den Schlüssel im Käseladen abgegeben und deswegen meinen Bus verpasst hatte. Im Taxi, auf dem Weg zur Agentur, im Stau, hatte ich plötzlich einen Stimmungseinbruch erlitten. Mein Mascara kullerte vom Gesicht auf den Busen. Grund meiner Verzweiflung war, dass ich zu spät kommen würde, das war ja auch traurig. Und dass Olli deshalb ohne Texte vorm Agenturchef sitzen würde. Dass er es dann möglicherweise leid sein würde mit mir. Endgültig. Weil ich nämlich nicht zum ersten Mal unzuverlässig wurde, kaum dass ein Mann aufkreuzte. Das kannte Olli schon, aus der Ära 119.

Ich hatte plötzlich Angst bekommen, dass Olli sich einen neuen Partner suchen würde, wie damals. Zumal sein Genie auf dem Mist jedes anderen ebenso gut keimte. Und schlagartig war mir klar geworden, dass ich Dick eigentlich doch nicht mochte. Dass ich wünschte, er käme nicht. Wünschte, er würde aus meinem Leben verschwinden und mich in Ruhe lassen. Nein, ich war keine dieser desperaten alten Scheunen, die beim ersten Funken lichterloh brannten. Ich würde nicht noch einmal Haus und Hof riskieren für das bisschen Pimmel! Na und, dann bliebe ich eben Single! Was war so schlimm daran, allein zu sterben? Sterben war so oder so scheiße, allein oder in Gesellschaft. Es gab nicht den geringsten Grund, diesen Holländer zu empfangen! So, wäre das geklärt, Lampe aus.

Das Problem war nur: Jetzt saß er in meiner Wohnung. Seit drei Stunden mittlerweile. Aber vielleicht verschwand er ja auch einfach wieder, wenn ich nicht auftauchte. Vielleicht hatte er die Nase längst voll und tuckerte schon wieder über die Elbbrücken Richtung Käseland. Ich meine, eine deutlichere, unmissverständlichere Abfuhr gab es ja eigentlich gar ni… PIEP!

*Schatz, bedankt voor de appelpannekoeken – lekker! Curd und ich gehen ins Kino und speter ein pisschen in den Puff.**

Verstehe.

PIEP!

P.S. I love you, Lchen, take your time!

»Na, Lpunkt…?«

Ah. Olli meldete sich zum Dienst. Noch etwas verknittert äugte er über die Schreibtischkante, das Piepen hatte ihn wohl aufgeweckt. Sein Kopf, der an normalen Tagen glänzte wie eine Billardkugel, war überzogen von einem zarten Zwei-Tages-Flaum, in dem hier und da schon ein silberner Schimmer lag. Seine braunen Augen waren klein vom verdienten Büroschlaf. Er war wirklich der beste Partner, den man sich vorstellen konnte. Er hatte nicht mal geschimpft,

---

* Dicks Rechtschreibung: Das Stromschockhalsband, dem der Holländer Dick sein exzellentes Sprechen verdankt, reagiert nicht auf Fehler beim Schreiben. Stellen Sie sich einen Legastheniker vor. Einen internationalen Legastheniker. (Anm. d. Red.)

als ich heute Morgen zu spät gekommen war. »Wär mir auch passiert, wenn ich überhaupt zu Hause gewesen wäre«, mehr hatte er nicht gesagt. Ich wollte ihn wirklich nicht noch mal verlieren.

»Olli, ich fürchte, mir ist wieder nur Scheiße eingefallen«, sagte ich.

»Ach, erzähl erst mal… Vielleicht steckt ja irgendwo was drin.«

Der beste Partner, den man sich vorstellen konnte.

Vier Stunden später hatten Olli und ich ein paar passable Kampagnenideen ausgebrütet und verließen die Agentur. Es war kurz vor Mitternacht, als ich nach Hause kam. Der Holländer saß auf der Couch.

»Wo warst du?«

Ich setzte mich zu ihm.

»In der Agentur.«

»Du riechst nach Alkohol, Schatz.«

Nun. Nach der Agentur hatte ich den besten Partner der Welt noch zu einem Absacker überredet. Ich holte tief Luft.

»Ich wollte nicht nach Hause, Dick, weil… weil ich dich nicht mehr liebe, genau, wie ich befürchtet habe. Hier in Hamburg liebe ich dich nicht, kein bisschen… und das ist mir wirklich unangenehm, nachdem du extra so lang gefahren bist.« So. Wenigstens konnte man mir keine Heuchelei vorwerfen.

Dick sah mich an. Er wusste, dass es mir ernst war. Schließlich unterstrichen Tränen meinen kleinen Vortrag (Tränen lügen nicht). Und eine Fahne (Betrunkene auch nicht).

»Komm, Schatz, gehen wir ins Bett«, lächelte er.

»Das ist keine Lösung, Dick.« Immer suchte ich eine Lösung.

»Ich will keine Lösung, Lchen! Ich bin ein Mann, Sex reicht mir vollkommen.« Er zwinkerte.

»Unsinn, Schatz. Du hoffst, dass ich dich im Bett wieder sympathisch finde.«

»Das wirst du auch.« Dick berührte mit einem Finger meine Hand, von der mir jetzt erst auffiel, dass ich sie fest zusammengeballt hielt. Mit Lchen war heute nicht zu spaßen.

»Das wirst du auch«, wiederholte Dick noch mal leiser.

Ich ließ ein bisschen locker und er schlüpfte mit einem Finger in meine Faust. »Aber selbst wenn, Dick«, sagte ich, »das solltest du nicht überbewerten. Im Bett neige ich jedem gegenüber zu freundlichen Gefühlen.«

Er zog mich Richtung Schlafzimmer. Halt!, protestierte ich innerlich, als wir Höhe Bad waren, Zähneputzen! Abschminken… Ich hasste hasste hasste es, ohne Zähneputzen ins Bett zu gehen. Aber dieser Mann zog mich weiter, stellte mich vors Bett und entledigte mich wie eine Mutter meiner Kleider (»Ärmchen hoch! Hose runter! Erst der eine Fuß, dann der andere…«), dann gab er mir einen sanften Schubs und ich kippte ins Bett wie ein gefällter Baum. Sex pur.

»Dick…?«, murmelte ich, als sein Körper sich warm und weich und nach meiner Bronnley-Zitronencreme riechend auf meinen legte. »Stört es dich, wenn ich dabei schnarche?«

»Aber nein…«

Meim neuer Freumd
Dick umd ich habem ums
blemdemd amüsiert.

Ich verstehe nur nicht,
warum er vorhim
geweimt hat…

Golden Cheeseburgers

Am Anfang machte Dick wirklich was mit mit mir. Da war er extra aus Holland angereist und ich verhielt mich wie ein Arschloch, auf Deutsch gesagt. Aber glauben Sie mir, für mich persönlich war das auch nicht schön!

Ich träumte von Liebe, Innigkeit, Verschmelzung. Aber von Dick fühlte die Liebe sich an wie ein Kissen auf dem Gesicht, links und rechts gehalten von Luca Brasi aus *Der Pate*. Warum das so war…? Ich konnte es nicht sagen. Ob es an ihm oder mir lag, keine Ahnung, es war einfach so ein Gefühl. Ein Luca-Brasi-Gefühl.

Die Nacht verlief allerdings erwartungsgemäß phantastisch. Wissen Sie, was ich persönlich beim Sex ja so schätze, sind gar nicht die sogenannten Höhepunkte. Das wahre Gold liegt meiner Meinung nach in den Tälern dazwischen. Was natürlich voraussetzt, dass es Höhepunkt**e** (Plural!) gibt. Aber das machten wir ganz gut, Dick und ich. Und dazwischen… sanfte grüne Täler, durch die kleine Gespräche plätscherten, zärtlich, leise und manchmal in Schlafpausen versickernd. Schlafpausen, von denen niemand nachher wusste, ob sie eine Hundertstel Sekunde oder eine halbe Stunde gedauert hatten. Keiner strengte sich an, keiner tat klug, man war einfach nur lieb und redete lieben Käse.

An eine unserer kleinen Unterhaltungen erinnere ich mich sogar noch. Ich erinnere mich deshalb daran, weil ich vorher immer dachte, mit Dick könnte ich nicht lachen. Dick war von Natur aus eigentlich lieber ernst. Und wenn er mal richtig witzig war, dann meistens ohne Absicht. Dann sah er mich nur verständnislos oder sogar verletzt an, wenn ich lachte. Aber in dieser Nacht lachten wir beide zusammen.

Wir bekamen einen Lachanfall und konnten nicht wieder aufhören. Wie zwei kleine Mädchen im Internat, kicherten wir und versuchten, leise dabei zu sein. Als schliefe die Oberin am Ende des Flurs.

Angefangen hatte es, als ich mich im Halbschlaf auf den Bauch drehte, dann aber mit einem leisen *Hmpf* sofort wieder in Ausgangsposition zurückrollte. Das kam, weil, weil…

Schon als Säugling war ich Bauchschläfer gewesen, eigentlich. Mein Kopf verformte sich deshalb sogar. Alle, die in meinen Kinderwagen guckten, tuschelten, meine Mutter sei wohl von Außerirdischen entführt und geschwängert worden, sie hielten mich für einen Marsianer. Aber das machte mir nichts, ich war Bauchschläfer aus Passion, immer schon. Doch seit ich Busen bekommen hatte – ein paar Jahre später, so mit Fünfunddreißig –, schlief ich nur noch auf der Seite. Weil ich sonst im Schlaf versuchte, die beiden Cheeseburger aus dem Bett zu schmeißen, auf denen ich wohl eingeschlummert war. Inzwischen waren drei Jahre vergangen und ich liebte meinen Busen wie mein eigen Fleisch und Blut, auch im somnischen Zustand, Cheesy I und Cheesy II. Trotzdem schlief ich vorsichtshalber auf der Seite. Den Bauchschlaf vermisse ich immer noch. Jede Nacht.

Jedenfalls… Als ich Dick in dieser Nacht, in einem der sanften grünen Täler, davon erzählte, hatte er versprochen, er würde eine Matratze mit »Busenrinne« für mich machen. Eine Spezialanfertigung aus Schaumstoff. Weil ich sonst schlecht schlafen würde. Und weil schlechter Schlaf die Seele krank macht, behauptete er. Du meinst, ich brauche eine Busenrinne für mein seelisches Gleichgewicht, hatte ich gefragt. Ja, hatte er geantwortet, und dann hatten wir beide plötzlich angefangen zu lachen. Obwohl Dick es wahrscheinlich wieder mal ernst gemeint hatte, zunächst. Wir kriegten uns minutenlang nicht wieder ein, wirklich, wie aufgedrehte kleine Mädchen. Wir kicherten uns in den Schlaf und hielten uns dabei an der Hand.

So was gibt's. So was Schönes. So was Liebes. Und wir hatten es, *das* hatten wir, nachts klappte es von Anfang an. Aber was nützte das, wenn dann am nächsten Tag so was passiert, *so was*, pass auf, jetzt kommt's…

Morgens ging noch alles glatt. Ich war um sieben aufgestanden und Dick hatte getan, als wenn er weiterschliefe. Ganz harmonisch. Ungestört konnte ich mich jobfein machen und einen tadellosen Frühstückstisch mit Marmelade, Wurst, Käse und Liebesbriefchen hinterlassen. Erst als ich gerade aus der Wohnung schlüpfen wollte, hörte ich die Schlafzimmertür und kurz darauf ihn…

»Lchen???«

»Oh, mein Schatz?! Hab ich dich geweckt?«

»Wo gehst du hin?«

»Ich muss doch zur Arbeit…«

»Kriege ich keinen Abschiedskuss?«

Abschiedskuss, ach ja. Den hatte ich vergessen. Ich hin.

Ich frage mich ja immer, ob Menschen da von selbst drauf kommen. Oder ob wir uns nur so verhalten, weil wir es aus Filmen kennen. Brav spielten Dick und ich noch ein bisschen »Frisch verliebtes Paar trennt sich nur schwer nach Liebesnacht«. Er als gurrender Nimmersatt mit Morgenlatte (»Komm Schatz, nur fünf Minuten…«). Ich als Working-Girl, das nur mit Mühe widersteht und vor Leidenschaft Falten in der Hemdbluse riskiert (»Wenn ich jetzt nicht gehe, gehe ich womöglich nie…«). Danach konnten wir beide tun, was wir in Wirklichkeit wollten. Mein armer müder Schatz drehte sich um und schlief noch ein paar Stunden. Ich lief zur Bahn, um pünktlich um neun bei der Arbeit zu sein. Das klappte diesmal.

Pünktlich um neun bekamen Olli und ich dann erst mal einen hübschen Einlauf. Der CD fand unsere Joghurt-Ansätze allesamt »unschleckig« (er sagte tatsächlich unschleckig, eine Ableitung von »schlecken«, einem Wort, das meiner Meinung nach vom Europäischen Gerichtshof in Den Haag verboten werden sollte, gemeinsam mit schmusen, Torben, Brustwarze). Recht hatte der CD natürlich. Ganze Früchte, die einem Joghurtesser wie eine Abrissbirne vor den Kopf schwingen und ihn im hohen Bogen aus den Pantoffeln fegen, waren lustig, aber nicht besonders appetitlich. Das hatten Olli und ich gestern Nacht doch tatsächlich übersehen. Lpunkt, sagte Olli deshalb nach dem Neun-Uhr-Meeting tief zerknirscht. Lpunkt, ich fürchte, fürs nächste Meeting müssen wir ein paar Cannes-Löwen aus dem Ärmel schütteln. Traurig sah er aus dem Fenster in den stahlblauen Himmel. Cannes-Löwen waren die Nobelpreise der Reklame, das Höchste, das Größte, das Genialste. Das nächste Meeting war um fünf.

Halb fünf. Das Stahlblau war inzwischen Abendrot, die Sonne ging unter, die Stimmung war auch im Keller, die Cannes-Löwen ließen auf sich warten. Dafür piepte es, PIEP.

SMS Dick: *We've got GOLD in our hands.*

Ah, mein Schatz hatte offenbar ausgeschlafen. Vermutlich hatte er ein bisschen gewichst, lag nun entspannt und umhüllt von zärtlichen Erinnerungen im Bett und sandte mir diesen lieben Gruß.

SMS ich: *Gold trage ich nur als Zahnfüllung.*

Oh, nein. Noch im selben Moment tat es mir leid. Ich versank vor Scham, ich blöder Arsch.

SMS ich: *Ich blöder Arsch.*

Nichts.

Nichts.

Plötzlich ergriff mich Panik, jetzt hatte ich den Bogen überspannt. Jetzt würde mein Schatz sich anziehen und fahren. Wie konnte ich, wie konnte ich nur…

SMS ich: *In 10 Minuten ist dieses schreckliche Meeting … und ich hab seit 1000 Stunden nicht gegessen… tut mir leid, Schatz, sorry, ENTSCHULDIGUNG!*

Ein paar Sekunden können ewig sein.

Ewig.

EWIG.

SMS Dick: *We've got BIG FAT CHEESEBURGERS in our hands.*

Ahrrrrrgh, an was anderes konnte dieser Mann wohl nicht denken, Sexist! Ach, oder meinte er…? Meinte er…? Oh.

SMS ich: *BIG FAT GOLDEN CHEESEBURGERS, mein Schatz.*

Das war gerade noch mal gut gegangen.

Aber was war verdammt noch mal los mit mir? Warum machte dieser Mann mich so schnell aggressiv, so war ich doch sonst gar nicht. Und einen Moment später schon wieder weich wie Schmelzkäse. Hunger?

Dann war das Meeting, wieder ein Reinfall. Danach ein Anpfiff von Olli. Ich sei ja auch nicht bei der Sache, warf er mir vor. (ICH??? NICHT BEI DER SACHE???) Würde zehn Minuten vorm Meeting lieber rumsimsen als nachdenken. (Ich, nicht bei der Sache.) Inzwischen war es sieben, beim Gedanken an einen Cheeseburger kamen mir Tränen, und das nächste Meeting, das Meeting, bei dem wir nun aber endlich die Cannes-Winner präsentieren mussten, war am darauffolgenden Morgen um zehn.

Piep! Wenn du heimkommst, brennt ein Feuer im Kamin, deine Pantoffeln sind vorgewärmt, und ich bringe dir Cognac und Zigarre, simste Dick inhaltlich. Ich seufzte tief. Ja, ja er war schon lieb. Ein ganz lieber Mann an sich. Er machte mir keine Vorwürfe, dass ich ihn warten ließ. Wegen *Fruchtjoghurt*. Wegen Fruchtjoghurt mit ganzen Früchten ließ ich den nettesten, bestaussehenden, liebevollsten Mann alleine zu Hause sitzen, der in den letzten 200 Jahren Interesse an mir gezeigt hatte. Vielleicht war das ein Ansatz…

Eine alte Dame auf dem Sterbebett, die vom Priester gefragt wird: Bereust du irgendwas im Leben? Schummer,

schummer, und wir sehen in einer Rückblende, wie sie als junge Frau einen Mann stehen lässt, der vor ihrem Fenster singt, weil sie gerade so einen Joghurt mit ganzen Früchten isst, der interessiert sie mehr. Die Kamera zoomt auf das Gesicht des Mannes, und wir sehen, dass er der junge George Clooney ist. Die alte Dame hätte Mrs. Clooney werden können! Und nun sehen wir, dass sie stattdessen Nonne geworden ist. Ihr Nonnenschleier hängt nämlich am Bett. Sie hat keinen Mann mehr abbekommen. Und sie sagt im Sterben mit allerletzter Kraft: »Hätte ich diesen Scheißjoghurt mit ganzen Früchten doch stehen lassen!«

»Ach, Lpunkt…«, seufzte Olli und schüttelte nur den kahlen Kopf, »eine alte Nonne auf dem Sterbebett ist definitiv *unschleckig*. Denk doch mal mit.« Auweia, jetzt hatte ich ihn doch verstimmt mit meinem Mist.

Ich rief Dick an und bat ihn zu fahren.

»Du musst fahren, Dick«, sagte ich, »bitte, ich kann mich nicht konzentrieren, wenn du wartest.« Er schwieg. »Ich kann nicht richtig denken deinetwegen…« Vielleicht musste die alte Nonne auch sagen: Nein, ich bereue nichts! Wer braucht einen Mann, wenn er ganze Früchte im Joghurt hat! So rum ging's. »Dick, ich bin… ich kann… das ist doch alles verrückt, Dick, nur wegen Joghurt, wegen Joghurt, ich ich ich…«

»Ich fahre nicht«, fiel Dick mir ins Wort.

Wie bitte?

»Aber ich warte auch nicht«, fügte er nach einer Pause etwas leiser hinzu. »Ich packe jetzt gleich meine Sachen und ich… Ich übernachte heute auf dem Campingplatz.« Seine Stimme klang etwas zu heiter. »Ein Zelt habe ich dabei, ein Zelt habe ich *immer* dabei, wir Holländer eben, Campingfreunde…« Er lachte kurz auf. »Außerdem kenne ich doch mein Lchen, mein Arschloch…« WAS? »Und morgen telefonieren wir, morgen sehen wir weiter. Heute konzentriere dich bitte auf den Joghurt, *bitte*. Ich liebe dich.« Und dann sagte er noch sehr leise: »Trotzdem.«

Also, fassen wir zusammen. Meine neue Liebe besuchte mich und verbrachte die Nacht auf dem Campingplatz. Das lief doch gut, so weit.

Ein Uhu rief

In dieser Nacht hätte Kofi das Geschäft seines Lebens machen können. Zumindest die Weihnachtsgeschenke für seine Familie in Ghana wären drin gewesen. Von dieser Familie hatte er mir bei einer früheren Tour erzählt. Auch wenn er sich nicht daran erinnerte – damals hatte er sich noch *jedem* Fahrgast persönlich vorgestellt (»Kofi, wie General von Vereinte Nationen«) und ihm die Fahrzeit mit seiner Geschichte verkürzt. Die war ja auch spannend. Ein Mensch, der alles, alles, alles hinter sich lässt, um mutterseelenallein in einem fremden Land Taxi zu fahren. Manmanman. Im Vergleich mit solchen Kofi-Schicksalen empfand ich mit meinen Luxusproblemchen immer Minderwertigkeitskomplexe. Das auch noch, ich arme Sau. Heute war General Kofi zum Glück nicht mehr so gesprächig.

Es hatte Jahre gegeben, da war ich fast täglich mit dem Taxi nach Hause gefahren. Auf Agenturkosten, damals war ich noch festangestellt. Es war die Zeit, als in Werbeagenturen noch bis tief in die Nacht gearbeitet wurde. Als wir das insgeheim sogar toll fanden. Wild, besessen, exzessiv – die meisten von uns kamen ja vom Land.

Ab acht Uhr war es erlaubt, Abendessen zu bestellen. Und ab zehn durften wir mit dem Taxi zum Schlafen fahren. »It's not a job, it's a way of life, Mutti«, sagten wir, wenn wir am Wochenende nach Hause telefonierten. Die Agentur war jede Nacht voll besetzt (ohne Extrageld, nur mit Kost und Chauffeur!). »Und dein Ur-Opa ist für den Achtstundentag ins Gefängnis gegangen«, schimpfte meine Mutter jedes Mal. Sie selbst hatte an meiner Wiege *»Völker, hört die Signale...«* gesummt. Vergeblich. Uns interessierte *Die Internationale* nur, wenn danach das Wort »Nike-Kampagne« kam. Davon träumten wir, alle. Irgendwie war es eine geile Zeit...

Aber Vergangenheit. Die Taxijahre waren vorbei, und Kofi kannte mich nicht mehr. Trotzdem haute er mich nicht übers Ohr, das war schon sympathisch. Als ich gesagt hatte: »Fahren Sie bitte alle Campingplätze ab!«, hatte er spontan losgelacht: »Mussen wir nicht viel fahren« (ein Taxifahrer!), »gibt nur *einen*, der ganze Jahr geoffen hat!«

Na dann...

Ich meine, wie hätten *Sie* sich gefühlt? Hätten *Sie* das ausgehalten? Ein wunderschöner, blonder, verliebter Mann kommt Sie besuchen. Er ist fünfhundert Kilometer gefahren, um Sie zu sehen, und nein! Nein! Sie sind nicht Madonna! Sie sind eine Sterbliche, die mit den Jahren nicht schöner, reicher, weiser, sondern älter, ärmer, vermurkster geworden ist. Gibt's auch. Aber dieser Mann, er kommt, denn er ist ganz verzaubert von Ihnen! Und nicht nur, dass Sie keine Zeit für ihn haben, Sie gestatten ihm nicht mal, in Ihrer Wohnung zu warten. Der schöne blonde Mann muss auf den

Campingplatz! Im Winter! Ist das beschissen oder ist das beschissen? Eben!

Eben.

»Na dann... fahren Sie bitte zu dem Campingplatz, der geöffnet hat«, sagte ich also zu Kofi. Und etwas leiser: »Bitte schnell, so schnell es geht...«

So schnell es geht dauerte inzwischen eine Viertelstunde. Vielleicht war General Kofi aufgefallen, welch Geschäft ihm durch sein unkontrolliertes Ehrlichsein entgangen war. Vielleicht fuhr er zum gerechten Ausgleich doch noch einen kleinen Umweg. Ich sah aus dem Fenster. Hamburg Stellingen bei Nacht, schön, schön, schön. Es war fast ein Uhr, und um acht waren Olli und ich schon wieder in der Agentur verabredet, um *acht*!

»Morgenstund hat Gold im Mund«, hatte Olli schwach gegrinst. Und dann, ohne zu grinsen: »Hoffentlich. Sonst haben wir ein Problem, Lpunkt. Sonst können wir diesen Laden von unserer Liste streichen.«

Ich hatte betreten genickt.

Dieser Laden war der, von dem wir 90% unserer Jobs bekamen, und nur fürs Protokoll: Die Cannes-Löwen waren wieder nicht aus unseren Gehirnen gepurzelt, aus meinem schon gar nicht. Wieder hatte ich hinter Joghurt-interessierter Fassade die ganze Zeit nur über Dick und den Camping-Skandal gebrütet. Was hatte ich da bloß angerichtet, ich Esel. Mindestens zehnmal war ich rausgegangen, um ihn anzurufen. Um mich zu entschuldigen. Um ihm zu sagen, dass ich mich auf den Kamin, die vorgewärmte Zigarre und die brennenden Pantoffeln freue. Und *auf ihn*, auf ihn besonders... Es wäre die Wahrheit gewesen. Ja, ein Hin und Her.

Aber Dick war nicht drangegangen. Er hatte sein Handy

abgestellt, das hatte mich dann noch mehr beunruhigt, noch mehr, noch mehr. Ich war ganz verzweifelt, ich wollte los, weg, raus und ihn suchen! Aber ich konnte Olli doch nicht sitzenlassen. Nein, das ging auch nicht. Also, Joghurt. Joghurt mit ganzen Früchten. Hm, hm, hm. Hm…

Als Olli dann kurz nach Mitternacht endlich, endlich die erlösenden Worte gesagt hatte (»Lpunkt, ich glaub, das bringt heute nix mehr…«) und auch ein paar nicht ganz so erlösende (»Lass uns morgen früher anfangen, Morgenstund hat Gold im Mund…« etc.), hatten wir im feierabendlichen Synchronballett unsere Laptöppchen zugeklappt, hatten parallel noch mal die Toiletten aufgesucht, waren dann mit dem Fahrstuhl hinunter ins Erdgeschoss geglitten und müde zum Taxistand gezottelt. Ohne ein Wort. Olli überließ mir den ersten Wagen und öffnete mir ganz Gentleman den Schlag. Ganz Gentleman war schon verdächtig. Ich wusste, dass noch was kommen würde, nichts Gutes, ein: *Lchen, so geht's nicht weiter, wir sollten die Tage mal in Ruhe reden* oder so was in die Richtung. Als ich schon saß, streckte Olli noch mal die Murmel durchs Fenster, die schöne glänzende…

»Tut mir leid, Lchen«, sagte er, »bin grad nicht in Form. Wiebke ist ausgezogen.«

Wiebke war seine Freundin.

Er schlug die Tür hinter mir zu.

Ach ja, wir waren schon ein super Team. Bei der Paralympics für Joghurtreklame hätten wir ganz fett abgeräumt. Trotzdem… danach hatte ich mich irgendwie besser gefühlt. Ruhiger. Erleichtert. Wenigstens an der Olli-Front war noch nichts verloren, er war mir nicht böse, er gab *sich* die Schuld. Sehr gut. Jetzt musste ich nur noch die Dick-Sache wieder hinbiegen. So schnell es ging.

»So schnell es ging« machte inzwischen 20 Euro und 60 Cent, laut Taxometer. Das sollte wohl allmählich reichen, Herr General. Und an dieser Würstchenbude, *genau dieser*, hatte mein Magen eben schon mal angeschlagen wie ein Pinscher, wenn der Postbote kommt, so was! Kofi bemerkte, dass ich unruhig wurde.

»Was willst du auf Campingplatz in diese Jahreszeit?«, plauderte er drauflos. Gauner. Ich staunte, wie gut sein Deutsch geworden war. »Willst du dein Arsch abfrieren?« Er lachte.

Höflich wie stets lachte ich ein bisschen mit. Es war ja auch lächerlich. Um ein Uhr nachts fuhr ich mit einem bösartigen afrikanischen Taxifahrer durch meine Heimatstadt, um den Mann, den ich liebte, vom Campingplatz zurückzuholen. Wenn er überhaupt noch da war, wenn… Wenn ihm nicht auch klar geworden war, wie beschissen das war. Wenn er sich nicht inzwischen gesagt hatte: Das wird doch alles nichts. Regen hatte eingesetzt. Kleine, zitternde Tropfen liefen vom Fahrtwind getrieben über die Scheibe.

»Ist kein schöne Wetter für Camping!«, lachte mein Fahrer.

Danke, Kofi.

»Ich besuche nur einen Freund auf dem Campingplatz«, sagte ich kühl. »Dem Campingplatz, der hoffentlich nicht mehr weit weg ist.« Den letzten Worten gab ich eine schneidende Note.

»Warum Freund nicht besucht *dich*? Du wohnst in Hamburg, du wohnst Schulterblattstraße, ich kennen dich, warum Freund nicht schläft bei dir?«

Ich lächelte. Und holte aus zum Vernichtungsschlag.

»Das, mein guter Kofi, ist ein *Luxusproblem*«, sagte ich

jetzt nicht mehr kühl, sondern kalt. »So was versteht ein Mann aus Afrika möglicherweise nicht.« Eiskalt. Ich blickte mit unbewegter Miene aus dem Fenster und murmelte abgebrüht wie ein TV-Pathologe bei der Obduktion: »Emotionale Instabilität. Idealisierung abwechselnd mit Entwertung. Angst vor Nähe abwechselnd mit Angst vor Verlust. Verschmelzungssehnsucht direkt gefolgt vom übermächtigen Wunsch, den anderen zu erdrosseln und auf den Mond zu schießen, mit Anlauf, ja... Das kennt ihr in euern Strohhütten* alles nicht.«

Sie sehen, ich war mittlerweile bestens über mich informiert.

»Ihr denkt, Hunger ist das Schlimmste, was einem Menschen passieren kann!«

Während ich eigentlich über Joghurt nachdenken sollte, hatte ich im Internet recherchiert, was möglicherweise nicht stimmte mit mir. Was mich als ledige Enddreißigerin bewegt haben könnte, diesen wunderbaren, liebenswerten Mann meines Alters campen zu schicken. Ich musste verrückt geworden sein!

»Aber es gibt anderes, das ist auch sehr unangenehm!«

Und richtig. Ich hatte eine schwere emotionale Störung bei mir diagnostiziert.

»Schrecklich ist das genau genommen, wenn man den Mann, den man liebt, nicht erträgt, wie Verhungern am gedeckten Tisch ist das!«

Jawohl.

»Aber so weit seid ihr in Afrika noch nicht.«**

So.

---

* Widerlich! (Anm. d. Red.)

**Wi-der-lich! (Anm. d. Red.)

»Ahhhh!!!« Kofi lachte. »Doch, gibt bei uns auch, gibt auch! Aber bei uns ist nicht so schlimm, ist warm, immer Camping-Wetter.« Er drehte sich um und strahlte mich an. »Verrückte gibt überall!«

Prima. Augen nach vorn im Verkehr, schwarzer Mann.

»Da ist Camping-Platz!« Kofi lachte. Lachte und stellte den Wagen ab. Und plötzlich musste ich mitlachen. Mein Gott, was war denn schon passiert, nichts. Wir lebten alle noch. Wir waren gesund. Wir hatten zu essen (heute bisher noch nicht, aber im Prinzip). Und da war Camping-Platz, na bitte.

Nachdem wir so nett geplaudert hatten, begleitete mich Kofi sogar. Ohne ihn hätte ich mir auch in die Hose gemacht. Groß. Das Taxi mussten wir nämlich stehen lassen vorm Campingplatz. Um diese Uhrzeit kam man nur noch zu Fuß auf das Gelände. »Da kannst du nicht alleine gehen, ich kommen mit!«, hatte Kofi heldenhaft gesagt. Warum nicht, das Taxometer lief auch ohne ihn.

Der Regen war stärker geworden. Es schien wirklich ein düsterer Campingplatz zu sein, mein lieber Scholli. Nur durch die Oberlichter der Waschräume neben dem Eingang brach Licht. Ich kam mir vor wie in einem Fünf-Freunde-Roman, obwohl ich nie einen gelesen hatte. Fehlte nur noch, dass ein Uhu rief. Dafür bellte irgendwo entfernt ein Hund. Ab und zu hörte man das Geräusch eines vorbeifahrenden Autos auf der regennassen Straße. Und den Hufschlag eines davontrabenden Ponys, ach nein, das war mein Herz. Eine Taschenlampe wäre schön gewesen. Oder ein Wecker, der klingelt und dir signalisiert, alles nur ein böser Traum, hopp, an den Strand, Kokosnüsse sammeln. »Kofi«, sagte ich, »Kofi, wie geht's der Familie?«

Immerhin. Am Anfang jeder Standreihe gab es eine Laterne. Fünf Reihen, ein kleiner Platz zum Glück. Suchend gingen wir die erste Reihe ab, ausgerechnet Kies. Ein einziges Wohnmobil stand da, ganz am Ende, sein weißes Plastik reflektierte schwach in der Dunkelheit. Es kam aus Holland, schon mal was. Wir nahmen uns die zweite Reihe vor. Kofi erzählte von seiner Familie in Afrika. Nichts. Die dritte. Kofis kleiner Bruder hieß auch Kofi, weil er ebenfalls an einem Freitag geboren war. Nichts. Aber Kofi Manu, weil er der zweite Kofi war. Die vierte. »Manu heißt zwei«, erläuterte Kofi. Spannend, spannend, spannend. Nichts. Nirgendwo ein Wagen oder ein Zelt. Was mache ich hier, was mache ich bloß hier, schoss es mir durch den Kopf. In der fünften Reihe versperrten große Büsche die Sicht. Auch das noch. Wenn ich jetzt erwürgt, zerstückelt und verbrannt werde, überlegte ich, wird man mich hinterher auch noch für bekloppt erklären. Mitten in der Nacht über einen verlassenen Campingplatz zu latschen, das war doch… Ein Zelt!

»Wie heißen dein Freund?«, flüsterte Kofi aufgeregt.

»Dick!«, flüsterte ich.

»Und ist das seine Zelt?«

»Ich glaube nicht«, sagte ich plötzlich völlig ruhig. Warum sollte er sein Zelt neben einem Opel aus Bergisch Gladbach aufschlagen. Der Wagen mit dem Gladbacher Kennzeichen stand etwas weiter. »Dick ist Holländer«, erläuterte ich Kofi und machte mir nicht mal mehr die Mühe, die Stimme zu senken.

Kofi sah sich ratlos um. »Und du sicher, dass er in Zelt, nicht in Hotel? Ich viele Freunde arbeiten in Hotel!« Er wollte weiterspielen.

»Dick ist *Holländer*«, wiederholte ich.

Kofi verstand nicht, aber ich war nicht in Stimmung, ihm die holländische Seele zu erklären. Hotel!

»Wenn er nicht hier ist, ist er nach Hause gefahren«, sagte ich stattdessen nur, »nach Holland.« Mir wurde schwindlig vor Schmerz. Da hatten wir den Salat.

»Er ist nicht hier«, sagte auch Kofi enttäuscht.

Ein Uhu rief.

Nudeln

Ich hatte früher schon schlechte Erfahrungen mit Camping gemacht. Das einzige Zelt, das ich je von innen gesehen hatte, war das meiner losen Grundschulfreundin Biggi. Sie hatte es im Garten ihrer Mutter aufgeschlagen und mich an einem Paderborner Spätsommerabend, kurz nachdem ich aufs Gymnasium und sie auf die Realschule gekommen war, eingeladen, mit ihr darin zu übernachten. Abenteuerlich. Aber meine Eltern hatten es mir verboten. Weil sie Angst hatten, dass ich mir eine Nierenentzündung holen würde. Nieren und Harnleiter waren die Schwachstellen in unserer Familie. Weil sie außerdem keinen Grund sahen, warum die Tochter des Herrn Rektors drei Häuser weiter in einem fremden, nicht sehr gepflegten Garten übernachten sollte. Obwohl sie zu Hause ein sehr komfortables Zimmer hatte, mit sehr schönen Pflanzen. Und außerdem, das war nämlich der wahre Grund, galt Biggi ja als flotte Biene.

Sie trug mit zehn Jahren schon hellblauen Lidschatten und besaß weiße Knautschlederstiefel, mit Absatz. Deshalb hatten meine Eltern die Befürchtung, dass Biggi mich auf die schiefe Bahn bringen könnte. Feten, Drogen, Geschlechtsverkehr. Minderjährige Mutterschaft, keine oder schlechte Berufsqualifikation, ein Leben an der Seite eines arbeitslosen KFZ-Mechanikers – das alles sahen sie durch eine Nacht im Zelt, mit Biggi, auf mich zukommen. Ich redete ganz ruhig mit meinen Eltern. Ich las gerade Karl May und betonte, wie gerne ich mal auf den Spuren Häuptling Winnetous wandeln würde, unterbringungsmäßig. Aber der »Gelebte Literatur«-Aspekt überzeugte sie nicht.

Ich musste gegen ihre Überzeugung zelten gehen. Warum hatten meine Eltern nicht einfach erwähnt, dass es Spinnen im Herbst nicht nur ins Haus, sondern auch sehr gern in Zelte zog? Manchmal machten Eltern es sich wirklich unnötig schwer.

Seitdem war ich zum Zelten durch nichts, nichts, *nichts* mehr zu bewegen. Neben der Chipstüte hatte sie gesessen. Faustgroß. Rabenschwarz. Unästhetisch. Ich würde zeitlebens traumatisiert sein. Und doch wäre ich keine 30 Jahre später um ein Haar schon wieder in ein Zelt gekrochen. Wenn Dick auf dem Campingplatz gewesen wäre, in jener Nacht, ich *wäre* zu ihm ins Zelt gekrochen, *doch*, das wäre ich, ganz sicher, bestimmt. Die Tatsache, dass alle Spinnen um diese Jahreszeit längst im Nirwana waren, mag wie ein berechtigter Einwand scheinen, vordergründig, schmälert aber keineswegs die Gefühle, die ich in dieser Nacht für Dick empfand. Ich saß in Kofis Taxi und weinte (nicht wegen des Taxometers, das hatte er ausgestellt, wir waren jetzt Freunde), weinte bitterlich… Ich wusste, ich hatte Dick verloren. Und ich hätte alles getan, um ihn wiederzubekommen. (Neben der Chipstüte!) Trotzdem… ALLES.

Nicht nötig. Als ich in meine Wohnung kam, lag er im

Bett und schlief. Halleluja. *Halleluja!* Das schönste, reinste HALLELUJA der großen, weiten Welt. Doch der ersten Erleichterung folgte rasch eine Woge des Zorns. Wie eine dicke italienische Mama, die den verlausten Ausreißer im ersten Moment an ihren Busen reißt und im nächsten windelweich haut – so empfand ich bei Dicks Anblick in meinem Bett. Sauber und wohlbehalten, während ich nach regennasser Lederjacke und Rauchertaxi roch. Ich überlegte gerade, ob mein Schatz sich wohl nur schlafend stellt, da meinte ich gedämpft unter der Bettdecke einen leisen, schüchternen Pups zu hören. Kein Mensch stellt sich schlafend, indem er furzt! Oder…? Im Widerstreit der Gefühle ging ich in die Küche und kochte mir Nudeln.

Liegt hier im Bett, während ich mich für ihn in Lebensgefahr begebe, dachte ich, so was. Aber ganz sicher war ich mir nicht, ob ich das Recht hatte, ihm böse zu sein. Zur vorläufigen Strafe dachte ich beim Kochen mit Wohlwollen an seinen Vorgänger, an 119. Ach 119… Ach 119… (Hatte ich das erwähnt? Genau genommen war ich heute nur *seinetwegen* fast verhungert tagsüber. In der Mittagspause beim Take-away-Inder hatte er plötzlich vor mir gestanden, keine 50 Meter weiter, und ich ssssszzzt zurück ins Büro, ohne Chicken Tandoori. So war das nämlich gewesen…) 119 und ich hatten eine klare, dezidierte gemeinsame Linie bezüglich Camping: Wir wären nicht auf die Idee gekommen. Wir brauchten beide ein Mindestmaß Komfort und Ästhetik. 119 teilte zwar nicht meine Arachnophobie, dafür hatte er Angst vor Gemeinschaftsduschen. Ach ja, ein Herz und eine Seele waren wir in diesem Punkt, ein Herz und eine Seele. Und so Nudeln, einfach Nudeln mit etwas Butter, Salz und Parmesan, waren ja auch was Schönes. Mit jedem Löffel merkte ich, wie ich ruhiger wurde. Und müde. Es war fast zwei Uhr.

Ich dachte an das Bett im Haus Möwennest. Damals waren wir auf Sylt gewesen, 119 und ich. Schlaraffia-Matratzen. Schneeweiße, gestärkte Baumwollbettwäsche, die raschelte vor Sauberkeit – ein herrliches Bett hatten wir gehabt, herrlich. Jede Nacht lagen wir darin wie Doris Day und Rock Hudson, die wegen eines plötzlichen Wintereinbruchs gezwungen waren, das letzte Hotelzimmer zu teilen. Rock, ein charmanter, leicht windiger Geschäftsmann aus Manhattan, der die Richtige trotz unentwegter Recherche noch nicht gefunden hat. Doris, eine patente Lehrerin aus Irgendwo, die ihm durch die Art, wie sie die Bettdecke um sich wickelt, höflich, aber unmissverständlich signalisiert, dass sie an Geschlechtsverkehr nicht interessiert ist. 119 war Doris. Rock war ich. Ich ließ die restlichen Nudeln stehen.

Mein Ärger war verpufft, vielleicht war ich auch nie ärgerlich gewesen, nur hungrig. Nun war ich von Frieden und Freundlichkeit und Kohlehydraten erfüllt. Olli war nicht böse, mein Schatz war nicht böse, ich war nicht böse. Nichts war passiert, alles war gut. Ich duschte leise, putzte mir die Zähne und kroch dann duftend wie eine Zitrone hinter Dick in Löffelchenposition. Jetzt aber nicht pupsen, dachte ich und kicherte leise. Ich war plötzlich so froh, so erleichtert, dass mein Schatz noch da war, und schmiegte mich an ihn. Höm. Leider wurde er davon ein bisschen wach.

»Gudnaaabemd!«, sagte ich, meine Mainzelmännchennummer, aber wirklich nur ganz leise. Mainzelmännchen kannten sie natürlich nicht in Holland. Keine Reaktion.

»Mein Schatz ist ja *doch* da«, flüsterte ich und schnupperte aufgeregt an ihm rum. Hunde kannten sie doch aber! Dick sagte trotzdem nichts.

»Nicht gut?«, fragte er plötzlich so, dass ich ein bisschen erschrak. Er flüsterte nicht. Er sprach in normaler Lautstärke, seine Stimme klang ernst.

»Super!«, sagte ich umso vergnügter, Angst schoss mir ins Blut, meine feine Nase witterte Vorwürfe, jetzt doch?

»Es hatte kein Campingplatz mehr offen«, sagte er. Durchs Fenster hörte man plötzlich den Regen, wie auf Stichwort, der Zeuge der Anklage.

»Zum Glück«, sagte ich kleinlaut und entschloss mich, darauf zu verzichten, Dick aufzuklären, dass er nur nicht gründlich genug gesucht hatte nach einem Platz für sein Zelt. Ich streichelte seinen Arm. Dick blieb sachlich.

»Ich dachte… vielleicht ist es nicht schlimm, wenn du kommst und ich bin *doch* hier.« Ein harmloser Satz. Aber in der Pause, die Dick danach ließ, spannte er sich durch die fahle Dunkelheit des Schlafzimmers wie eine »Lchen ist ein Arschloch«-Girlande. »Hauptsache, dass du nicht dachtest, ich warte«, sagte er dann etwas leiser, »Hauptsache, dass du in Ruhe arbeiten konntest, hm?«

Ich starrte auf seinen Rücken.

»Ich bin froh, dass du da bist, Schatz!«, flüsterte ich. Das war die Wahrheit. Das war die Wahrheit! Endlich drehte Dick sich zu mir um.

»Wirklich?«, fragte er leise.

»Wirklich…«, sagte ich leise. Und jetzt durfte ich auch meine Schlafposition einnehmen. In seinen Armen. So schliefen wir immer, wenn wir zusammen waren. Diesmal fühlte ich mich wie ein Hündchen, dass den Ärmelkanal durchschwommen hatte und nun ins Körbchen kroch. Nirgendwo würde ich je besser schlafen als in diesen Armen, dachte ich glücklich, Schlaraffia war ein Dreck dagegen, ein Srrreck, ein Srrzzssssz… z z z

»Was hast du gerade noch so lange gemacht?« Dick holte mich noch mal aus dem Land der Träume zurück.

»Nudeln!« Erschrocken schlug ich die Augen wieder auf.

»Nudeln?«, fragte Dick zurück.

Au backe. Erst ließ ich ihn wegen Joghurt warten und dann gab ich ihm keine Nudeln ab.

»Ich hatte den ganzen Tag noch nichts gegessen, Schatz, ich… möchtest du auch welche? Was anderes? Hast du noch Hunger?«

Dick zog mich noch ein bisschen näher zu sich. Auweia, jetzt aber kein Sex mehr…

»Ich liebe dich, Lchen«, flüsterte er dann warm in mein Ohr.

»Ich dich auch, Schatz, schlaf gut«, flüsterte ich zurück. »Wirklich keine Nudeln?«

Meim neuer Freumd Dick und ich machem immer lustige Sachen…

Aber irgemdwie macht es nicht richtig Spaß.

Irgemdwie ist es immer
so… so… LEER.

Wenn meim alter Freund
119 doch auch dabei
wär! Dann wär voller…

Eine Art Antrag

So war es am Anfang. Dick liebte mehr und ich fühlte mich ständig schuldig. Eine klassische Popo-Jesus-Beziehung. Ich war der Arsch (Popo Lchen), Dick (Jesus) verzieh. Ein Herz und ein Hintern waren wir, schön.

Es machte meinem Schatz nicht mal was aus, dass ich ihn, wenn ich gebucht war, manchmal wochenlang nicht sehen wollte. Dass ich in solchen Phasen seine SMS nicht beantwortete (oder sagen wir nicht jede, nicht umgehend, denn Dick simste stündlich). Dass ich ihn manchmal laut anbrüllte, wenn er nach spätestens zehn Minuten ohne Antwort anrief und fragte, ob er was Falsches geschrieben hätte. (»Nein! NEIN! Was soll denn falsch sein an *Du bist die schönste Frau der Welt,* verdammt noch mal?«) Ich war oft gemein. Dick weinte manchmal am Telefon, aber wenn ich mich entschuldigte, verzieh er mir sofort. Und dafür hatte ich ihn dann gleich wieder lieb, so hielten wir den Ball in der Luft, Popo-Jesus-Ping-Pong, langweilig wurde uns nie.

Sogar die Sache mit meiner Wohnung, dass ich es nicht so gut dort haben konnte, wenn er da war, ertrug Dick mit bemerkenswerter Fassung. Einmal schlug er sogar vor, mir einen Pappaufsteller zu bauen. Von sich. Für mein Wohnzimmer. Um mich schrittweise an seine Anwesenheit dort zu gewöhnen. Ich fand das eine sehr konstruktive Herangehensweise. Und lieb fand ich das, lieb, sehr lieb…

Er schlug es vor, als wir – ein paar Wochen nach dem verunglückten Hamburg-Besuch – in Amsterdam auf einer Café-Terrasse saßen. Nach einer langen Liebesnacht reckten wir die blassen Gesichter in die Wintersonne und hielten uns dabei an der Hand, mit geschlossenen Augen. »Warum klappt es hier in Amsterdam so gut mit uns«, sagte ich leise, »und in Hamburg nicht?« Auch ein Wochenendbesuch von Dick war nämlich ziemlich in die Hose gegangen. Luca Brasi war auch mitgekommen. Diesmal mit einem FAT BOY-Riesenkissen. »Was ist das für ein Scheiß immer mit meiner Wohnung?«

»Wir üben das, Lchen«, antwortete er da und drückte sanft meine Hand, »man kann alles üben. Wir bauen eine Pappfigur von mir und stellen sie in dein Wohnzimmer, dann gewöhnst du dich an mich.«

»Aber nicht zu groß«, sagte ich grinsend, ohne ihn anzusehen.

»Wir beginnen klein und steigern uns langsam…«

»Okay.«

»So einen halben bis dreiviertel Meter erst mal, ist das gut?«

Ich warf ihm einen raschen Blick zu. Dicks Augen waren geschlossen, sein Gesicht war entspannt, ein paar Hautschüppchen standen von der feinen Nase ab. Wir hatten eben erst geduscht und uns dabei gegenseitig mit einer dicken türkisgrünen Zitronenseife eingeseift. Und dann abgebraust, mit abgespreizten Armen und zusammengekniffenen Augen, wie Kinder.

»Lebensgröße? Nein, ein bisschen weniger«, sagte ich grinsend. Zufrieden ob meines phantastischen Humors und überhaupt schloss ich die Augen wieder. Es war gut, alles war gut, ich war in Sicherheit bei diesem lieben, wunderbaren Mann. Und wie schön mild die Wintersonne war…

»So?«, fragte Dick.

»Hm?«

»*So*?«

Ich blinzelte.

Dick deutete mit den Händen eine Größe an.

»Eher so«, sagte ich und zeigte ihm, was ich mir vorstellte.

Er sah mich versonnen an.

»Du bist wirklich anders als andere Frauen... Was willst du mit einem drei Zentimeter großen Dick?«

Wir lachten sehr darüber. So lustig war er eigentlich nicht, aber so erlösend. Weil Dick wirklich ziemlich ernst war damals, nicht böse oder aggressiv, nur sehr ernst. Bedrückt beinahe. Ich vermutete, meinetwegen. Weil ich mich oft noch schwertat, ihn zu lieben. Weil ich mich zwischendurch weit entfernte und zum Beispiel immer noch nicht pinkeln konnte, wenn er im Bad war. So was kränkte ihn, ja! Es kränkte ihn, wenn ich ihn bat, mich beim Wasserlassen alleine zu lassen, nachdem er die halbe Nacht zwischen meinen Beinen verbracht hatte. Es kränkte ihn, wenn ich manchmal allein mit Curd Rock loszog, um ihn fürs Blog zu fotografieren (Curd hatte so ein kleines Weblog, in dem er von seinen Abenteuern erzählte), ach, Dick kränkte wohl vieles damals, auch wenn er versuchte, es mich nicht merken zu lassen. Oder nur ein kleines bisschen. Es war ihm – außerhalb des Betts – nicht nah genug. Ja nun, aber so schnell ging es eben nicht! Und diesmal, *diesmal* würde ich nicht wieder... egal... Aber jetzt lachten wir, lachten endlich mal... Irgendwann nahm ich seine Hände und legte mein Gesicht hinein.

»Schatz, warum können wir denn nicht immer hier sein?«, fragte ich seine Handflächen, die nach Zitronenseife und Kaffee rochen, und auch ein bisschen nach Rost von der schweren, alten Kette, mit der er unsere Räder zusammen an das Brückengeländer geschlossen hatte. Das tat er *auch* immer, mein Schatz.

Immer übernahm *er* das Abschließen unserer Räder. Seiner alten klappernden Herren- und meiner uralten scheppernden Damen-Gazelle (in Amsterdam fuhr man keine neuen Räder). Und wenn es dämmerte, befestigte er vorne und hinten kleine Plastiklämpchen von HEMA (an echten Amsterdamer Rädern funktionierte das Licht nicht mehr). Vorne ein weißes, hinten ein rotes. Sehr gewissenhaft war er damit.

Er vergaß auch nie, die Lämpchen wieder abzunehmen, seine und meine, weil sie sonst nämlich sofort geklaut würden. Zum Beispiel, wenn wir in ein Café gingen, um een kopje koffie (ein Tässchen Kaffee) zu trinken. Oder auch nur kurz zu Albert Hijn, um Melk (Milch) und Sinaasappelsaft (Orangensaft) zu kaufen. Wir tranken sehr viel davon. Meistens kauften wir von beidem gleich zwei große 2-Liter-Kanister, die Dick auf der Nach-Hause-Fahrt beide in einer Hand trug und mit der anderen Hand lenkte. Vier Liter hielt er mit Daumen und Mittelfinger, damit *ich* beide Hände am Lenker haben konnte. Ich war nämlich noch ein bisschen ungeschickt beim Radfahren.

Ich vergaß zum Beispiel ständig, wo die Bremse war, bzw. wo sie nicht war. Meine Gazelle besaß keinen Rücktritt, das überraschte mich immer wieder. Einmal war ich deshalb auf ein parkendes Auto gefahren (ein deutsches, aus Bielefeld). Und ein anderes Mal wäre ich fast mit einer Straßenbahn kollidiert (eine niederländische, mit super Hupe). Seitdem sah Dick sich ständig voller Sorge um. Er guckte mehr nach hinten zu mir als nach vorn auf die Fahrbahn. Und manchmal rief er grinsend »Let op, Lchen komt!«, so autoritär, dass die Touristen mit ihren Rucksäckchen erschrocken aus dem Weg sprangen. Lenken konnte ich nämlich auch nicht besonders gut. Ich hatte doch mal diesen Fahrradunfall gehabt. Die Zähne wurden perfekt rekonstruiert, aber meine Arme blockierten seitdem manchmal, wenn ich per Rad auf eine Biegung zufuhr.

Ja, sie wurden dann ganz starr, und ich konnte zu meinem Leidwesen nur noch geradeaus fahren. Biegung hin, Biegung her. Ich hatte das Fahrradfahren deshalb vorsichtshalber aufgegeben, in Hamburg, wo es von Biegungen geradezu wimmelte, schlimm. Aber in Amsterdam, mit Dick, hatte ich tollkühn wieder angefangen, *Lchen, back in the saddle!* In Amsterdam, mit Dick, konnte mir nichts passieren. Alle Straßenbahnen der Welt würden rechtzeitig halten, ganz sicher, oder zumindest hupen. Ein herrliches Gefühl war das, heerlijk…

»Möchtest du das? Immer hier sein?«, fragte Dick, gerade als ich im Begriff war, in seinen warmen, nach Rost und Zitronenseife riechenden Händen, in der milden Sonne, in Amsterdam einzuschlummern. Ich nickte. In diesem Moment, Sie merken es schon, hatte ich ihn wirklich sehr, sehr lieb.

Auf die Idee, zurückzufragen, ob er das auch möchte, ob er sich auch wünschte, dass ich immer in Amsterdam wäre, kam ich gar nicht. Ich dachte, ich würde ihm ein großes Geschenk machen, ich dachte, ich würde den glücklichsten Mann der Welt sehen, wenn ich den Kopf hob. Hatte ich ihm gerade quasi eine Art Antrag gemacht oder hatte ich ihm gerade quasi eine Art Antrag gemacht? Den glücklichsten Mann der Welt hatte ich mir anders vorgestellt.

Lachend. Oder noch besser weinend. Dick hielt blinzelnd Ausschau nach dem Kellner. Sein Gesicht sah eher ein bisschen ärgerlich aus. Na ja, dieser Kellner war aber auch eine Schnarchnase.

»Kunnen we afrekenen?«, rief ich tollkühn, als ich ihn erspähte. Können wir zahlen, höm. Das erste Mal, dass ich mich traute, öffentlich etwas auf Holländisch zu sagen.

»Nicht!«, sagte Dick und zog seine Hände weg. »Nicht, Schatz, das machen wir hier nicht. Winken ja, aber nicht rufen…«

Hm. Aber Schnarchnase kam.

Häuschem ist eim bisschem schief, aber darüber sehe ich mal himweg…

Zumindest habe ich eim sehr elegamte Couch nur für mich alleim.

Ich glaube, ich bleibe im Amsterdam bei meim neuem Freumd Dick…

Aber nur, wenn meim alter Freumd 119 mich im Feriem immer besuchem kommen darf.

So nah dran

Am meisten genoss ich die Nachmittage in Amsterdam. Nachmittage im Winter, nach Vormittagen, die wir im Bett verbracht hatten. Unter den dicken, warmen Decken, während das kleine Haus noch kalt war, so kalt, dass man fast den Atem sah (bildeten wir uns ein). Nein, da durfte man nicht raus, den Tod würden wir uns holen. Wir lagen ineinandergerollt wie ein Wurf Hamster und murmelten Unsinn. Stöhnten, wie schrecklich dringend wir eigentlich mussten. Überlegten, wie Eskimos das wohl machten. Ob sie nachts rausgingen oder Ornamente an die Igluwände pinkelten. Ob das vielleicht sogar ein Beruf war am Nordpol, Dekor-Pinkler… Über so einen Blödsinn kicherten wir uns halbtot.

Wenn wir vormittags miteinander schliefen, dann nur ganz behutsam. Wegen der Blasen und auch, weil wir unser Pulver nach der Nacht verschossen hatten – sollte man meinen… Danach dösten wir noch mal ein bisschen. Blieben einfach liegen und träumten, träumten vom Pinkeln, von goldgelben Inseln, von goldgelben Pfannkuchen, die man machen könnte, wenn man es nur schaffen würde, aufzustehen. Wenn. Wenn es auf der Welt irgendwas Schöneres geben würde, als genau so liegen zu bleiben, genau so… Och, so gesehen, die Vormittage waren auch nicht schlecht. Wunderbar.

Aber die Nachmittage genoss ich persönlich noch mehr. Irgendwann flitzte Dick los und drehte in einem Affenzahn die Heizkörper überall auf. Danach kam er mit einem Hechtsprung zurück ins Bett und wir lagen steif wie Brokkoli auf dem Rücken, den Kopf über die Decke gestreckt wie die Brokkoliröschen, und lauschten gebannt, wie das Wasser blubbernd in die alten Rohre schoss. Ha-ha! Der Mensch, Bezwinger der Naturgewalten! Nach ein paar Minuten war dann nur noch ein dumpfes, leises Rauschen zu hören und trockene, holzige Wärme erfüllte das kleine Haus. Die Eiskristalle an den Fensterscheiben tauten. Bald konnte man aufstehen, um zu pinkeln, zu duschen, Kaffee zu trinken. Und ein bisschen seiner Wege zu gehen, jeder für sich.

Das war nämlich auch so schön. In Amsterdam, in dem kleinen Haus, konnten wir friedlich und leise nebeneinander sein. Ich saß hinter meinem leise schnurrenden Laptop, der mich überall begleitete, und Dick machte sich irgendwo im Haus zu schaffen. Entweder arbeitete er unterm Dach an seinen Lampen – lädierte rare Schönheiten, die er auf irgendwelchen Auktionen erstand, wieder heile machte und dann teuer verkaufte. Oder er hantierte irgendwas in der Küche. Oder reparierte die Klospülung, die wieder die ganze Nacht geplätschert hatte (das machte den Harndrang auch nicht schwächer). Oder brachte unser Bettzeug nach dem Waschen in den Keller zum Trocknen. Wie eine liebe, alte Stubenfliege brummte er munter von Etage zu Etage, drehte manchmal sogar eine kleine, neugierige Runde durch den Garten, schwirrte weiter zu Mehmet an der Ecke, Rauchwerk holen, aber schnell, nicht erkälten… Summte dann von universeller Dankbarkeit (o. ä.) beflügelt zurück ins rettende Warme. Ich bin wieder da, rief er dann. Mein Dick. Mein Schatz.

Und manchmal, wenn es auf seinem Weg lag, kam er auch an meinem Tisch vorbei. Hinterließ einen Keks (een koekje), einen kaltnasigen Kuss (een kaltnasigen zoen) oder eine heiße Schokolade (meistens alles drei). Einen kurzen Moment stand er still, legte sein Gesicht an meinen Hals…

Dann sagte ich leise Höm… Und er sagte auch leise Höm… Und erst zum Abschied, bevor er dann auch schon wieder weiterbrummte, fragte er noch: »Wie geht's voran mit dem Buch?« Dann war er auch schon weg, mein Schatz. So musste es sein. *So* musste es sein. So in etwa hatte Lchen sich das ihr ganzes Leben lang erträumt.

Ich schrieb ja immer an irgendeinem Buch. Und das, an dem ich damals saß, sollte eine ganz dolle Sache werden, wieder mal. Eine packende Liebesgeschichte zwischen einer deutsch-jüdischen Agentin und einem türkischen Islamisten vorm Hintergrund einer globalen Klimakatastrophe am Hof von König Arthur. Quasi. Ein gleichermaßen sozialkritisches, historisches, politisches und vor Erotik knisterndes literarisches Feuerwerk hatte ich da am Start. Weit über den Start hinaus würde es auch nie kommen. Keine Sorge.

Ich schrieb Bücher gewohnheitsgemäß nur bis Seite zehn, nur den Anfang. Die Buchanfänge türmten sich bei mir, irgendwann würde ich ein Buch daraus machen – *Das große Buch der angefangenen Bücher*, ein Bestseller –, nur zu Ende erzählt hatte ich noch nichts. Weil ich – sobald der berühmte, Anfängen innewohnende Zauber verpufft war – meist zügig erkannte, dass *meine* Anfänge Mist waren. Danach überlegte ich noch kurz, ob es irgendeinen Grund geben könnte, Mist zu beenden… und begann dann lieber mit dem nächsten Knaller, ganz vergnügt. Der Weg ist das Ziel, jede Reise beginnt mit dem ersten Schritt, und das Spiel dauert 90 Minuten.

Trotz dieser insgesamt also eher mäßigen literarischen Erfolgsaussichten bestand ich auf meinem täglichen Schreiben wie Miss Marple auf der Teatime. Gerade in Zeiten wie diesen. Gerade seit ich Dick kannte. Weil Dick und dieses ganze Lieben mich so durcheinanderbrachte. Weil ich mich mit einem neuen Menschen immer wie eine Schneekugel fühlte, die ein kleines blondes Mädchen im Vorbeilaufen geschüttelt hatte. Blöde Nuss. Aber wenn ich mich dann hinter mein Laptöppchen setzen und ein bisschen schreiben durfte, irgendwas, egal ob Anfang oder Ende... das half. Sätze bilden war für mich wie die Kugeln eines Gebetskettchens zählen, beim Schreiben setzte sich der Schnee.

Und außerdem... Außerdem würde ich irgendwann, *irgendwann* doch ein Buch zu Ende schreiben. Bestimmt. Und dann konnten sie mich alle fein am Gesäß lecken, die Joghurtfritzen. So. Nie wieder würde ich morgens um sieben mit spitzen Stiefelchen und figurnahem, schwarzem Mäntelchen zur U-Bahn hetzen, ach, wie ich das hasste... So verzweifelt energisch, dass die Schritte wie Schüsse einer Kleinkaliberwaffe durch die kalte Unterführung hallten, widerlich. Nie wieder würde ich das Wort »Meeting« benutzen. Nie wieder würde ich sonntags durch das Oberlicht eines »Konfis« in einen stahlblauen Winterhimmel sehen...

Nein. Ich würde eine kauzige, menschenscheue Schriftstellerin, die aus dem Bett direkt hinter ihren Rechner krabbelt (im gepunkteten Baumwollpyjama, einer alten Herrenstrickjacke und Lammfellpantoffeln). Von einer Eingebung, die der leichte, flauschige Vormittagsschlaf in ihr Bewusstsein vorgelassen hat, natürlich, sanft getragen. Ja. Ich würde einfach in einem kleinen, warmen Haus sitzen... mittags zwei Käsebrote essen, ab und zu eine Runde durch den Garten bummeln, Bananen pflücken... Und ansonsten einfach weltbewegende Geschichten schreiben. Während mein Mann wie eine liebe alte Stubenfliege durch das Häuschen brummt und die Kinderchen von den Treppenstufen liest.

Und abends irgendwann »Essen ist fertig!« ruft. So war der Plan, der *Traum*, genau. Und bei Sonne würden wir alle runter ans Meer gehen, baden. So war er *ganz* genau.

Ich war also schon ziemlich nah dran. Im Amsterdam. Ich war verdammt nah dran…

»Lpunktje?«

Als Dick, die liebe Stubenfliege (nicht mehr Meerjungfrau! Nicht mehr geile Hummel! Nicht mehr Kuhfladen! Nicht mehr Luca Brasi!), sich plötzlich gegenüber auf den Stuhl setzte, als er mich so ernst ansah… da wusste ich gleich, dass irgendwas dazwischenkam.

»Lchen, ich muss dir was sagen.«

Ja, so fing es immer an. Mit diesen Worten begannen Tragödien. Ich lächelte. Nur zu.

»Lchen, ich weiß, dass du gerne hier bist…«, sagte Dick und senkte den Blick, »aber gewöhn dich nicht zu sehr an diesen Platz… dieses Haus gehört mir nicht.«

Nicht?

Nun…

Nicht meim Häuschem???

Curd vor die Tür gesetzt…

So sieht es aus.

Dann suche ich mir ebem eim anderes kleimes Häuschen im Amsterdam.

Wahre Liebe

»Männer, die nur mieten, sind wirklich das Letzte…«

Meine Schwester spielte gut. In ihrem BMW kutschierte sie mich schnittig vom Bahnhof zu sich nach Hause. Aber ich spürte, dass sie sich tief in ihrem Innern schwertat, meine Empörung zu teilen.

»Popogrill?«

Mit routiniertem Knopfdruck – ohne hinzusehen, kurz bevor sie beim Anfahren an einer Ampel einen jungen Mercedesfahrer mit Migrationshintergrund demütigte – hatte sie die Sitzheizung auf meiner Seite eingestellt. Und im Nu kroch mir durch das feine schwarze Lederpolster die Wärme herrlich ins Gesäß. Ach, ein bisschen Luxus war doch auch schön… Ich merkte, wie mein innerer Aufruhr zu Müdigkeit zerschmolz. Und Kummer.

»Nein, ich… eigentlich bin *ich* das Letzte«, sagte ich tief zerknirscht. »Das ist doch keine Liebe: Schatz, du bist der Mann meiner Träume – aber nur mit Haus!«

»Och, sach nich, sach nich, Lchen. Ich denke, viele Schneckendamen vertreten genau denselben Standpunkt!«

Wir lachten ein bisschen. Lchen, die Schneckendame. Dick, die Nacktschnecke (Stubenfliege wieder gestrichen, Nacktschnecke). Trotzdem war es traurig. Dicks Eröffnung hatte mich wirklich erschüttert, wie erbärmlich von mir, manmanman.

Wir hielten vorm Haus meiner Schwester, einem strahlend weiß verputzten Neubau, schon mit Weihnachtsmann an der Haustür. Rund und pausbackig, so Weihnachtsmänner hatten ja was Feistes, auch. Erst mal schön die eigene Wampe vollhauen, dann ab in die fette Kutsche – hopp, Rudolf! – noch ne Runde Kinderchen beschenken. Jesus hingegen, die *wahre* Liebe, war immer fein schlank und ausgezehrt. Hätte ja auch nicht ausgesehen, so ein Mops am Kreuz. Ich hatte schlechte Laune, fiel mir auf.

Meine Schwester stellte die Scheinwerfer aus und zog den Zündschlüssel ab. Irgendwie wollte ich nicht aussteigen, merkte ich jetzt. Irgendwie wollte ich lieber in dem Auto mit dem Popogrill sitzen. Obwohl Hannes schon mit dem Essen wartete, meinte meine Schwester. Nudeln. Ich hatte keinen Appetit.

»Ich werde Schluss machen mit Dick«, sagte ich und stellte befriedigt fest, wie der Ernst meiner Worte meine Schwester zurück in ihren Schalensitz presste. »Ich liebe ihn doch gar nicht, ich liebe Amsterdam! Dick mag ich zwar auch, aber nur wenn er *in* Amsterdam ist, quasi als lebendiges Detail der Stadt.«

Meine Schwester legte besorgt die Stirn in Falten und steckte den Zündschlüssel zurück ins Schloss. Die Heizung sprang wieder an, sehr gut. Ich fuhr fort:

»Deshalb funktioniert es auch nicht, wenn er bei mir ist. In Hamburg kann ein Detail von Amsterdam einfach nicht denselben Charme entfalten. Ich *muss* Schluss machen, sonst spiele ich nur mit seinen Gefühlen.«

Traurig sackte ich in mich zusammen. Los, trösten.

»Lchen, es nervt.« Häh? »Hör doch mal auf, dich ständig selbst zu beobachten!« ICH? »Und werd vor allem nicht gleich so dramatisch!«

Meine Schwester *hatte* offensichtlich Appetit.

»Nur weil du diesen Tulpenkopp nicht innerhalb von zwei Sekunden bedingungslos liebst… egal, ob arm oder reich, gesund oder impotent… das heißt doch nicht, dass aus euch nichts werden kann mit etwas Zeit!«

»Meinst du?«

»Du hast gerade erst eine Trennung hinter dir! Du bist nicht mehr die Jüngste und willst, dass es der Richtige ist diesmal! Und du hast dich eben in das *Konzept* Dick verliebt! Nicht bloß in den Mann, sondern auch in das Drumherum. Die hübsche Stadt, die süße Immobilie am Kanal… ja und? Wieso denn nicht? Frau Trump hat sich bestimmt auch nicht bloß in den molligen rotblonden Mittfuffziger verliebt, sondern in das *Konzept* Donald Trump!«

»Ich will aber nicht sein wie diese geldgeilen Kühe aus der *Bunten*! Donald Trump ist wieder verheiratet? Mist!«

»Du hast einen Traum vom Leben und willst einen Mann, mit dem dieses Leben möglich ist – was ist dabei? Hätte ich gewusst, dass Hannes nicht zum Zeugen zu bewegen ist, wäre ich vielleicht auch rechtzeitig abgesprungen.«

»Bist du aber nicht, siehste, bist du aber nicht! *Das* ist Liebe!«

»Ja, und jetzt muss ich jeden Morgen ins Büro.« Sie schnaubte. »Außerdem verstehe ich das Problem nicht! Es gibt doch sicher noch mehr kleine Häuschen in Amsterdam, wieso sucht Dick sich nicht was anderes? Wann ist es überhaupt so weit?«

Der Popogrill wurde allmählich etwas warm.

»Das Häuschen gehört seiner Schwester«, antwortete ich. »Spätestens, wenn ihre Töchter in Amsterdam studieren wollen, muss Dick raus.«

»Und wie alt sind die Mädchen jetzt?«

»Die ältere kommt in den Kindergarten.« Der Popogrill wurde allmählich etwas heiß. »Aber vielleicht will seine

Schwester das Haus auch schon früher neu vermieten«, führte ich aus. »Ihre Galerie läuft gerade nicht besonders.« Unbehaglich rutschte ich auf dem glühenden Sitz hin und her. »Und von Dick kann sie natürlich nicht so viel Miete verlangen wie von Fremden.«

Die Nase meiner Schwester kräuselte sich leicht. »Was zahlt Dick denn?« Sie hatte Witterung aufgenommen. Oje.

»Dick? Im Moment? Ich glaube… im Moment… äh… nichts.«

»Warum?« (Das Wort sprach sie wie ein Fallbeil: Wa-RUMMM!)

»Weil… weil… weil… Er kann es nicht.« (Plumps, Rübe ab.)

Meine Schwester sah mich schweigend an.

»Der Lampenmarkt ist gerade ziemlich gesättigt in Amsterdam«, erläuterte ich. So, jetzt war es raus.

Meine Schwester atmete hörbar aus. Dann nickte sie stumm. Verstehe, hieß das wohl. Verstehe, eine Pfeife. Du hast eine Pfeife aufgerissen. Oder Lusche. Lusche, das Wort benutzte sie auch manchmal.

Einen Moment saßen wir so da. Draußen hatte lautloser Regen eingesetzt. Tröpfchen, nicht größer als Stecknadelköpfe, überzogen die Frontscheibe. Ein Handy klingelte.

»Komm, lass uns mal aussteigen, hm?«, sagte meine Schwester. »Ich glaube, Hannes wartet mit den Nudeln.«

Wir gingen ins Haus. Dort aßen wir zu viel und tranken die Flasche Mosel, die der Nachbar fürs Blumengießen vor die Tür gestellt hatte – mutmaßte man. Jedenfalls hatte sie dort gestanden, und wie sollte sie sonst dahin gekommen sein. Jetzt war sie weg. Und eine Flasche Grappa, die nicht vor der Tür gestanden hatte, auch. Wir waren alle sehr müde und sahen fern.

Auf Kabel 1 gab's wieder mal diesen alten Schinken. Dieser Film, den sie jedes Jahr um die Weihnachtszeit zeigten. In dem *sie* (schön) ihr wunderschönes langes Haar abschneidet und dem Perückenmacher überlässt, um *ihm* (armer Geigenvirtuose) zu Weihnachten neue Saiten für seine Geige zu kaufen. Und *er* verkauft eben jene Geige, um *ihr* Kämme für ihr traumhaftes langes Haar zu schenken. Ja, und dann sitzen sie da, am Heiligen Abend, schöne Bescherung. Scheißgeschenke, aber ein wahres Fest der Liebe. Eben eine dieser typischen herrlichen, schrecklichen Weihnachtsschnulzen – dachte ich *früher* immer.

Es war die Art und Weise, wie *sie* in der letzten Einstellung ihren neuen Bubikopf im Spiegel anlächelte. Dieses Lächeln hatte so etwas Befriedigtes, beinahe Selbstgefälliges. Da wurde es mir plötzlich klar: »Du wolltest doch kurze Haare, du falsche Kuh!«

Ich brüllte die arme Schauspielerin richtig an. So heftig, dass Hannes aus seinem TV-Schlaf hochfuhr und meine Schwester, die sehr nah am Wasser gebaut hatte und gerade ein paar Tränchen der Rührung abdrückte, ihr zerknülltes Tempo erschrocken sinken ließ. Beide sahen mich fragend an.

Ich erklärte es ihnen. Ich öffnete ihnen die Augen. In Wirklichkeit war es nämlich so: Die Frau *stand* auf diese modernen, damals noch als ein wenig verrucht geltenden Kurzhaarschnitte. *Sie stand drauf.* Sie wollte das schon lange, nur *er*, er wäre sicher dagegen gewesen. Wenn sie ihn gefragt hätte. Aber so blöd war sie nicht, sie hatte es einfach gemacht – schnipp, schnapp! – und ihm das Ganze dann auch noch als Liebestat untergejubelt. Genial! Und er, *er* war auch nicht besser. Er war nämlich in Wahrheit kein Virtuose, sondern ein ganz übler Fiedler. Miserabel. Nur seine Freundin glaubte, er könne spielen, weil sie keine Ahnung hatte. Irgendwann hatte er sie damit rumgekriegt, aber lange hätte er die Show nicht mehr durchhalten können. Er hasste Geigen, er mochte viel lieber Country-Musik. Weihnachten war *die* Gelegenheit, für beide.

»Die haben sich gegenseitig ganz elegant beschissen!«, resümierte ich empört und gleichzeitig tief befriedigt, dass ich, Lchen, ihnen auf die Schliche gekommen war. »Die haben sich ihre eigenen Wünsche erfüllt und sie dem anderen als Geschenk verpackt, als Liebe!«

»Lchen«, sagte Hannes, der von meinen Privatscharmützeln nicht die leiseste Ahnung hatte. »Lchen, sach mal... wie läuft's denn eigentlich so mit diesem Dick?«

Dieser Dick hatte mich ein paar Stunden zuvor zum Bahnhof gebracht. Oben auf dem eisigen Bahnsteig hatten wir auf einer der alten, dunkelbraun lackierten Holzbänke gesessen, uns festgehalten und stumm den Ansagen der Sprecherin gelauscht. Dieser warmen, freundlichen und gleichzeitig doch respektgebietenden Stimme (»Attentie alstublieft!«).

Dick, hatte ich gesagt, als sie mal einen Moment die Klappe hielt. Dick, ich komme trotzdem zu dir! Ich liebe dich, wir suchen uns ein anderes Haus, zur Not ohne Kanal, zur Not nur zwei Zimmer, wir finden schon was... Und der Lampenmarkt regeneriert sich doch bestimmt bald wieder.

Lchen, hatte Dick da geantwortet und meine Hand noch fester gedrückt. Lchen, das ist lieb, das ist wunderbar. Aber du *musst* in Deutschland bleiben, du brauchst deine Sprache, du lebst doch davon. Besser *ich* komme. Für mich ist es leichter dort, Lampen gibt's auch in Hamburg, und wenn ich ohnehin ausziehen muss... (»Attentie alstublieft!« heißt übrigens »Vorsicht, Sie werden überrollt!«)

So hatten wir auf der Bank gesessen und einander die Geschenke in den Schoß geschoben. Große Geschenke, Riesengeschenke. Waren beide bereit gewesen, alles, *alles* für den anderen hinter uns zu lassen. Und kurz davor, uns in die Wolle zu kriegen: Schatz, ich gebe alles für dich auf. – Nein, bitte nicht, Schatz, *ich* werd alles für *dich* aufgeben. – Nein, ich! – Kommt nicht in Frage, ich! – Immer willst du alles für mich aufgeben, jetzt will *ich* mal! – Wenn du mich nicht alles für dich aufgeben lässt, dann... dann verlasse ich dich! Ein Theater. In Wirklichkeit wollten wir uns nur selbst beschenken.

Zumindest von mir konnte ich damals ganz sicher sagen, dass mein Leben – dieses Leben als Elefant, der im Paillettenkleid durch die Werbeszene wirbelt – mir keinen Spaß mehr machte. Ich war es leid. Ich sehnte mich danach, neu anzufangen. Gerne in Holland, wo niemand allzu große Sprünge von mir erwarten konnte. Wo Dick die Hauptverantwortung tragen würde. Und es mir schuldig wäre – jawohl, *schuldig*! –, für mich zu sorgen, weil ich ja alles aufgegeben hätte für ihn. Hach, wie schön würde das sein, wie entspannt.

Ich sah uns schon streiten: »Was, du willst den Müll nicht runtertragen?«, würde ich sagen. »Und für dich habe ich mein Land verlassen!« Oder: »Ja, natürlich verdiene ich als Aushilfs-Büchereiaufsicht nicht viel! Ich bin Ausländerin, eine Deutsche in Holland, denkst du, sie lassen mich

Phillips-Direktor werden?« Höm, Deutsche in Holland, das war ein gutes Argument! »Aber dafür bin ich schon auf Seite zwölf von meinem neuen Buch, auf Seite *zwölf*, so weit bin ich noch nie gekommen!« Ach, wunderbar, wunderbar, wunderbar! Ich wäre entschuldigt für alles. Für den Rest meines Lebens.

»Du hattest recht«, sagte ich jetzt tief deprimiert zu meiner Schwester. Meiner Schwester, die inzwischen auf einem anderen Kanal im Wachschlaf Boxen guckte. »Weißt du noch, was du gesagt hast, als ich zum ersten Mal aus Amsterdam kam? Du hattest recht, ich bin müde. Ich will jemand, der für mich sorgt.«

»Wer will das nicht?«, knurrte sie. Hannes schlief.

»Eben. Jeder will das.« Ich seufzte tief. »Ich glaube, Dick will es auch.« *Das* war es: das Kissen des Luca Brasi.

»Lusche«, schnaubte meine Schwester.

»Tja! Im liberalen Holland ist die Männer-Emanzipation eben weiter!«, warf Hannes (doch wach) von der Seite tollkühn ein.

Ich zuckte die Schultern.

»Kann Dick gebären?«, konterte meine Schwester aus ihrer Ecke.

Ich signalisierte Zweifel.

»Stillen?«

Nicht, dass ich wüsste.

»Dann wirst du das Rennen machen, Lchen«, grinste sie zufrieden.

Na, dann.

Salaam Bombay

Es war tatsächlich so. Wenn wir ehrlich gewesen wären damals, *beide*, steckte unser Leben in einer fiesen Sackgasse. Dicks ebenso wie meins. Und mehr oder weniger bewusst suchten wir händeringend nach einer Chance, in das Leben eines anderen hinüberzuwechseln und dort einfach weiter mitzufahren. Ohne Gepäck. Ohne alles. Auf gut Glück.

Mir selbst hätte damals vielleicht eine Kur geholfen. Eine ganz normale Kur in Bad Pyrmont oder Bad Lippspringe oder Bad Salzuflen meinetwegen. Eine Kur, wie man sie Menschen seit Jahrhunderten bei diffuser Erschöpfung verschrieb, wäre sicher besser für mich gewesen als ein neuer Mann. Und wenn ich mich unbedingt hätte verlieben wollen, dann vielleicht in einen schönen, gut gefönten Kurarzt.

Dicks Hintergründe hingegen ließen sich vorerst nur dunkel erahnen. Wenn ich ihn richtig verstanden hatte, war er früher ein Mann der Kunst gewesen. Aber irgendwann hatte er beschlossen auszusteigen. Jeden Tag drei Stunden zu schwimmen oder eiszulaufen. Und nur noch mit den Händen zu arbeiten. Mit den Händen und zu Hause. Allein, unbehelligt von den Meinungen anderer. Eine Lampe war entweder kaputt oder sie war heile. Kein Kritiker würde sich je darüber auslassen, diese Parasiten-Bande, wie er sie nannte. Leute, die nichts schufen, nichts konnten, sich selbst nichts trauten. Aber über das, was andere schufen, urteilten, ihre Worte in deren Werken ablegten wie Maden! Auweia. Keine allzu netten Worte im Falle der Werke meines Schatzes, schwante mir, als ich ihn so finster schimpfen hörte… Irgendwas hatten sie ihm angetan. Und das war sicher *kein*

Kunststück gewesen. Denn Dick ertrug Kritik nur schwer. Ich selbst merkte das auch, aber oft erst zu spät.

Sie traf ihn sehr. Dabei sah es zunächst so aus, als wenn kritische Bemerkungen völlig an ihm abglitten. Doch im Gegenteil, sie drangen in sein System wie Kiesel, die von irgendwelchen kleinen Lümmeln zum Vergnügen in einen Froschtümpel geworfen wurden. Man sah nicht, was aus ihnen wurde, ob sie nur so versanken oder vielleicht Tragödien anrichteten, irgendwo im Tümpelreich. Doch manchmal – Wochen, Monate oder sogar Jahre später – sprach Dick plötzlich davon. Dann erst wusste man, dass der Kiesel ihn damals wohl getroffen hatte. »Nicht wie Salaam Bombay?«, fragte er zum Beispiel, als wir auf einer unserer späteren Reisen in Milano nach neuen Kleidern suchten.

Wir waren guter Dinge damals. Wir dachten, wir hätten ein gemeinsames Leben vor uns, in dem wir diese Kleider tragen würden. Für mich hatten wir schon eine kleine, türkisgrüne Jacke und ein Paar Schuhe gefunden. Flach und an den Knöcheln mit schmalen Seidenbändern wie bei Ballerinas – schon fühlte ich mich wie eine Feder (und war auch nicht mehr größer als mein Schatz). Dick probierte gerade eine elegante dunkelblaue Hose und betrachtete sich ernst im Spiegel der Umkleidekabine. Ich steckte meinen Kopf durch den Vorhang und signalisierte durch einen Blick, dass ich mich nur mit Mühe zurückhalten konnte, ihn anzuspringen und zu sexuellen Handlungen zu zwingen. Er sah wirklich schön aus. »Ehrlich nicht wie Salaam Bombay?«, fragte Dick noch mal und warf mir im Spiegel einen kurzen, harten Blick zurück, bevor er im nächsten Moment schon wieder lachte.

Es war lange her, sehr lange. Der Tag, als wir zum ersten

Mal ans Meer fahren wollten und beide nicht ganz sicher waren, was man anziehen sollte. Dick kam aus dem Bad, noch verschwenderischer duftend als sonst, glänzend von meiner Hautpflege, die er liebte und von der er dachte, dass ich sie nicht an ihm rieche, wenn er sich mit Eau de Toilette nicht nur einsprüht, sondern übergießt. Mich verstimmte das ein bisschen. Weil es eine viel zu teuere Creme gewesen war. Und weil Dick sie so großzügig auftrug, dass er in den Nasenflügeln noch genug Vorräte hatte, um später Steaks damit zu braten. Und so kräuselte ich wohl einen winzigen Moment lang meine Stirn, als er sich vor mir aufbaute und strahlend fragte: »Na? Wie seh ich aus?«

Er war damals sehr dünn geworden. Das macht die Liebe, sagte er immer. Und er hatte die verschlissene Leinenhose mit einem Gürtel in der Taille so eng gezogen, dass so ein »Schnäbelchen« nach vorne stand. Wissen Sie, was da so manchmal unter der Gürtelschnalle vorguckt, wenn Menschen, die sehr abgenommen haben, ihre zu großen Hosen weiter tragen. Wo man dann am liebsten ein paar Groschen reinwerfen würde oder ein paar Nüsschen, weil es so herzerweichend wirkt. So hungrig… Also, ein solches Schnäbelchen stand vorne von Dicks Hose ab. Dafür war sie unten zu kurz. Weil er sie hoch oben in der Taille trug, lugten zwischen den altehrwürdigen Chucks, die er an den Füßen hatte, und der Hose seine nackten Beine hervor. Aber LA MER in den Nasenflügeln. »Sehr gut!«, sagte ich.

Doch so leicht war es nicht. Dick hatte das Kräuseln meiner Stirn bemerkt und hakte nach. »Ein kleines bisschen Salaam Bombay!«, gestand ich da kichernd ein. Und erzählte ihm von diesem Film. Ein sehr lieber Film über Straßenkinder in Bombay, den ich mal gesehen hatte. Die kleinen, dünnen Jungen trugen auch immer solche Hosen, jedenfalls in meiner Erinnerung. Hosen, die zu kurz und zu weit waren. Und mit dieser Einwurfgelegenheit entweder vorne oder hinten durch den eng gezogenen Gürtel, der manchmal auch nur eine Kordel war oder ein Stück Wäscheleine. Dick lachte, als ich das erzählte. Und machte seinen Gürtel einfach loser, so ging es doch schon, Thema beendet. Dachte ich. Viel, viel später in einer Boutique in Milano merkte ich, dass ich ihn damals wohl gekränkt hatte.

Na immerhin hatte er danach nicht aufgehört, Hosen zu tragen. So wie mit der Kunst, als er dafür nicht die Anerkennung bekam, die er erhofft hatte. Von anderen, von sich selbst, ehrlich gesagt, habe ich nie erfahren, wer genau ihm den Spaß verdorben hatte. Ich spürte nur: Mein Schatz war verletzt aus der Arena gegangen und hatte keine Lust, noch mal neu anzutreten für Ruhm und feine Hosen. Ich vermutete, dass er *deshalb* lieber bei mir mitfahren wollte, in meinem Leben. Und nicht ganz so euphorisch reagierte, sobald ich andeutete, dass ich aber auch sehr gerne zu ihm kommen würde. Die Verantwortung war ihm zu groß. *Captain Dick* gab's nur im Bötchen, nachts in den Grachten, im Touristenprogramm. Und Prinzessin Lchen ebenso.

So viel dämmerte mir damals wohl. Als ich am Morgen nach dem Zwischenstopp im vorweihnachtlichen Münster weiter zurück nach Hamburg fuhr, schwante mir, dass dieser Mann in Amsterdam wohl nicht der war, der den Elefant vom Eis holen würde. Ein Mann, der keine Miete bezahlen konnte. Ein Mann, der sich von Kieselsteinchen aus der Bahn werfen ließ. Ja, eine Pfeife, konservativ gesehen.

Aber mir schwante auch, dass ich schon ein bisschen zu

weit mit ihm war. Dass ich die Pfeife lieb hatte, *trotzdem*. Au backe, *trotzdem* bedeutet immer Ärger.

So gesehen, treu

119 hatte ich durch Dick jedenfalls endgültig überwunden. Nichts zog mich mehr zu ihm hin, nichts. Ganz deutlich spürte ich das, als ich seine vertrauten Konturen kurz nach meiner Rückkehr aus Amsterdam in den Schwaden der Dampfsauna meines Vertrauens schemenhaft erkannte.

»Na Maus, wie läuft's denn so?«

Schwupp, schon pflanzten die Konturen sich klar und deutlich spürbar neben mich. Ich legte den Finger auf den Mund und deutete auf das kleine Schild, das die Saunabesucher um Ruhe und gegenseitige Rücksichtnahme bat. Irgendwo hinter den Nebelschwaden musste eins sein.

»Curd ist ja auf dem besten Wege, ein Käsekopp zu werden, hab ich im Blog gesehen.«

Ich lächelte entschuldigend zu den Umrissen eines anderen Saunabesuchers. Einer Säule, wie sich dann erwies.

»Erzähl doch mal, Lchen!«

»Hase, entschuldige mich bitte, puh, mir ist zu warm.«

Ich ließ alles stehen und liegen (viel war es ja nicht) und rannte nach Haus. Wirklich nichts, nichts, *nichts* zog mich noch zu ihm hin.

Kurze Zeit später schellte es. 119 wollte mir das Saunahandtuch wiederbringen, das ich auf der Flucht zurückgelassen hatte.

»Sehr nett«, sagte ich und nahm ihm das Handtuch ab. Erwartungsvoll strahlte er mich an. Ich lächelte eher schmal. »Wie geht's, wie steht's? Ich hoffe, du denkst nicht, dass ich jetzt vor Dankbarkeit mit dir schlafe.« So nicht, mein Freund, *so nicht!*

119 lachte laut auf. »Ehrlich gesagt, doch, Lchen! Darauf hatte ich schon spekuliert! Ich meine, es ist ein sehr schönes und sehr großes Saunahandtuch!«, sagte er. »Hätte ich gewusst, dass du *nicht* aus Dankbarkeit mit mir schläfst, hätte ich es behalten – Lchen, bist du betrunken?«

Finster starrte ich ihn an. So nicht. Er hatte Tränen in den Augenwinkeln vor Lachen, sein hageres Gesicht war von kleinen Fältchen überzogen, wie immer, wenn er so lachte. Ich erinnerte mich, wie ich ihn auf Sylt mal geärgert hatte deswegen. »Für den Herrn im Plisseerock ein Stück Apfelkuchen und einen Milchkaffee!«, hatte ich zu einem Kellner gesagt. Aber nur, weil 119 mich vorher Mopp genannt hatte. »Für die Dame mit dem Mopp auf dem Kopf einen Milchkaffee und einen Nussknacker!«, hatte er nämlich davor gesagt. Wir hatten die Angewohnheit gehabt, überkreuz zu bestellen. Das hatte ich mal in einem Film gesehen. Ein altes Ehepaar machte das so. Weil jeder vom anderen genau wusste, was er gern mochte. Sogar besser als derjenige selbst manchmal. Ich *hasste* Nussknacker. Plötzlich musste ich mitlachen. Meine Schultern, mein Nacken, mein ganzer Körper entspannte sich.

»Ach, Hase, warum ist das nur alles so kompliziert?« Ich fiel ihm um den Hals.

»Was denn?«

»Alles!« Gott, was hatte ich ihn vermisst! Was hatte ich ihn vermisst! WAS HATTE ICH IHN VERMISST! Schnell machte ich mich wieder von ihm los. »Komm rein, ich koch uns Kaffee.«

Wir saßen auf der Couch wie zwei Fußballfans vorm Anpfiff eines Spiels, das plötzlich abgesagt worden war, und tranken jeder unser viertes Pils. (Viel trinken nach der Sauna, ganz wichtig.) 119 hielt seinen Freund Curd im Arm und führte mit ihm eine nonverbale Konversation über den Kunstbegriff in der Moderne (nehme ich an). Ich sinnierte derweil ein bisschen über mein neues Liebesleben. Der Fernseher lief, Tierfilme.

»Es läuft nicht so richtig«, seufzte ich und starrte müde vor mich hin. Ein Löwe jagte ein Gnu.

»Ach komm… warte doch erst mal.«

Warten, warten! Mit Ende dreißig hat man keine Zeit zu warten, Lampe an oder aus, verdorrie…

»So ein lieber Mann… und er liebt mich, er liebt mich, kannst du dir das vorstellen, Hase?«

119 schwieg höflich. Das Gnu rannte um sein Leben.

»*Dich* habe ich damals auf den ersten Blick gemocht, ausgerechnet, und bei Dick habe ich so viele Zweifel immer wieder… so was Ungerechtes!«

»Ich sehe vermutlich besser aus?« 119 nippte zufrieden an seinem Bierchen.

»In Amsterdam ist alles gut, herrlich, aber hier in meiner Wohnung will ich ihn nicht, ich kriege einfach keine Luft.«

»Mich hast du auch immer rausgeworfen, Lchen.«

»DICH? Nie!« Lauf, Gnu, lauf!

»Doch, ich bin nur vorher gegangen. Ich sehe nicht nur besser aus, ich bin auch deutlich intelligenter als dieser Dick!«

»Ich hab dich nie rausgeworfen, Hase!«

»Du hast Udo Jürgens aufgelegt, Merci, Merci, für die Stunden Chérie…«

»Einmal! Und das war doch kein Rauswurf, Merci Chérie ist der Hammer!«

»Du wolltest, dass ich bleiben *wollte*, aber nicht, dass ich *bleibe* – das ist ein Unterschied, Maus.«

Jetzt hatte der Löwe das Gnu.

»Gar nicht wahr. Ich wollte immer, dass du bleibst.«

»Wohl wahr. Wenn ich geblieben wäre, hätte ich dich genauso genervt wie Dick.«

»Meinst du?«

119 stellte um, Bundesliga. Er legte seinen Arm um mich und resümierte behaglich. »Du hast diesen Dick genauso lieb wie mich früher. Das merkst du nur nicht so, Maus, weil er dich auch liebt.«

»Meinst du?«

»Klaro!«

»Aber stell dir mal vor, Hase, er hat gar kein Geld! Er ist ein armes Schwein.«

»Siehste, und du magst ihn trotzdem.« 119 stellte ein bisschen lauter und zwinkerte. »Keine Sorge, nach der Sportschau bin ich weg.«

Ich sah ihn an. Vier Augen. Na, macht nichts. Dann flüsterte ich, als hätte der KGB die Wohnung verwanzt.

»Aber weißt du, was mich noch beunruhigt, Hase…«

Mein Blick irrte unruhig durchs Zimmer, keine Zeugen außer Curd.

»Ich würde jetzt gern mit dir schlafen, ist das nicht verrückt, ich würde jetzt wirklich gern mit dir schlafen, Hase.«

119 machte den Ton wieder leiser und grinste.

»Das ist völlig normal, Lchen. Ich meine, sieh mich an!« Er stellte seine Bierflasche ab.

»Aber nicht wegen dem Sex, Hase, gar nicht.«

»Du willst dich für das Handtuch bedanken, hm?« Er stellte *meine* Bierflasche ab.

»Sondern weil ich immer noch durch die Tür will«, ich hämmerte mit der Faust wütend gegen 119s Brust, »ich will da durch!«

»Aua!« Er hielt mich am Handgelenk fest. Einen Moment sah er mich unschlüssig an. Dann zog er mich an sich, vergrub sein Gesicht in meinem Nacken und flüsterte.

»Vergiss doch die Scheißtür.«

»Ehrlich?«

Ich fühlte das Nicken seines Kopfes in meinem Haar. Er hielt mich ganz fest, puuh, lange würde ich so keine Luft bekommen.

»Du musst weitergehen, Lchen.«

Weitergehen, verstehe.

Plötzlich lachte er auf. »Curd, du auch.«

Er ließ mich los und zog Curd, der ungünstig eingeklemmt war, zwischen uns hervor.

»Ich werde als einsamer alter Knacker enden, stimmt's Curd? Aber pass auf, *du* wirst jetzt bald ganz glücklich. Curd und Lchen, glückliche Käseköppe.«

»Meinste?«

»Du liebst diesen Dick doch, was denkst du, wie froh ich wäre, wenn *ich* mich mal verlieben würde. Neulich zum Beispiel, da hatte ich *so* eine tolle Frau am Start, eigentlich...«

Ich sah ihn erschrocken an.

»Intelligent, lieb, schön. Phantastische Brüste, komplett abbezahlt... aber ich, ich *Idiot*!«

Jeder macht Fehler, Hauptsache, man lernt draus, hm?!

»Lchen, ich wünschte doch selbst, ich könnte mich in dich verlieben…«

Ja. Ja, wer wünschte das nicht.

119 tastete nach seiner Bierflasche.

Ich tastete nach meiner.

Wir tranken jeder noch ein Schlückchen. Und hingen so unseren Wünschen nach.

»Aber eins muss man dir lassen, Hase. Du hast mich drei Jahre lang *nicht* geliebt, aber du hast wenigstens *nur mich* nicht geliebt, du warst treu, stimmt doch!?«

»Das stimmt. Ich hab immer nur dich nicht geliebt, Lchen.«

Er nahm meine Hand. Wie tröstlich.

»Guck, und ich? Ich liebe Dick, wirklich. Aber, aber… aber…« Ich senkte wieder meine Stimme. »Ich weiß nicht, ob du's bemerkt hast, ich fühle mich trotzdem noch zu dir hingezogen, Hase.«

»Nein!!!«

»Doch!!!«

Wir lachten.

»Du zu mir? Unsinn! Du hast nur diesen Holländer im Kopf. Du hättest mal sehen sollen, wie du abgezischt bist vorhin in der Sauna. Huuuiiiii, so schnell konnte ich gar nicht gucken!«

»Das stimmt natürlich, das stimmt. So gesehen.«

»Na, siehste.« Er zwinkerte mir zu. »Wird schon, Lchen. Gib dem Ganzen doch ein bisschen Zeit.«

Zeit, Zeit, Zeit! Na gut…

Ach, meim Hamburg ist doch auch sehr schöm!

Ich glaube, 119 hatte Amgst, dass ich Käseköppchem werde… höm.

Aber ich lasse meim altem Freumde doch nicht im Stich.

Fünf Monate später…

Ich faltete fünf Eierchen. Eigentlich sollten es sechs werden, weil Curd auch sechs bekommen hatte. Also ich. Aber das kleine Schreibheft, aus dem ich die linierten Seiten rausriss, mit denen ich die Eierchen bastelte, hatte nur noch fünf Seiten. Und da dachte ich, fünf Eierchen tun es wohl auch.

Ich glaube, es war damals das erste Mal. Das erste Mal, dass ich ganz alleine war in dem kleinen, warmen Haus am Kanal. Es war still. Amsterdam war immer still, jedenfalls hier in den etwas abgelegenen Grachten, wo weder Autos noch Touristen unterwegs waren. Wo nur ab und zu eine Kanalente alarmiert schrie, ein Papagei aus dem benachbarten Tropenhaus was rüberrief, ein Bötchen vorbeituckerte, so dass kurz darauf müde Wellen gegen die Hausboote schwappten, oder – mein Lieblings-Stillegeräusch – wo ab und zu ein altes Fahrrad übers Kopfsteinpflaster den Kanal langschepperte (nicht schnell und nicht langsam, Amsterdamer Tempo), dessen Fahrer oder Fahrerin telefonierte. Aber heute war es anders still. Stiller still. Feiertagsstill, heute war Ostern. Und die Sonne schien, wat mooi! (Was schön!) Ich schloss die Augen. Irgendwo bei den Nachbarn klingelte ein Telefon. Wenn wir sie hören, hören sie uns auch, ging es mir durch den Kopf. Mich vor allem, höm. Ich war nun mal die Tochter von Hauseigentümern – kein Reihenhaus, freistehend. Ich dachte nicht an Nachbarn, außer, wenn ich sie selber hörte. Die Nachbarn *hier* gingen nicht dran. Wahrscheinlich in Osterferien, deshalb hörten wir sie nie. Puuuuh.

Gestern Abend waren wir nicht sehr laut gewesen. Da hatten Dick und ich hier zusammen am Tisch gesessen. Ich dort, wo ich jetzt auch saß und wo sonst mein Laptöppchen stand, das ich nun für meine Bastelarbeiten weggeschoben hatte. Und Dick schräg gegenüber, mit den Eierchen beschäftigt. Ein schmaler Wasserfarb-Malkasten hatte vor ihm gestanden – auf einer alten Ausgabe von *De Volkskrant*, auf der der amerikanische Präsident zu sehen war. Jemand hatte ihm Hasenzähne gemalt und auf seiner Stirn eine Nummer notiert – daneben ein Glas Wasser, das im Laufe des Abends Curds diverse Farben angenommen hatte, bis es gegen Ende, als die Mützchen ausgemalt wurden, beinahe schwarz war. Curd selbst hatte an der vornehmen alten Henningsen-Lampe gelehnt und mit ernstem Gesicht Modell gestanden. Hinterher war sein Kopf ganz heiß gewesen von der Birne, 100 Watt, da geht das schnell. Die Eierchen waren ihm wie aus dem Gesicht geschnitten.

Noch nie war jemand so lieb zu mir, schrieb ich auf das erste Zettelchen, faltete es ganz klein zusammen und malte von außen ein Osterei darauf. Mit Punkten.

Wir hatten nicht viel geredet am gestrigen Abend. Wir hatten einfach jeder so vor uns hin gemacht. Mrs. Fitzgerald sang, Mr. Dick malte, Mrs. Lchen schrieb. Mr. Curd Rock stand. An der Lampe. Und ab und zu lächelte einer und ein anderer lächelte zurück. Einmal zwischendurch dachte ich plötzlich… Glück. Lchen, das ist es, Glück, Glück, *Glück!* Auweia, jetzt bloß nicht bewegen, nicht bewegen. Ich schauderte ein bisschen und schrieb dann einfach weiter. Auch das lief. Es ging ganz rasant voran mit meinem Knaller, ganz rasant. Ich hatte den Plot ein bisschen abgespeckt – Klimakatastrophe raus, Palästinenserkonflikt raus, Holocaust raus, König Arthur raus – und mich auf die Liebesgeschichte fokussiert. Schon hatte ich beinahe dreißig Seiten fertig, so weit war ich noch nie gekommen. Und wem verdankte ich das alles? Nämlich meinem Schatz.

Ich will mit dir leben, notierte ich auf dem zweiten Zettelchen. Einen Moment überlegte ich, ob ich noch ein kleines *hier* vor *leben* einfügen sollte, aber dann entschied ich, dass das den Charme deutlich mindern würde, faltete es und malte ein Osterei drauf. Mit Schleife, die allerdings sehr misslang.

Wie leicht es mit der Zeit geworden war. Weihnachten, Silvester, jetzt Ostern. Wir waren immer hier gewesen, in Holland. Streit hatte es deshalb nur einmal gegeben. Dick wollte Silvester in Hamburg sein. Schön kiffen und leise gen Neujahr vögeln, um Mitternacht die Rollos kippen und vom Bett aus Arm in Arm in den Himmel schauen, wo Menschen, die am wenigsten hatten, ihr Geld verballerten. Wir hingegen, Drogen statt Böller, höm. Joa, kann man machen. Hatte ich mit 119 das Jahr zuvor auch gemacht. Dieses Jahr stellte ich mir anders vor.

Ich wollte schrecklich gern in Amsterdam bleiben und vielleicht um Mitternacht an den Kanälen entlangspazieren. Wenn sich das Feuerwerk wunderbar im Wasser spiegeln würde und die Amstel voller Schiffchen wäre, wie romantisch! Oder einfach vors Haus gehen und den Nachbarn ein gutes neues Jahr wünschen – die Nachbarn hatte ich doch auch noch nicht kennengelernt! (Immer noch nicht, fiel mir jetzt auf, kein Wunder, sie waren ja nie da.) Sicher, irgendjemand von denen hatte wahrscheinlich die beiden Hakenkreuze in Dicks Autolack geritzt. Aber wenn ich ganz beiläufig erzählen würde, dass mein sozialistischer Opa im KZ gelandet war, würde sich das Blatt sicher ruckzuck wenden… Frohes neues Jahr! Gelukkig nieuwjaar! So ein Silvester wünschte ich mir. In Amsterdam.

Doch dieses *eine* Mal war Dick hart geblieben. Das war aber eigentlich auch der einzige Wunsch, den er mir nicht erfüllt hatte, in all der Zeit. Und wir waren dann konstruktiv, gleichberechtigt, *beide* aufeinander zugegangen und hatten einen fairen, erwachsenen Kompromiss gefunden. Wir waren nach Rotterdam gefahren. Das berühmte Rotterdam in der Mitte zwischen Amsterdam und Hamburg.

Danke für Deine Geduld, mein Schatz, schrieb ich. Bei dem dritten Eichen entschied ich mich für ein Herz zur Zierde. Es gelang tadellos.

Das Hotel in Rotterdam war wunderbar gewesen. Ein bisschen seltsam auch, aber wunderbar. Hatte mein Schatz fein ausgesucht. Einsam, im düsteren Hafengebiet an der Spitze einer in die Maas hineinragenden Halbinsel thronte es: »Hotel New York«. Umgeben von Kais und zerfallenden Lagerhallen, am Ende des Wilhelminapiers. Wie aus einer anderen Zeit dorthin gebeamt. Ein alter Backsteinbau mit zwei grünen Türmen und golden leuchtenden Buchstaben am Giebel: »Holland-Amerika-Lijn«. Unser Hotel war nämlich das frühere Hauptgebäude der »HAL«, wie man »Holland-Amerika-Lijn« auch abkürzte, einer Reederei.

Die HAL betrieb von Rotterdam einen transatlantischen Passagier-Liniendienst nach New York. Mehrere Jahrzehnte hatte sie damit quasi ein Monopol für die Auswanderung aus den Niederlanden in die USA. Insgesamt wanderten über eine Million Menschen mit der Holland-Amerika-Lijn aus, siebenhunderttausend reisten allein zwischen 1901 und 1914 von Rotterdam in die Vereinigten Staaten. Für immer. Im Erdgeschoss des heutigen Hotels New York befand sich die Wartehalle für diese Menschen. Hier standen sie mit ihrem Hab und Gut, zwischen Abschied und Neubeginn. Müde meistens und schon tagelang unterwegs. Sie kamen ja nicht nur aus Holland, sie kamen von überall. *In diesem Gebäude steckt die Kraft, die Menschen treibt, alles hinter sich zu lassen und voll Vertrauen in die Zukunft aufzubrechen,* schrieb die Hotelchefin in dem kleinen Folder, der an der Rezeption auslag. Na, da war ich doch goldrichtig.

Das Zimmer, das ganz sicher nicht billig war, wollte *ich* bezahlen, hatte ich beschlossen. Weil es ja meine Schuld war, dass wir in ein Hotel mussten, ich fühlte mich schon noch schlecht wegen Hamburg. Doch als ich das imposante alte Jugendstil-Foyer betrat – nachdem ich mein Autochen sicher vor Silvestergeschossen in der hochmodernen Tiefgarage unter dem Hotel geparkt hatte –, sah ich, dass Dick schon an der Rezeption stand und offenbar im Voraus zahlte. Bar, aus einem Briefumschlag, auf dem sein Name stand, in einer schnörkeligen Handschrift.

Seine Lampen-Kunden waren meist reiche alte Damen, die machten das so, erklärte er mir später. (Ich hatte ihn aufgezogen, ob seine Omi ihm zu Weihnachten einen Umschlag gegeben hätte.) »Dick« schrieben sie auf einen schlichten weißen Umschlag, der dann meistens schon an einer Blumenvase lehnte, wenn er kam, um die Lampe aufzuhängen, das gehörte mit zu seinem Service. Darin war dann das Geld und meistens noch ein kurzes Bedanktbriefje (ein Vielen-Dank-Briefchen). Beim Abschied nahm Dick den Umschlag dann beiläufig an sich und steckte ihn ohne Hast, nach sorgfältigem Falten in die Brusttasche seines Hemds oder seiner Jacke (»Ans Herz, nie an den Arsch«, hatte er zwinkernd gesagt), natürlich ohne vorher reinzusehen. »Schlitzohr!«, hatte ich gelacht, aber dagegen hatte er sich empört verwahrt. Er hatte Schlag bei den alten Damen.

Ich überlegte, was ich beim vierten Eichen schreiben sollte. Hm.

Hmhmhm…

Es war ein dramatischer Ort gewesen, dieses Hotel New York. Und es wurde ein hochdramatisches Silvester, für mich, innerlich. Hach. So viele Auswanderer hatten hier die letzten Stunden verbracht, bevor sie an Bord ihres Schiffes gingen. Hier hatten sie die Menschen umarmt, die sie zurücklassen mussten. Hier hatten sie ihnen zugewinkt, bis sie nicht mehr zu erkennen waren. Und noch länger. Denn sie wussten, sie hatten sie gerade das letzte Mal gesehen. Das letzte Mal umarmt. Irgendwas davon war an diesem Ort zurückgeblieben. Genau wie die Koffer, die einfach übersehen wurden und damals hier stehenblieben. Und die heute die Hotelgänge dekorierten. Einige standen sogar noch am Pier. (Die waren allerdings aus Eisen und von einem Mann namens Jeff Wall, dessen Kunstwerk an diese mutigen Menschen erinnern sollte: das »Lost Luggage Depot«.)

Als Dick und ich kurz vor Mitternacht dort am Lost Luggage Depot vorm Hotel New York standen und rauchten, war mir, als kröche der Schmerz tausender, hunderttausender Abschiede aus den Steinen durch die kalten Füße in meine Knochen. Als es dann zwölf Uhr war, löschten wir das Tütchen (es reichte wohl auch), Dick hielt meine Hände umfasst, rieb sie warm und beide sahen wir hinauf in den Himmel. Da explodierten die Lichter, so schön, doch immer wieder so schön… Und hunderte blinkende Schiffchen hupten und tuteten auf der Maas… Und kleine unbekannte, betrunkene Menschen winkten überall von Bord und… und… und… Kurz und gut, es war die Nacht, in der ich endlich,

endlich losließ. Winke, winke, Hase. Lchen stach in See. Dick war mein Amerika.

Du bist mein Amerika, schrieb ich das Naheliegende in Eichen Nummer vier. Sternchen und Streifen drauf. So, und eins noch. Hatte ich eigentlich schon ein *Ich liebe Dich*-Eichen? Das sah mir ähnlich, das Wichtigste hätte ich beinahe vergessen. *Ich liebe dich*, schrieb ich also besonders groß. Ei fünf. Mit einem Originaldampfer der »Holland-Amerika-Lijn« obendrauf, der allerdings als solcher nicht zu erkennen war.

Ich sah aus dem Fenster. Die Sonne war weg, ich musste mich sputen. Bestimmt käme Dick gleich schon wieder zurück. Er hatte unbedingt spazieren gehen wollen. Ganz was Neues. Der Holländer an sich geht ja nicht zu Fuß. Gehen ist langweilig, hatte mein Schatz früher immer gesagt, wenn ich vorschlug, das Rad mal stehenzulassen. Gehen ist langweilig, hatte ich heute grinsend geantwortet. Dreimal. Viermal. Dick konnte hartnäckig sein, puuh. Ich hatte lieber im Häuschen bleiben wollen. Um zu schreiben, zu baden und mich schön zu machen für unseren letzten Abend, hatte ich gesagt. Das stimmte, aber vor allem hatte ich ja mein Eierprojekt.

Irgemdwas stimmt nicht mit meim Freumd Dick. Erst malt er stumdenlang Eierchen für mich an, und dann wirft er sie im Gartem.

Eim Segen simd sie nicht kaputtgegamgen, meim Eierchen …

Mein Eierprojekt

Ich wäre längst wieder in Hamburg, mein Schatz wäre hier ganz allein und würde mich vermissen. Und plötzlich würde er sie finden, erst mal eins. Ein Zettelchen von Lchen, mit einem kleinen, sehr dekorativen Osterei darauf, wie lieb. Wahrscheinlich würde er dann suchen, ob es noch mehr davon gibt. Und ich würde am Telefon keinen Ton verraten. Eierchen? Welche Eierchen?, würde ich scheinheilig fragen. Dann, wenn er es schon fast wieder vergessen hätte, würde er wieder ein Ei finden, und später noch eins, dann noch eins... Und jedes Mal würde er sich daran erinnern. An uns. An Lchen, Dick und Curd. Und ihr erstes gemeinsames Ostern. Ich fand das eine hochoriginelle Idee. Hoch.

Ich steckte die Eierchen in die Tasche des dicken dunkelblauen Frottee-Bademantels, den mein Schatz mir bei meinen Aufenthalten immer freundlich und längst fraglos überließ. Dann stand ich vom Tisch auf und tappte langsam, vorsichtig los. Das Häuschen bestand auf dieser Etage aus einem einzigen langen Raum. Oben war nur noch das Bad mit den blassgelben Fliesen und das separate WC mit der altersschwachen Spülung, die oft die ganze Nacht plätscherte, aber wenn man sie brauchte, nicht viel bot. Und Dicks heilige Lampenwerkstatt natürlich. Und daneben noch ein Abstellraum.

Die Etage unter uns hatte seine Schwester inzwischen an ein Architekturbüro vermietet (ohne Garten), aber da war ich ohnehin nie gewesen. Früher hatte Dick dort auch noch Möbel gelagert, vor allem Stühle. Bevor er sich auf Lampen verlegt hatte, hatte er nämlich eine Zeitlang Stühle restauriert, das konnte mein Schatz auch, er konnte so vieles. Deshalb quoll seine Werkstatt unterm Dach jetzt ein bisschen über, aber wenigstens durfte er hierbleiben und musste nicht ausziehen. Die Architekten zahlten sehr gut, das reichte der Schwester vorerst. Und die oberen Stockwerke, die Dick und ich noch hatten, waren viel besser, heller, höm. Mein Blick wanderte durch den Raum.

Vorne, an den tiefen Fenstern zur Kanalseite, stand nur »mein Tisch« und ein kleiner Sessel, in dem Curd jetzt saß. Im Kreise seiner Eier. Die eine Wand war blank weiß ohne alles, an der anderen ragten bis hoch unter die Decke riesige Regale, die aussahen wie aus dem Lager einer alten Fabrik. Vollgestopft mit allem, *allem*. Büchern, Werkzeug, Kleidern, Lampen, Teilen von Lampen, kleinen Skulpturen, Schuhen, Vasen, Buddhas, Kochtöpfen... Die Küche war aber eigentlich in der schummrigen Mitte des Schlauchs. Zusammengewürfelt aus einem überbreiten Gasherd aus dem Fundus einer ehemaligen Hotelküche, einer Baumarktspüle, einer dieser etwas höheren, ewig brummenden Gefrierkombinationen, diversen Schränken und einem Tisch, lang, oval, mit einer bauchigen Lampe darüber. Keins passte zum anderen, aber alles zusammen war perfekt.

Ganz hinten, unter den Fenstern zum Garten, stand unser Bett. Zerwühlt von der Nacht und mit schönen, schillernden Sonnenflecken auf den weißen Laken, im Moment. Davor der alte, grau gestrichene Betonboden hatte Risse und ebenfalls Flecken, bleibende, aber auch hübsch irgendwie. Etwas weiter, kurz vor der Küche, gab es dann scheinbar grundlos diesen dicken hellgrünen Teppich, der wie eine saftige, quadratische Kuhwiese wirkte, unvermittelt auf der Autobahn. Besonders, wenn aus dem einzigen seitlichen Fenster (eigentlich nur einem Oberlicht) die Sonne darauffiel. Ohne diesen Teppich hätte sich alles andere vielleicht ein bisschen kalt angefühlt, dachte ich… Ja, wahrscheinlich. Ein geheimes System regierte diesen Raum, Zufall oder Plan war schwer zu sagen, aber am Ende war es schön. Schön, schön, schön. Aber viel wichtiger, wo tat ich nun meine Eierchen hin?

Es mussten gute Verstecke sein. In unterschiedlichen Schwierigkeitsstufen. Ein leichtes musste vor allem dabei sein, das mein Schatz bald entdecken würde, damit die Assoziation zu Ostern noch nahe lag (ich traute meinen Eier-Illustrationen oben auf den gefalteten Zettelchen nicht ganz). Vielleicht im Kühlschrank unter einem der echten Eier? Ja, die würde er doch zeitnah verbrauchen müssen, sehr gut, Lchen… Mist. Keine da. Die Eier hatte Curd alle bekommen, ausgeblasen und angemalt vom Künstler persönlich, obwohl er nie wieder zum Pinsel greifen wollte, aber für Curd hatte er es getan. Für mich. Und für *uns* hatte der Schatz Rührei gezaubert, exquisit, mit Butterbrot, oho, keine Eier, aber… Diätmargarine! Na, so was. Seit wann achtete mein Schatz auf die Figur?

Beschämt wurde mir klar, dass ich in den letzten fünf Tagen nicht *ein* Mal in den Kühlschrank gesehen hatte. Ums Essen hatte Dick sich gekümmert, wie immer, wenn wir hier waren, aber wir waren ja beinahe immer hier, höm höm. Vielleicht sollte ich doch ein Ei mehr schreiben, dachte ich, *Bedankt voor koken*, sehr gut, ein Danke mit elegant mitschwingender Selbstentlastung, dafür lernte ich seine Sprache (so!), na, erst mal die fünf anderen verstecken, meine Augen wanderten weiter. Ich öffnete vorsichtig einen der Hängeschränke und entdeckte… Geschirr. Teller, Tassen, Gläser, manmanman, Lchen, du faule Nudel, dachte ich.

Den Tisch haste hier auch noch nie gedeckt, *Danke fürs Decken?* Nein, irgendwie sollte ich mich auf die großen Sätze beschränken, befand ich. Aber das leichte Versteck war jetzt zumindest erledigt. Ein Eichen lag nun in einem der beiden zum Haushalt gehörenden Eierbecher aus dickem weißen Hotel-Porzellan.

Meine unvergleichliche, legendäre Geistreichigkeit stimmte mich wieder mal zufrieden. Nun die schwierigeren Verstecke, ich schlurfte weiter. Der Kleiderschrank. Ich hatte meinen Schatz noch nie den Kleiderschrank benutzen sehen. Alle Kleider, die er trug oder auch nicht trug, hingen verteilt übers Häuschen an Haken, lagen auf Sesseln oder Stühlen oder baumelten an Bügeln, die *am* Kleiderschrank hingen, *davor*. Einmal hatte ich ihn deshalb aufgezogen. Ob er mir zeigen wolle, dass er auch einen Anzug besäße, hatte ich gekichert, als wir im Bett lagen und mein Blick in einer idyllischen Sexpause auf den Schrank fiel. Aber später hatte ich seine Angewohnheit einfach übernommen und meine Kleider, wenn ich da war, auch gleichmäßig über das Haus verteilt. Was regelmäßig dazu führte, dass ich bei der Abreise was vergaß – mal ein Hemdchen, mal einen Pulli – und in Hamburg neu erwerben musste, höm höm höm. Ich tappte zielstrebig Richtung Kleiderschrank und nahm die Bügel mit seinen Anzügen *vom* Kleiderschrank. *Im* Kleiderschrank wäre das perfekte Versteck der Entdeckungswahrscheinlichkeitsstufe II.

Ich versuchte, die Tür aufzuschieben (es war so ein Schiebeschrank, Modell 70er Jahre), aber wie bei so Schiebeschränken, Modell 70er Jahre, gängig, klemmte die Tür. Das wollen wir doch mal sehen, ich zog sanft daran. Doch plötzlich musste ich an das Bild denken. Das schiefe Bild und an

Loriot, der versucht, es gerade zu hängen… »Die gnädige Frau kommt gleich!«, sagt Evelyn Hamann nur, als sie am Ende in das total verwüstete Zimmer kommt. Ohne eine Miene zu verziehen (im Keine-Miene-Verziehen war sie unvergleichlich, unvergesslich). »Die gnädige Frau kommt gleich.« Wunderbar.

Ich ließ von der Schranktür ab und ging nach oben. In seiner Werkstatt würde ich nichts anrühren, da war Schatz pingelig. Hm… Wann ihm wohl auffallen würde, dass ein Zettelchen in der Tür zum Abstellraum klemmte? Oft ging er da nicht rein, sonst stünde der dicke, schwere Sessel nicht davor. Wahrscheinlich verwahrte er dort seine Kunstwerke, der wunde Punkt, nein, die wunden Punkte, kicherte ich innerlich, *Die wunden Punkte* – in Öl auf Leinwand, hihihi. Dann schämte ich mich meiner bösartigen Gedanken und widerstand zum Ausgleich der Versuchung, die Türklinke runterzudrücken. Nur ein kleiner Blick durchs Schlüsselloch, Kacke, zu dunkel… Huch! Bei den Nachbarn klingelte schon wieder das Telefon.

Wirklich gut, dass die nie da waren, dachte ich, stopfte unnötig erschrocken das Zettelchen in eine Ritze neben dem Türrahmen und schlurfte irgendwie beunruhigt weiter. So hellhörig, wie es hier war…

Frau über Bord

In Filmen war das immer ein sehr ergreifender Moment. Wenn die Auswanderer in ihren schweren, dunklen Wollmänteln an Deck stehen. Die Augen blinzelnd auf die See gerichtet, die unter einem Dunstschleier ölig glänzend daliegt. Merkwürdig still. Und plötzlich lichtet sich der Schleier, reißt an irgendeiner Stelle der weißgraue Nebel auf und… da ist sie, die Freiheitsstatue. Großes Streichorchester.

So geht es normalerweise. In Filmen. Aber ich kenne keinen Film, in dem sich der Schleier lichtet und… nichts. Nichts! Nur See. Fassungslosigkeit bei den Passagieren. Und der Kapitän – nie gespielt von Jack Nicholson – wiehert in ein kratzendes Megaphon: »Leute, es gibt kein Amerika! Verarscht!« Dann lacht er irre, lacht bis – Peng! – ein Schuss dem Lachen und vermutlich nicht nur dem abrupt ein Ende setzt. Stille. Wie gelähmt starren die Passagiere zur Brücke. Und vorne an Deck zieht eine Frau die Hutnadel aus ihrem kleinen schwarzen Reisehut, nimmt ihn ab und legt ihn vorsichtig auf den Boden. »Doch, es gibt Amerika…«, flüstert sie trotzig und springt über Bord. Nein, nein, diesen Film gibt's noch nicht, das verwechseln Sie. Sie meinen *Der weiße Hai*.

»Ich hab dich verarscht«, hatte Dick am Telefon gesagt. Ostern war vorbei, ich war wieder in Hamburg. Dick rief an, informierte mich, dass er verheiratet ist, und sagte wörtlich:

»Ich hab dich verarscht.«

Nun.

Die Hauptstadt von Tadschikistan?

Nach seinem Anruf setzte ich mich zu Curd auf die Couch, schaltete den Fernseher an und sah, nein, starrte »Die Nanny«.

Dann starrte ich eins dieser Boulevard-Magazine. Klinsi soll gefälligst umziehen, jawoll. Und dann noch so eine Tierdoku. Der halbseitig gelähmte Rocco aus Weimar sucht ein neues Zuhause. Er sei trotz seiner schlechten Erfahrungen ein sehr zutraulicher, freundlicher, lieber Hund, sagte die Moderatorin und nahm Rocco auf den Schoß. Rocco zitterte und quiekte vor Aufregung. Und als die nette Dame ihm dann auch noch über den Kopf streichelte, konnte er sein Glück kaum fassen. Da war es endlich so weit, da konnte ich endlich, endlich heulen. Was Besseres kann man nicht machen, wenn man erfährt, dass der Mann, den man für sein Amerika hielt, verheiratet ist. Weinen ist nie verkehrt.

Am Telefon hatte ich nicht viel gesagt. Oder – das traf es vielleicht eher – im Moment wusste ich es nicht mehr. Im Moment war in meiner Birne eine Art Airbag aufgeplatzt, der sich vor die letzte halbe Stunde geschoben hatte. Ich erinnerte mich nur an das Ende des Gesprächs. Als ich mich in auffällig redundanter Weise und für meinen persönlichen Geschmack viel zu theatralisch sagen hörte: »Sag, dass das nicht wahr ist! Das kann nicht wahr sein! Schatz, bitte, bitte, bitte, sag, dass das nicht stimmt.« Als Schatz das nicht sagen wollte, als Schatz stattdessen sagte, doch, es stimmt, ich habe dich verarscht, da hatte ich das Gespräch beendet. Verarscht, so was.

Nun ärgerte ich mich. Warum hatte ich aufgelegt? Warum hatte ich keine Fragen gestellt, das war doch eine sehr spannende Geschichte. Wie kann ein verheirateter Mann sieben Monate lang eine Geliebte verheimlichen? Eine Geliebte, die darauf besteht, bei ihren stets mehrtägigen Aufenthalten im Haus der Eheleute zu residieren, auch Weihnachten, Ostern und *nein*, die Ehefrau liegt *nicht* nach einem tragischen Verkehrsunfall seit drei Jahren im Koma. »Sie hat gefragt, ob ich eine Geliebte habe und ich hab ja gesagt«, hatte Dick erklärt. Komapatienten fragen in der Regel nicht nach Geliebten. Und ich: »WAS? Du hast eine Geliebte, Schatz?« Ich Ulknudel. »Eine Ehefrau *und* eine Geliebte auch noch? Dick, als zukünftige Mutter deiner vier zotteligen Kinder und deines blondgelockten Hundes hätte ich das aber schon gern erfahren!«

Die Tränen waren mir übers Gesicht geströmt. Das hatte er doch immer gesagt. Dass er vier zottelige Kinder und einen blondgelockten Hund mit mir will. Und dass er als alter Mann neben mir in der Abendsonne auf der Gartenbank sitzen und meine kleine, fleckig gewordene Hand halten will, das auch. Waren wir da möglicherweise einem Lügner auf der Spur?

Langsam erinnerte ich mich wieder an Einzelheiten des Gesprächs. Ich hatte dann erst mal eine Weile nichts gesagt und nur geschluchzt. Dick auch, aber nur einen Moment. Vielleicht war es auch gar nicht *sein* Schluchzer, den ich gehört hatte, sondern einer von meinen. Denn kurz darauf war seine Stimme schon wieder ganz kalt und unnahbar, ich erkannte sie kaum. »Daraus wird nichts«, sagte er nur. »Vergiss den blonden Hund.« Vielleicht stand *sie* hinter ihm, hatte ich plötzlich überlegt. Vielleicht… vielleicht drückte sie ihm den Brieföffner an die Kehle?! Oder fuchtelte mit ihrem kleinen, eleganten Damenrevolver vor ihm rum wie Agnes Topisto in *Der Schnüffler und das Modell*, so war es wohl! Bestimmt. Ganz sicher…

»Wo ist sie jetzt?«, hatte ich deshalb gefragt. Und Dick hatte geantwortet:

»Unten.«

»Wo unten?«

»Sie sitzt unten und arbeitet.«

»An mei… Am Tisch?«

»Nein, ganz unten, die Etage gehört uns auch.«

»*Uns? Uns* gehört die untere Etage?!« Das *uns* traf mich wie ein Leberhaken von Dimitrenko. »Das ist ja super, Schatz. Sag deiner Frau, es stört mich nicht, wenn sie da sitzt.« Ich weinte.

Dick antwortete nicht.

»Und wo bist du jetzt?«, fragte ich leise.

»Was? Wo ich bin?«, stieß er schroff hervor. »Oben neben der Werkstatt!«

»In der Abstellkammer?«

»Im Arbeitszimmer meiner Frau.«

Der wunde Punkt, doch nur *einer*. In Fleisch und Blut.

»Da steht das Telefon«, fügte er hinzu, als ich nichts sagte.

Ich nickte stumm.

»Und ich dachte schon, es wäre so hellhörig im Haus…«, flüsterte ich geschlagen. Ich dachte an Ostern… Und dann wieder in einem Anflug von Empörung:

»Du hast gesagt, du hast nur ein Handy!«

»Nein. Nur Handy ist zu teuer.«

»Und jetzt rufst du vom Festnetz an, damit es nicht zu teuer ist?«

»Ja.«

Ich stellte die essentiellen Fragen. Um Antworten ging es mir doch auch gar nicht. Noch nicht. Alles, was ich suchte, war ein Weg zu meinem Schatz. Ein Weg durch diese kalte, abweisende Stimme hindurch zu seinem Herzen, das doch sicher, sicher noch da war, noch da sein musste – so was verliert der Mensch doch nicht!

Immer wieder versuchte ich, zu ihm zu kommen. Wie eine eingesperrte Biene, die es einfach nicht begreifen kann. Die wieder und wieder gegen die Scheibe fliegt, hinter der sie doch ihre Wiese liegen sieht. Im schönen Sonnenschein. Vielleicht wusste Schatz einfach nicht, mit wem er sprach!? Vielleicht dachte er, er hätte eine andere angerufen, bei seinem Frauendurcheinander nicht auszuschließen…

»Schatz, ich bin es, Lpunkt!«, weinte ich, um Verwechslungen auszuschließen. »Die Frau, der du tausendmal gesagt hast, dass du sie liebst!«

»Ich hab dich verarscht«, sagte er. Wie ein Automat, der immer dasselbe auswirft, egal, welchen Knopf man drückt.

»Sag, dass das nicht wahr ist, Schatz.«

»Ich hab dich verarscht.«

»Dick, ich liebe dich!«

»Ich hab dich verarscht.«

»Wie heißt die Hauptstadt von Tadschikistan?«

»Ich hab dich verarscht.«

Und irgendwann zog ich dann mein letztes As.

»Und Curd?«, schluchzte ich. »Darf Curd jetzt nicht Holländer werden?«

Dick wurde richtig laut. »Verdammt noch mal, kapier das doch!«, brüllte er mich an. »Ist das denn so schwer zu kapieren, ich hab dich verarscht! CURD AUCH!«

Curd auch. Da hatte ich dann aufgelegt. Curd auch. Der Airbag im Kopf platzte auf. Und mit einem Mal war ich die Ruhe selbst, Lchen Cool.

Als wäre die Sache damit erledigt, schnaubte sich Lchen Cool mit einem Bildschirmreinigungstuch die Nase, setzte sich zu Curd Rock auf die Couch (»Curd, wir wurden verarscht!«) und sah zu, wie Nanny Fran Fine von ihrer Mutter zum Dreißigsten eine Grabstätte geschenkt bekommt, weil diese sie mit dem attraktiven Bestatter Steve verkuppeln will. Ohne das leiseste Schmerzempfinden. Erst bei Rocco aus Weimar regte sich wieder was.

Ja, so war das.

Duschanbe. Die Hauptstadt von Tadschikistan heißt übrigens Duschanbe.

Aber…
aber…
aber…

Er hat mir doch Eierchem geschemkt!

Eierchem lügem nicht …

Lpunkt und Dick *(Wiederholung)*

Nach und nach ploppten Fragen auf. Traurig und lächerlich, wie das Inventar eines U-Boots, das von einem Torpedo getroffen worden war. Halbleere Kondensmilchflaschen oder von Luftblasen zu Riesenquallen aufgeblähte Militärunterhosen. Unangemessen unbeschadet von der Tragödie, die sich unter Wasser ereignet hat.

Als Allererstes ploppte die Eierfrage auf. Welches Ei *sie* wohl gefunden hatte? Das *»Ich will mit dir leben«*-Ei, im Eierbecher, mit der misslungenen Schleife drauf? Sie würde mich für künstlerisch unbegabt halten, dabei konnte ich viel bessere Schleifen. Womöglich hatte sie auch das Ei an der Klospülung gefunden. Auf dieses Eierversteck war ich besonders stolz gewesen.

Es war so eine alte Klospülung noch mit dem Wasserkasten oben unter der Decke und einer geflochtenen Nylonschnur, die neben dem Klo herabbaumelte, unten mit einem Holzgriff dran wie früher beim Seilspringen. Ziehen und… WUSCH. Wenn die Spülung nicht funktionierte (Ziehen und… plöpp plöpp), lag es meist daran, dass der Hebel, an dem die Spülschnur hing und der nach dem Abziehen eigentlich wieder hochgehen sollte, nach der letzten Benutzung offensichtlich eingeklemmt war. Wodurch die Spülung dann permanent schwach geplätschert hatte und sich im Spülkasten keine ausreichend große Wassermenge hatte sammeln können. Die aber nötig war, um Größeres wegzuspülen.

Man musste dann vorsichtig auf die Toilettenschüssel steigen und – das Größere noch unter sich – den klemmenden Hebel von Hand nach oben drücken, damit der Spülkasten voll Wasser laufen konnte. Ich überlegte, wie es sein musste, in dieser Situation ein Zettelchen zu finden. Ein Zettelchen mit Tesafilm an dem klemmenden Hebel befestigt. Von einem Menschen, der offenbar im Haus gewesen war, so oft, dass er um diese sanitärtechnischen Feinheiten genau wusste. Ein Zettelchen, außen verziert mit einem Oval, das an eine Radrennbahn erinnerte oder entfernt an ein Osterei, und wenn man es auseinanderklappte mit einer Nachricht drin. In Deutsch. In einer Frauenhandschrift: *Ich liebe dich*. Wie beschissen.

Lchen, alter Junge, Chapeau, ganz dolles Versteck.

Finster grübelte ich vor mich hin. Ich hatte keine Eierchen, ich hatte Bomben im Haus versteckt, Bomben. Sie würden sich versöhnen und denken, es wäre vorbei, ausgestanden. Aber dann würden immer wieder Bomben hochgehen, mitten in der Friedenszeit. Jede würde an den großen Verrat erinnern und die Wunden wieder aufreißen. Vielleicht noch Jahre später. Das letzte Ei, das ich unter der großen quadratischen Kuhwiese versteckt hatte, konnte dort lange unentdeckt bleiben. Wie oft hoben Menschen einen Teppich bis zur Mitte an? Und selbst, wenn längst alle Eierchen explodiert wären, würden sie immer noch in Angst leben, weitere zu finden. Hach, ich hätte wirklich mehr Eierchen machen sollen, dachte ich blutrünstig. Zumindest ein sechstes, in dem ich seine Liebhaber-Qualitäten würdige: *Du bist eine ganz große Rakete im Bett*. Oder noch versauter. Und auf Holländisch hätte ich es auch schreiben können: *Je bent een heel groot sex-raketje!* Ha-ha, Lchen, fuckin' international! Das wäre Sprengstoff gewesen, da hätte der Häuschensegen schiefgehangen! Eine riesige, schäumende Welle Zorn baute sich in mir auf.

Und ebbte im selben Moment schon wieder ab. Im tieftraurigen Tal dahinter tauchten die wirklichen Fragen auf. Die wesentlichen. Die schmerzlichen, wie zum Beispiel: Wer war die Frau? Was machte sie? Warum war sie nie zu Hause, selbst Weihnachten nicht, warum hatte sie keine Plätzchen gebacken – ein bisschen Spritzgebäck wäre schon schön gewesen! Oder die herzzerreißenden: Wer war dieser Mann? Was machte er? Stimmte wenigstens sein Name oder war Dick sein Künstlername, nein – Lchen, nicht weinen, witzig bleiben! –, sagen wir, *sein Deckname* beim außerehelichen Verkehr? Das müsste ich ihn unbedingt fragen! Nein… Nein, so wichtig war es auch nicht. Ich legte das Telefon wieder beiseite. Trotzdem: Was, was, *was* von allem war noch wahr?

Sieben Monate. Sieben Monate hatte sie gedauert. Unsere Geschichte, die Geschichte von Lchen & Deckname Dick. Ich saß auf der Couch und sah sie mir an, wie man einen Film ein zweites Mal guckt. Nur, dass man diesmal schon weiß, wie er endet. Nicht gut. Gar nicht gut. Jedes Bild musste neu angeschaut und daraufhin geprüft werden, ob sich mit dem neuen Wissen seine Bedeutung änderte. Alles erschien in einem neuen Licht. In der alten Version war ich Lchen, die Angebetete, die schöne Prinzessin. In dem neuen Licht wirkte ich plötzlich unfassbar, unsäglich… doof.

Aber so ist das wohl. Wenn man das Ende schon kennt, sieht man mit einem Mal auch all die Hinweise darauf. Dinge, über die man vorher nicht nachgedacht hatte, wie die ewige Kleidershow vorm Schrank. Dinge, die einen erst gewundert hatten, aber für die es plausible Erklärungen gab. Wie dieses sagenhafte Foto von Lchen als Bikini-Nixe, das er erst unbedingt haben wollte, aber dann hängte er es gar nicht auf (bei mir hatte es stets am Kühlschrank geklebt). Ich fragte nicht (obwohl ich ihm sogar die Küchenschrankmagneten dazu geschenkt hatte). Vielleicht holte er mein sagenhaftes Bikininixen-Foto lieber nur in ganz besonderen Momenten hervor. Um in Erinnerung zu schwelgen oder zu onanieren. Es würde sich abnutzen, wenn man es auch beim Schnittchenschmieren vor Augen hatte. Ja, so rum wurde ein Schuh draus.

Aber viele Dinge gab es auch, da war ich wirklich nur sagenhaft blöd gewesen. Die Nachbarn, die mich nicht sehen sollten, weil Deutsche angeblich schmerzliche Erinnerungen bei ihnen weckten. Was für ein qualvolles Leben, jährlich besuchen rund eine Million Deutsche Amsterdam! Und diese Hakenkreuze? Hatte Dick die am Ende selbst in den Lack geritzt, damit ich nicht auf die Idee kam, nebenan nach Eiern zum Plätzchenbacken zu fragen? Oder dieses ältere Paar, das uns bei einem Strandspaziergang entgegengekommen war und dem er mich nicht vorstellte, obwohl man stehen blieb und nett plauderte (*sie* plauderten, ich hatte nett gelächelt). »Hab ich ganz vergessen!«, hatte Dick hinterher gesagt. Vergessen?! Obwohl er sonst stets Gentleman-Manieren bei mir zelebrierte wie ein Gigolo an der französischen Riviera, der eine Diplomatenwitwe umgarnt! Wie blöd war ich, wie unfassbar blöd...

Verheiratet. Nie, nie, *nie* hatte ich daran gedacht. Selbst ganz am Anfang nicht, als ich ihn auf dem Weg nach Hause fragte: *Und du? Verheiratet, Kinder, irgendwas, das ansteckend ist?* Ich fragte das damals nur, um routiniert zu wirken. Lpunkt, die ganz coole Sau, der abgeklärte Großstadtsingle. Nicht Lchen Doof aus Paderborn, die mit Ende dreißig noch an Prinzen glaubt. *Nein*, hatte er geantwortet. Ich wusste noch ganz genau, *wie* er *nein* gesagt hatte. Er hatte nämlich nicht sofort *nein* gesagt. Er hatte mich erst diesen winzigen Augenblick irritiert angesehen, fast, als wäre er ein bisschen schockiert über meine Frage. Aber nicht abgestoßen schockiert, traurig schockiert. Als würde er denken, in was für einer hässlichen Welt lebt diese schöne Frau. Erst dann hatte er *nein* gesagt. Nur *nein*. Ruhig, ernsthaft, selbstverständlich mit Augenkontakt. *Nein*. Perfekt, einen Oscar bitte für den Herrn!

Er hatte auch nicht zurückgefragt. Als weigere er sich, mir umgekehrt so etwas zuzutrauen, mir Engelsgestalt. Und er würde übrigens für alle Zeit darauf bestehen, dass er damals nicht gelogen hatte. »Meine Antwort hat sich auf alles drei bezogen, ich war verheiratet, aber ich hatte keine Kinder und keine Krankheiten, daher *nein*!« So sagte er später immer. Und ich würde dann lächelnd antworten: »Du hast mich getäuscht, mein Schatz, täuschen ist noch schlimmer als lügen, feiger. Solltest du das je wieder tun, schneide ich dir die Eier ab und gebe sie klein gehackt in Carlos Napf.« Ach ja… Aber das war später. Noch saß ich da und starrte den ersten Teil unserer Geschichte an. Und irgendwann hatte ich Durst bekommen, Sambucca war noch da, der berühmte Durstlöscher Sambucca.

Vieles blieb so *lieb*. Auch in dem neuen Licht blieb vieles so unfassbar, unglaublich, unerklärlich *LIEB*. Vieles passte gar nicht zu einer Affäre, zum Beispiel, nur zum Beispiel… der Sex. Ich weiß, das mag auf den ersten Blick widersinnig scheinen, aber Liebe erkennt man meiner Meinung nach auch sehr gut im Bett. Es ist ja nicht alles Zuckerschlecken, was man da normal so tut, es ist ein Geben und ein Nehmen. Das war bei Dick und mir nicht anders. Dick gab alles, alles. Und Lchen nahm. Höm.

Er strengte sich im Bett wirklich immer wahnsinnig an. Er hatte sogar – jetzt mal ganz unter uns – er hatte sogar eigens konstruierte, liebevoll ausgetüftelte »Verwöhnwerkzeuge« für mich gebastelt. Ja! Kreative Laubsägearbeiten für Lchens ausdauernde, variantenreiche Sex-Stimulation, quasi. Einmal holte er sich dabei eine Nierenerkältung. Das Schlafzimmer war doch nachts nicht geheizt, und Dick war stundenlang um mich rumgekrabbelt, um meinen Körper mit Federboas, umgebauten Kleiderbürsten und handgefertigten Liebeskugeln etc. »zum Glühen zu bringen«, frei nach Erika Berger. Ich döste derweil ein bisschen oder murmelte bestenfalls mal: »Hach, wie angenehm!« Oder: »Schatz, legst du mir bitte die Decke über die Körperteile, an die du gerade nicht ranmusst. Blase und Nieren sind die Schwachstellen in unserer Familie…« In seiner auch, stellten wir am nächsten Tag fest. *Warum?* Warum war Dick so aufopferungsvoll?

Ich nahm im Gegenzug trotzdem keine Körperteile von ihm in den Mund. So ungern ich gewollt hätte, es war mir medizinisch nicht möglich (Malessen mit den Kiefergelenksknochen, einige von Ihnen kennen das sicher). Und auch ansonsten war Lchen nicht gerade een sex-raketje. Immerhin hab ich mich für dich nackt ausgezogen, meine Devise. Also, *was* erhoffte sich Dick von mir? Was? Wer unten liegt, kocht?

Nein. Auf dem Gebiet war bei mir doch erst recht nichts zu holen. In sieben Monaten hatte ich kein einziges Mal den Kochlöffel für meinen Schatz geschwungen oder mich auf andere Weise fürsorglich erwiesen. *Er* war die kleine, liebe, emsige Stubenfliege, die mir Orangen presste und an die Badewanne servierte. *Er* war es, der mir CDs aufnahm und meine Kleider wusch. Der Eier für Curd bemalte und versteckte, damit ich Fotos für sein Weblog machen konnte. Er, er, *er* umschwirrte mich, nicht umgekehrt, *nie* umgekehrt! Was hatte Dick eigentlich an mir gefunden? *Ich* hatte doch meist nur dagesessen und irgendwas geschrieben. Liebe, das musste Liebe sein, anders war Dicks Verhalten nicht zu erklären, *Liebe*!

»Wahrscheinlich«, sagte meine Schwester. Wann hatte ich sie angerufen? Wie war sie reingekommen? »Er hat das alles aus *Liebe* gemacht.« Sie musste gerast sein aus Münster. »Aus Liebe zum Vögeln.«

Sie zog die Jacke aus und setzte sich zu mir aufs Sofa.

»Und weißt du, was das Schlimmste ist«, schluchzte ich los, sobald sie meine Hand nahm und die Faust löste, mit der ich das Telefon umschlossen hielt. »Nicht mal Rocco wollen sie mir geben. Ich wollte ihn, ich habe dreimal angerufen! Sie geben ihn mir nicht, ich krieg nicht mal einen behinderten Hund!«

Meine Schwester nickte, stellte das Telefon aus und legte es neben sich.

»So.«

Abschlusstest

Nach drei Tagen körperlicher und geistiger Pflege hatte meine Schwester den Eindruck, dass sie mich wohl wieder allein lassen könnte. Sicherheitshalber unterzog sie mich beim Frühstück noch mal einem Abschlusstest.

»Lchen, du bist ganz übel beschissen worden, und das tut weh…«

Ich nickte.

»Schrecklich weh.«

Ich nickte.

»Grauenvoll gemein weh.«

Ich nickte.

»Aber mach bitte, bitte nicht den Fehler, im Nachhinein die große Liebe daraus zu machen, hörst du? Ich kenn dich… Red dir bitte, bitte, *bitte* nicht ein, dass er der Mann deines Lebens ist, nur weil du ihn nicht haben kannst! Versprichst du mir das?«

Ich… … … nnnnickte.

»Dieser Holländer war ein Übergangsmann, ein Trennungs-Analgetikum, ich glaube, das weißt du auch.«

Nein! Er war der liebste Mann der Welt! Niemand war je so gut zu mir! Ich nickte.

»Er hat dir geholfen, über 119 wegzukommen.«

Unsinn! Darüber werde ich nie hinwegkommen! Als wenn man je über so was wegkäme! Man ändert den Weg, man sucht das Nirwana woanders und knallt voll Karacho vor die nächste geschlossene Tür! Ich nickte.

»Aber er war nicht der Richtige…«

Jawohl! Jawohl! Jawohl! Ich nickte.

»Überleg doch mal, was dir alles *nicht* an ihm gefallen hat…«

Ich habe ein Kiefergelenksproblem! Und selbst wenn nicht, wenn nicht!? Nur weil ich nicht gerne einen behaarten Hoden im Mund habe, heißt das doch nicht, dass mein Herz nicht für ihn schlägt. »Oh Gott, ja!«, sagte ich und verdrehte die Augen.

»Und wie er dich manchmal genervt hat? Sein penetrantes Gesimse. Diese ständigen *Ich liebe dichs*!«

Was würde ich jetzt für ein einziges geben. Ich lächelte gequält.

»Aber dann fandest du Amsterdam so hübsch, und das hat wahrscheinlich auf Dick abgestrahlt.«

Ich fand Amsterdam so hübsch und hab Dick eine Chance gegeben. Und mich in ihn verliebt. »Hach, Amsterdam…«, sagte ich.

»Und denk mal dran, wie es dir ging, wenn er hier in der Wohnung war…«

Die Wohnung… Ja, die Wohnung. Die Wohnung war mein wunder Punkt.

»Du hast recht«, sagte ich leise. Meine Schwester warf mir einen prüfenden Blick zu, dann tätschelte sie mir den Arm. Test bestanden.

Sie hatte wirklich recht. Mein Verstand – in den letzten Tagen unermüdlich gefördert und unterstützt von ihrem – sagte mir, dass ich diesen Mann nicht wirklich geliebt haben konnte. Dass der ungeheure Schmerz, den ich jetzt empfand, verletzter Stolz und Enttäuschung waren (immerhin war ich von der Prinzessin zur Doofen degradiert). Und Verlust. Ich hatte einen Menschen verloren. Dieser Dick, den ich geglaubt hatte zu kennen, *mein Schatz*, er existierte nicht mehr. Und mein Traum war auch zerplatzt. Meine »Lchen endlich zu Hause«-Vision. Wie eine Luftblase, futsch!

Ich hatte mich doch schon in dem warmen Häuschen sitzen sehen. Aufgehoben, geliebt und schön in aller Ruhe schlechte Romane schreibend. Im Pyjama. Umschwirrt von meiner lieben, klugen Stubenfliege, die mir im Vorbeisummen Küsse und Kekse bringt. Und vielleicht… vielleicht hätten wir sogar Kinderchen und einen blondgelockten Hund gehabt. Nicht vier, aber vielleicht zwei oder wenigstens… eins. Ein Kind. Ja, daraus würde wohl nichts mehr. Stattdessen würde ich mich weiter jeden Morgen in unbequeme Schuhe zwängen und der S-Bahn hinterherklappern. Würde in kneifenden Kostümchen Werberin spielen, ein Elefant, der Leichtigkeit simuliert. Wie mühsam das alles war, wie mühsam. Und nun würde es so weitergehen. Endlos vielleicht. Ja, *das* war der Grund meiner Verzweiflung, *das*. Es hatte nichts mit dem Mann an sich zu tun, sagte mein Verstand. Aber welcher Verstand hat schon was zu sagen…

Wir saßen noch ein bisschen in meiner kleinen, warmen Küche und tranken Kaffee, meine Schwester und ich. Alles war wieder an Ort und Stelle, alles war herrlich sauber und aufgeräumt. In den letzten Tagen, während ich leidend auf dem Sofa gethront und Kleenex-Tücher um mich verstreut hatte wie Jack Lemmon mit Grippe, hatte meine Schwester geputzt, gewischt, gewaschen und das Bett frisch bezogen. Es roch nach Lenor Aprilfrisch, Klorax und nach Neuanfang.

Nun packte sie ihre Sachen zusammen. Ich sah ihr zu, lächelte, erinnerte sie daran, ein paar Mandarinen und das Rosinenbrot mitzunehmen, und eine riesige Welle der Angst stieg in mir auf. Gleich würde sie fahren. Gleich wäre es still. Das Geplapper, mit dem sie in den letzten Tagen unermüdlich versucht hatte, mich aufzuheitern, bis ich kurz davor gewesen war, mich aus dem Fenster zu stürzen, würde verstummen. Mir graute davor. Noch etwas wacklig auf den Beinen begleitete ich sie zu ihrem Auto. Es war da. Am ersten Abend hatten sie es abgeschleppt, auf irgendeinen Sammelplatz in der Walachei, die Gauner. Während ich am nächsten Morgen meinen Rausch ausschlief, war meine Schwester mit dem Taxi rausgefahren, um ihr Autochen zurückzuholen. Auf dem Rückweg hatte sie bei IKEA haltgemacht, einen Matratzenschonbezug und einen neuen Bettvorleger gekauft. Diesmal klebte zum Glück nur ein Knöllchen an der Windschutzscheibe. Schon ganz durchgeweicht vom Regen.

»Du wirst ihn gleich anrufen, hm?« Meine Schwester starrte auf das labberige Papierchen und schüttelte den Kopf. »Du kannst es kaum erwarten, dass ich fahre, dann rufst du das Arschloch an.« Sie zerknüllte das Ticket und warf es weg. »Hab ich recht?«

Da! Da war die Politesse, sie kam schon wieder an.

»Hab ich recht?« Meine Schwester ließ mich nicht aus dem Blick.

»Ja...«, sagte ich und sah die dralle uniformierte Dame durch einen Vorhang Tränenflüssigkeit düster an. Wer hatte *sie* verlassen? Wer? Engeln ein Knöllchen geben, so was! »Ja, wahrscheinlich...«, murmelte ich. »Ich fürchte.«

Die Politesse drehte ab, genau, wir Verlassenen müssen zusammenhalten. Meine Schwester schüttelte den Kopf.

»Lass es, Lchen. Bitte, lass es!«

Ich heftete meinen Blick auf die Angebote der Woche im Schaukasten vorm PENNY-Markt.

»Ich muss es wissen«, sagte ich. Damenthermounterwäsche für neun neunundneunzig, das war günstig. »Ich muss wissen, ob er mich wirklich nur verarscht hat.« In vier Wochen machte das Freibad auf, unser Pool, das neue Wasser war schon eingelassen. »Ich muss wissen, wer seine Frau ist, wo sie war, welches Ei sie gefunden hat, ich, ich... ich habe noch so viele Fragen!«

»Welche Rolle spielt das noch?«

»Ich muss es wissen!«

»Du willst ihn zurück.«

»Noch nie war jemand so lieb zu mir!«

»Lieb?! Er hat dich sieben Monate lang belogen!« Meine Schwester biss sich auf die Lippe. Jeder andere hätte jetzt den Klassiker *»Du könntest ihm nie wieder vertrauen«* gebracht, aber sie stand jenseits dieser Schlagersänger-Psychologie, ihre Beziehung zu Hannes hatte auch als Affäre begonnen. »Du könntest ihm nie vertrauen!« Hmpf.

»Ich will ihm nicht vertrauen, ich will ihn einfach nur zurück!«, platzte es aus mir heraus. »Wem kann man schon vertrauen? Jeder Mensch kann sich neu verlieben, das passiert, und dann wird er unberechenbar! Dann gilt nichts mehr, nichts! Das muss ich dir wohl nicht erzählen!«

Plötzlich schien meine Schwester sich auch für die Thermounterhose zu interessieren. Sie blickte starr an mir vorbei zu PENNY.

»Ich komme nicht noch mal!«, sagte sie dann. »Ich halte dir nicht noch mal den Kopf, wenn du Sambucca kotzt! Ich fahre nicht noch mal mit dir ins Krankenhaus, wenn du danach beinahe kollabierst! Im Taxi, weil sie in dieser verfickten Scheißstraße mein Auto abgeschleppt haben! Ich mache das alles nicht ein zweites Mal!«

»Doch, das tust du wohl«, sagte ich und sah sie an. »Das tust du wohl.« Musste sie das alles ausposaunen. Manmanman.

Sie antwortete nicht. Sie starrte zur Thermounterhose. Neun neunundneunzig, das war ja auch ein Ding.

»Ja, ich weiß«, sagte sie dann. »Brauchst du nicht Thermounterwäsche, dir ist doch immer so kalt?«

»Neun neunundneunzig, da kann man nicht meckern, hm?«

»Da kann man nicht meckern.«

Sie nahm mich in den Arm.

Frau über Bord II

Ich sah ihrem Auto nach, bis die Rücklichter am Ende der Straße in der Bahnunterführung verschwanden. So hatte ich Dick immer nachgesehen. Dick, der allerdings auf dem Fahrrad fuhr. Mein Holländer.

Von meinem Fenster im dritten Stock hatte ich sogar sehen können, wenn die Unterführung ihn auf der anderen Seite wieder ausspuckte, und wie er dann ein Stück weiter an der Ampel um die Ecke bog. Aber nur, wenn er seine orangefarbene Windjacke trug. In der dunkelblauen Seemannsjacke fand ich ihn nach der Unterführung meist nicht schnell genug wieder. *So* selten war er eigentlich doch gar nicht hier gewesen, dachte ich, bestimmt drei- oder viermal. Bestimmt. Wenn er fuhr, in diesen Minuten, wenn ich oben am offenen Fenster saß und ihm nachsah, hatte ich ihn immer am meisten geliebt.

Davor war ich zu angestrengt. Es war nicht wie in Amsterdam, hier in Hamburg *spielten* wir nur entspannt, beide. Dick, der so gerne ein bisschen durch die Etagen schwirrte und sah, wo sich für seine Hände was zu tun fand, hatte in meiner Zweiraum-Wohnung mit übergeschlagenen Beinen auf der Couch gesessen und getan, als würde er lesen. Er las sonst nie. Und ich, Pyjama-Lchen, die am liebsten still in ihrer Ecke saß und hinter ihrem Laptöppchen in Schreibmeditation versank, führte mich auf wie die Protokollchefin beim Staatsempfang. 14.00 Uhr: leichter Imbiss. 14.30–15.00 Uhr: Gelegenheit zum Stuhlgang. 15.00–17.00 Uhr: schwimmen, saunieren, entspannen. 18.00 Uhr: spontaner Geschlechtsverkehr. 19.00 Uhr: warmes Abendessen. Ab 20 Uhr: weiterer Geschlechtsverkehr. (Zwischenmahlzeiten bei Bedarf am offenen Buffet in der Küche.) Nein, hier in Hamburg hatte es irgendwie nicht funktioniert. Hier mutierte die kleine Stubenfliege vor meinen Augen wieder zu Luca Brasi, dem Kissenmörder. Heilfroh war ich gewesen, wenn Dick fuhr. Und im selben Moment von Liebe durchflutet wie Friesland von der Nordsee, wenn der Hauke-Heien-Koog bricht. Beim letzten Mal hatte ich sogar gedacht: Lchen, da auf dem Fahrrad fährt dein Mann. Verrückt.

Ich ging an meinem Haus vorbei und noch ein Stückchen in die andere Richtung.

Dick auf dem Fahrrad, der lachend und winkend meine Straße entlangeiert… So würde ich ihn immer in Erinnerung behalten. Wenn er zu Besuch kam, hatte er nämlich nie vorm Haus geparkt. Er parkte vor dem Freibad, wo er mich gefunden hatte, wie er es nannte. Aus romantischen Motiven und auch weil Parken vorm Freibad kostenlos war. Dort angekommen, holte er seine alte Herren-Gazelle hinten aus dem blauen Kastenwagen, belud sie mit all den schweren Taschen und radelte zu mir. Es war eine Kunst, mit so viel Gepäck Rad zu fahren, nur Holländer konnten das. Und Chinesen. Die transportieren sogar Kühlschränke mit dem Fahrrad, hatte ich mal im Fernsehen gesehen. Dafür simste mein Schatz auch noch dabei: *Just 3 minutes, Lpunktje…*

Ich ging dann ans Fenster und sah zu, wie er angestrampelt kam. Strahlend über beide Ohren und in tollkühnen Eierlinien, wegen der Plastiktüten, die am Lenker baumelten. Zwei große, weiß-blaue Plastiktüten von Albert-Hijn mit Blumen, Geschenken und Tupperdosen mit Suppe. Seine selbstgemachte Thai-Suppe, von der ich irgendwann mehr aus Höflichkeit gesagt hatte, dass ich sie lecker fände, köstlich, und irgendwie kommt man aus so einer Lüge ja nicht mehr raus.

Am Abreisetag – oft nur ein, zwei Tage später – baumelten dann keine Tüten mehr vom Lenker. Trotzdem fuhr Dick wieder Eierlinien, weil er sich alle naselang umdrehte und mir winkte. Und simste. Spätestens 30 Sekunden, nachdem er mich verlassen hatte, machte es Piep Piep. *Mis je,* schrieb er dann. Das heißt, ich vermisse dich. Ich warf ihm dann von meinem Fensterplatz Kusshändchen zu. Warum hatte ich nicht zurückgesimst: *Bleib!*

Ich stand wieder vor PENNY. Auf der anderen Straßenseite wurde die Politesse von einer anderen Politesse mit Küsschen begrüßt. Ich stellte mir vor, dass sie zusammen Kinder hätten (die andere war eine männliche Politesse), in meiner Phantasie trugen die Kinder auch kleine Uniformen, und sonntags gingen alle zusammen im Sonnenschein spazieren. In meiner Straße. Mich fröstelte. Ich ging rein zu PENNY und kaufte Milch für heißen Kakao. Und zwei Packungen Thermounterwäsche für mich und meine Schwester, wenn sie mal wieder kam. Dann ging ich zurück zum Haus und stieg die drei Etagen rauf zu meiner Wohnung. Das Herz schlug mir bis zum Hals.

Dick meldete sich sofort.

»Schatz, was erzählst du mir denn da?«, fragte ich leise. Ich sagte nicht mal meinen Namen. »Was erzählst du mir für eine Scheiße? Du liebst mich doch. Ich weiß, dass du mich liebst, ich weiß es!«

»Natürlich liebe ich dich, Lchen«, sagte er. »Ich hab noch nie jemanden so geliebt wie dich.«

Sssssssssssszt. So schnell haben Sie noch nie eine Frau den Hut ablegen und über die Reling hüpfen sehen.

Emtchen, ich erwäge, auch schwimmen zu lermen. Sofort, wemm Freibad öffnet…

Die Akte Lpunkt

Ach ja. Ich war und blieb eine unverbesserliche Romantikerin. Vor Dick hatte ich um einen Mann gekämpft, der mich nicht liebte. Der Hund. Jahrelang auf völlig verlorenem Posten, weil man gegen fehlende Liebe machtlos ist. Dagegen ist man machtlos. Ich Esel. Aber in welch vergleichsweise *phantastischer* Ausgangsposition befand ich mich jetzt!

Die größte Hürde war genommen, Liebe war da. »Ich habe noch nie jemanden so geliebt wie dich«, hatte Dick gesagt, na bitte. Liebe war das Wichtigste. Liebe, *beiderseitige* Liebe, würde jedes Hindernis überwinden. *Love will find a way*, wie die Experten aus der Schlagerbranche sagten. Und ein bisschen Drama vorm *Happily ever after* gehörte zu einer respektablen Liebesgeschichte wohl dazu.

»Du hast mich sieben Monate lang angelogen, Schatz«, streckte ich das Köpfchen nach Dicks Geständnis zaghaft vor.

»Ich konnte dir doch nicht die Wahrheit sagen…«, Dicks Stimme klang erschöpft.

»Während ich mich sicher und geliebt fühlte, hast du mich beobachtet wie ein Laborkaninchen. Hast mich getestet, ob ich besser bin als *sie*… Und ich sollte es nicht wissen, damit ich nicht nur meine Schokoladenseite präsentiere, stimmt's!?«

»Nein, ich wollte dich nicht testen. Du bist die Liebe meines Lebens, da gibt es nichts zu testen. Ich wollte dich einfach nicht verlieren.«

Hach, das klang schön. Ich schmolz dahin.

»Das ist keine Entschuldigung«, sagte ich sehr leise und eigentlich völlig besänftigt. Da holte Dick mit einem Mal aus.

»Aber es ist ein Grund! Ein *guter* Grund, oder?« Seine Stimme zitterte plötzlich vor unterdrückter Wut, huch. »Ich wollte warten. Warten, bis du mich vielleicht irgendwann auch liebst! Damit zumindest eine *winzige* Chance besteht, dass du mir verzeihst!« Und dann kam sie. »Aber du... du wolltest mich ja nicht mal in deiner Wohnung!« Die gefürchtete Linke. »Das ist keine Liebe!« Und gleich danach die Rechte. Eine sehr gelungene Links-Rechts-Kombination. Lchen, Ärmchen hoch.

»Doch...«, erwiderte ich noch etwas benommen. »Doch, ich liebe dich.«

»Tust du nicht.« Er weinte vor Zorn.

»Tu ich wohl.« Ich weinte vor Kummer.

»Nein, Lchen....«

»Wohl.«

Irgendwie war ich plötzlich in der Position, mich zu verteidigen. Was ein bisschen eigenartig war, sonst waren die verheirateten Männer in diesen Geschichten doch immer die Bösen. Lchen, dachte ich, super. Ganz super. Du bist sieben Monate lang beschissen worden und bist trotzdem das Arschloch. Donnerwetter. Das mach dir erst mal einer nach.

Das war erst der Auftakt.

So ähnlich mussten sich die Menschen nach der Wende gefühlt haben. Wenn sie eines schönen Morgens mehr aus Jux und Langeweile mal bei der Gauck-Behörde reinschauten, ob die Stasi möglicherweise selbst *sie* auf dem Kieker hatte. Vielleicht wegen dem Westfernsehen ab und zu bei Tante Roswitha? Und dann fährt die Aufsicht, eine leicht verschwitzte ältere Dame, so einen Wagen an den Lesetisch. Einen Wagen voller Akten. Und weil die liebe alte Dame schon sehr oft in so entsetzte Gesichter geblickt hat, rückt sie lediglich ihr neues Brillengestell zurecht und sagt: »Wä schließen öbrögens öam sächs!«

Dicks Akte über mich war endlos. Sie umfasste sämtliche Vorfälle, die ich mir selbst auch oft vorgeworfen hatte. Akkurat bis ins Detail hatte er sie in seinem Beziehungsgedächtnis protokolliert: *12.10., 18.20 Uhr: Lpunkt stimmt meinem Vorschlag zu, auf dem Campingplatz zu übernachten. 13.10., 1.30 Uhr: Lpunkt isst nach Heimkehr alleine Nudeln. 13.10., 2.05 Uhr: Lpunkt verweigert Beischlaf.* (WAS? Um 2.05 habe ich nichts verweigert, sondern gepennt!)

Die Akte umfasste außerdem Versäumnisse, derer ich mir zwar bewusst gewesen war, die ich mir selbst aber großzügig nachgesehen hatte. Ich hatte mich doch genug angestrengt in den letzten 100 Jahren. *Lpunkt kocht kein einziges Mal* stand zum Beispiel in der Akte. (Ja, Schatz, und dafür solltest du mir dankbar sein!) *Lpunkt hilft kein einziges Mal beim Abwasch.* (Dafür rasierte ich mir jeden Morgen die Beine!) *Lpunkt verweigert orale Stimulation wegen Kiefergelenkbeschwerden, verdrückt wenig später jedoch mühelos eine Banane, Handelsklasse A.* (Sorry, ich wusste nicht, dass du *DAS* wolltest! Die Penisse, die ich bisher kannte, waren nicht zum Kauen!)

Und zu meinem großen Entsetzen waren auch sehr viele Dinge aktenkundig, da war ich mir bis dato nicht der leisesten Schuld bewusst gewesen: *Lpunkt schließt ihr Fahrrad nie ab.* (Du hast immer gesagt, du machst das gerne!) *Lpunkt macht die Klospülung kaputt.* (Ich??? Das olle Scheißding war doch schon lange marode!) *Ständig ist Lpunkt mit Curd-Fotos beschäftigt.* (Nur eben zwei, drei Fotos für Curds Blog!) *Lpunkt zieht im Bett keine Strümpfe für mich an.*

(WAS? Das mit diesen fiesen halterlosen Strümpfen* war dein Ernst?)

Bis hierhin hatte ich ruhig zugehört und höchstens in Gedanken Einwände erhoben, aber bei den Strümpfen musste ich doch vorsichtig intervenieren.

»Dick, spinnst du?!«, trompetete ich. »Du hast mich die ganze Zeit beobachtet! Du hast dich in mein Vertrauen geschlichen… Und dann hast du heimlich eine Akte gegen mich geführt! Das das das sind… *Stasi-Methoden*!« Jawoll, Lchen. Treffer versenkt.

Rein rhetorisch war ich Dick ja haushoch überlegen. Ich war Texterin. Star-Texterin. Ich brachte Menschen dazu, zu glauben, dass das Bunte im Joghurt Früchte sind. Ganze Früchte. Ganze Früchte, die schön und jung und glücklich machen. Und den Stuhlgang för…

»Stasi?«, brüllte Dick mich an. »*Ich* bin von der Stasi? *Ich?* Es war *deine* Diktatur, Lpunkt, nicht *meine*!« Keine Schnitte. »Wenn nicht alles nach dir ging, hast du mir doch gleich gedroht: Schatz, das Lämpchen flackert! Schatz, ich liebe dich schon wieder nicht! Schatz, jetzt hätte ich dich fast mit 119 betrogen! Ständig hast du mir Angst gemacht. Ich sollte mich nie, nie sicher fühlen bei dir! Damit ich mich anstrenge, damit ich nichts fordere, damit *du* immer bekommst, was du willst!«

Nicht die geringste Schnitte.

---

* Halterlose Strümpfe: erfunden von Gilbert Vicot, einem kleinwüchsigen, nasenlosen Mann, der sich durch diese Erfindung für Demütigungen und sexuelle Zurückweisungen rächte, die er vom weiblichen Geschlecht erfahren hatte. Halterlose Strümpfe lassen das Damenbein kürzer und dicker erscheinen. Die Fleischrollen, die unvermeidlich über den sauengen, gummierten Strumpfrand quellen, sind mindestens so hässlich wie keine Nase. (Anm. d. Red.)

»Ich wollte dir keine Angst machen, Schatz!«, protestierte ich. »Ich ich ich wollte nur ehrlich seicks!« Ich bekam einen Schluckauf vor entsetzter Erregung. »Und außerdem war das doch nur am Anfang! Nur bis Silvesticks! Nur bis Hotel New Yorkicks! Nur… nur… … HICKS!«

»Ja, Lchen. Weil es später gar nicht mehr nötig war. Später ging ja ohnehin alles nach dir. Alles ging immer nach dir.«

War Dicks Stimme eben noch erschreckend zornig, dann klang sie nun bedrohlich ruhig. Er musste nicht schreien, er musste nicht laut werden. Er hatte recht.

Er hatte recht.

Auweia, auweia, auweia, er hatte wirklich recht.

Hicks.

Es stimmte, es war immer alles nach mir gegangen, nach Lchens zarter Nase. Und ja, es war eine Schnapsidee gewesen, mit Dick über 119 zu reden. Es war gemein, ihm zu sagen, wie schwer mir der Abschied von meinem lieben alten Hasen gefallen war. »Danke, dass du es mir erzählt hast«, hatte Dick meine große Beichte tapfer kommentiert. »Jetzt weiß ich, dass du von sehr weit weg kommst, Lchen, jetzt verstehe ich dich viel besser.« Käse! Lieber süßer Käse! Angst hatte ich ihm dadurch gemacht! Danach traute sich mein Schatz nicht mal mehr, mir zuzumuten, meinen Drahtesel selber abzuschließen. Oder mir nahezulegen, die Klospülung weniger rabiat zu ziehen! Kein Wunder, dass er mir seine Ehefrau lieber vorenthielt! Kein Wunder…

Ich war erschüttert. Lchen, der kleine Diktator. Wer hätte das gedacht.

»Es tut mir so leid, Schatz…«, sagte ich leise. »Ich hab mich wirklich verhalten wie ein… wie eine Prinzessin.«

Bleiben wir doch bei der Monarchie. »Aber ich liebe dich trotzdem! Ich liebe dich, warum hätte ich denn sonst die Eierchen gemacht?«

»Du liebst mich? Du kennst mich doch gar nicht, Lchen! Was weißt du von mir, was wolltest du wissen? Ich war bloß der Mann, der »Hotel Dick« betreibt! In deinem *geliebten* Amsterdam. Mit Vollpension, Fahrradverleih und und und… Komfort-Sex in Rückenlage!«

Komfort-Sex in Rückenlage. Wie eloquent mein Schatz plötzlich war, sogar witzig. Ich kannte ihn wirklich nicht. Auweia. Nicht, dass er mir gleich auch noch eine Rechnung präsentierte für seine Dienste. Doch dann klang seine Stimme schon wieder verbindlicher…

»Welche Eierchen?«, fragte er.

Welche Eierchen??? Frechheit. So schlecht waren meine Zeichenkünste nun auch wieder nicht.

»Das sollten Ostereier sein oben auf den Zettelchen«, sagte ich und versuchte, mir die schwere Kränkung nicht anmerken zu lassen.

»Was für Zettelchen?«

Oh.

SIE

Es stellte sich heraus, dass nicht die Eierchen schuld waren. Dicks Frau hatte weder Zettel noch Winks von Nachbarn, noch vergessene Schlüpfer gebraucht, um zu merken, dass ihrem Mann etwas passiert war. Etwas, das ihn völlig veränderte und ihr gemeinsames Leben bedrohte. Dicks Frau hatte es längst gespürt.

Irgendwann hatte Dicks Frau sich dann an den neuen, schneeweißen Rechner gesetzt, den ihr Mann jetzt besaß. Obwohl er sich früher immer gesträubt hatte, sobald sie versuchte, ihn für diese neue, faszinierende Technik zu erwärmen. Für *ihren* Dick, den Dick, den *sie* kannte, waren die alten Dinge doch immer faszinierender gewesen. Aber vielleicht hatte einer seiner jungen Freunde aus dem Schwimmverein ihn gehänselt, weil er nicht wusste, was *youtube* war – sicher hoffte Dicks Frau bis zuletzt auf eine ganz einfache Erklärung für seine plötzliche Veränderung.

Im Grunde war es auch so. »Schatz, bist du als Kind vielleicht mal von einem Laptop gebissen worden?!«, hatte Dicks junggebliebene Schwimm-Freundin Lchen gefragt. *Ich* hatte Dick wegen seiner Computerlosigkeit aufgezogen. Damals, bei meinem Antrittsbesuch im warmen Häuschen (ihrem Häuschen), hinten am Fenster zum Garten (ihrem Garten), morgens im Bett (ihrem Bett). Weil ich Simsen – Dicks bevorzugte Kommunikationsform – doch nicht mochte und mir von der Umstellung auf E-Mail-Verkehr ein wenig nervliche Entlastung versprach. PIEP! PIEP! Drei Wochen später hatte mein Schatz dann tatsächlich einen Computer. Einen kleinen weißen Laptop, ein Mäcchen genau wie meines, die beiden würden sich wunderbar verstehen, höm. Ich bekam tatsächlich alles.

Vor ein paar Tagen hatte sich Dicks Frau dann also an den kleinen niederländischen Brieffreund meines Mäcs gesetzt. Während ihr Mann unten in der Küche Speck anbriet und zum Abendessen Eier in die alte, schwere Pfanne schlug, hatte sie eine Etage über ihm den kleinen weißen Rechner aufgeklappt und sein Passwort geknackt – mühelos, mit zwei, drei Versuchen. Sie wusste genau, wie Dicks Gehirn funktionierte, sie kannte es in- und auswendig, auch jedes seiner kleinen Verstecke. Dann hatte sie seine Mails entdeckt. Und Lchen. Gudnaaabemd!

Es gab sie also wirklich. Die Gefahr, die sie seit Monaten gespürt hatte, sie hatte eine E-Mail-Adresse: mail@lchen-lpunkt.de. Eine deutsche Gefahr, sympathisches Volk. Während der Geruch von Speck und Eiern aus der Küche zu ihr kroch, hatte Dicks Frau die E-Mails gelesen, die Lchen Lpunkt ihrem Mann in den letzten Tagen fleißig geschrieben hatte. Weil ihr Schuldeutsch ein bisschen eingerostet war, verstand sie nicht alles. Aber genug. Dass Lchen Lpunkt sich beruflich mit Quark befasste zum Beispiel (der Joghurt-Etat war gewonnen, nun brauchte der Kunde eine Quark-Kampagne). Dass Lchen Lpunkt graue Antennen auf dem Kopf hatte, deretwegen sie einen Friseur aufsuchen wollte. Und dass sie ihren Mann »mein Schatz« nannte, oder auch »geliebtes Knalltütje«, oder »mijn borreltje«, was so viel hieß wie »mein liebes Schnäpschen«. Prost.

In einigen der Mails hatte ich meinem Schatz auch Fotos mitgeschickt. Das hatte er immer gern gehabt. Lustige Fotos oder kleine Filme aus dem aufregenden Leben von Curd & Lchen. Wenn Dicks Frau sie angesehen hatte, wusste sie jetzt, wie ich nach einem erfolgreichen Arbeitstag aussah (*Lchen nach siegreicher Schlacht* hatte ich das Foto kommentiert, auf dem ich mit einem Du-darfst-Microwellengericht und einer Flasche Aldi-Weinbrand auf der Couch sitze und die Wiederholung von Barbara Salesch gucke). Sie kannte Curd, der weint, weil er sich einsam fühlt. Sie kannte uns beide, Curd und mich, nun… *nackt*.

Nachdem Barbara Salesch und der Weinbrand zu Ende waren, hatte ich für meinen Schatz nämlich noch dieses sehr erotische Aktporträt gemacht. Huijuijui! Curd Rock und La Lpunkt beide oben ohne. Curd ohne Mützchen und ich ohne Büstenhalter, HEISS. Und als Obergag hatte ich mir dann auch noch Curds Mützchen aufgesetzt. Es saß schon recht stramm, aber ich hatte es tatsächlich über meine dicke Birne gekriegt. Ein großartiges Bild. Curd – mit seinem gescheitelten, plattgedrückten Fellquadrat oben auf dem Kopf – sah aus wie Hitler und ich wie Charles Lindbergh, Pionier der Luftfahrt und der Busenimplantate. Ich hatte mir immer ein größeres Publikum für dieses Bild gewünscht. Immer.

»Sie kennt Curd ohne Mütze…«, flüsterte ich glühend vor Scham, als Dick mir davon erzählte. Das war nicht schön, das war wirklich nicht schön… »Und *sie*?«, fragte ich dann grimmig. »SIE?!« Jetzt wollte ich aber auch etwas über *sie* wissen. SIE, SIE, SIE! Wer war diese Frau? Was machte sie, wo war sie die ganze Zeit? Warum hatte sie Weihnachten nicht mit ihrem Mann verbracht? Oder ihm wenigstens ein paar Plätzchen gebacken? »Ein bisschen Spritzgebäck, halbseitig getunkt in dunkle Kuvertüre, verdammt noch mal! Das sollte sie wohl hinkriegen, wenn sie Weihnachten schon nicht da ist!« Die Tränen kullerten mir über die glühenden Wangen.

Widerwillig erzählte Dick von ihr. Nein, eigentlich von *ihnen*, von sich selbst und seiner Frau. Und mit jedem Satz ließ meine Körperdurchblutung nach, meine Hände und Füße wurden eisig kalt. Am liebsten wäre ich hinters Sofa gekrochen. Am liebsten hätte ich die Augen zusammengekniffen, die Zeigefinger in die Ohrmuscheln gebohrt und laut La Paloma gesungen. Wie früher als Kind bei einem

Gruselfilm, *Tanz der Vampire* oder – huhuhuuuuh! – *The Fog*. Stattdessen lauschte ich still und gebannt (und mit Eiszapfen statt Extremitäten) auf Dicks spärliche Erzählung. Faszination des Schreckens.

»Ich kenne sie seit vierundzwanzig Jahren«, fing er an.

Dass ihr nicht in den Flitterwochen wart, hab ich mir fast gedacht…

»Wir haben als Studenten in einer WG gelebt.«

An die neue Bedeutung von *wir* konnte ich mich immer noch nicht gewöhnen.

»In dem Haus, in dem wir heute auch noch sind… Es gehörte dem Vater meiner Frau, nach seinem Tod hat sie es dann bekommen.«

Und wie geht's der Schwester, wie läuft die Galerie?

»Damals waren wir einfach Mitbewohner, Freunde. Meine Frau ist älter als ich, und ich hatte auch noch eine andere Freundin, Helly, eine Malerin…«

Wie viel älter?

»Nach und nach sind die anderen ausgezogen… Am Ende waren nur wir beide übrig.«

Sie sitzt alle aus, ist das ihre Taktik?

»Sie war da, als ich nach der Trennung von Helly eine Zeitlang ziemlich… ziemlich krank war. Ich war krank.«

Nicht die *»Ich musste sie heiraten, ich verdanke ihr mein Leben«*-Geschichte!

»Ich liebe sie.«

Doch die *»Ich musste sie heiraten, ich verdanke ihr mein Leben«*-Geschichte, bitte, bitte, bitte!

»Aber ich liebe sie auf eine völlig andere Art als dich.«

Das lässt sich sicher nicht vergleichen, hm?

»Es lässt sich gar nicht vergleichen. Meine Frau liebe ich

auf eine ruhige, leise, freundschaftliche Weise. Wir streiten nicht, selbst jetzt nicht…«

Wozu. Sie wartet einfach, bis du wieder gesund bist.

»Wir schlafen auch nicht miteinander.«

Auch das noch. Ich erfülle die ehelichen Pflichten und sie kriegt die Spiegeleier – Dick, bitte! Ich habe ein Gehirn!

»Aber wir ergänzen uns, wir unterstützen uns. Wir sind Freunde, Buddies, Blutsbrüder…«

Ich wusste doch, dass zwischen dem hübschen blonden Cowboy und dem Herrn mit den Zöpfen was lief!

»Sie ist Ingenieurin, meistens im Ausland, sie ist auf Stauanlagen spezialisiert.«

Staudämme bauen, aber kein Spritzgebäck hinkriegen!

»So funktioniert es zwischen uns. Sie ist gern unterwegs und unter Menschen. Und ich bin gern zu Hause und allein.«

Ganz allein. Nur Dick und Achen, Bchen, Cchen… Lchen – die netten Frauen, die du *besteigst*, wenn sie *unter* Menschen ist! (Tut mir leid, aber hier wurde ich in Gedanken schrecklich böse.)

»Wir haben geheiratet, um Verantwortung füreinander zu übernehmen, für immer.«

Kann ich noch mitmachen? Bitte, bitte, kann ich noch mitmachen? (Und hier musste ich kurz weinen.)

»Um uns gegenseitig Sicherheit zu geben.«

Sicherheit klingt spannend. (Ich schnäuzte mich.) Und wetten, da komme ich ins Spiel…

»Und dann habe ich dich getroffen…«

TA-DA! Das kleine Sicherheitsrisiko Lchen in ihrem winzigen Bikini.

»Die Hochzeit war erst sechs Wochen her, Lchen, sechs Wochen!«

… … … … (Ich dachte nichts.)… … … …

»Es war unsere Hochzeitsreise!«

… … … … (Ich dachte nichts.)… … … …

»Ich hatte *so* lang gewartet.«

Ich dachte an unsere erste Begegnung im Freibad. *Mein Leben lang,* hatte er damals gesagt.

»Ich wollte dich, Lchen. Ich hab gekämpft mit allen Mitteln!«

Und mit Lügen.

»Ich hatte mein Leben lang gewartet, Lchen.«

Aber nicht alleine.

»Dick,« sagte ich, »ich muss mal Pipi.«

Die Eier

Ich weinte ein bisschen beim Wasserlassen. Welcher Gott lässt einen Menschen die große Liebe in den Flitterwochen treffen? So was. Und das Traurigste kam erst noch, nach der Pinkelpause. Ehen können geschieden werden, aber leider gibt es viel stärkere Fesseln: Dick hatte Angst. Angst um seine Existenz. Old Shatterhand und Winnetou hatten Gütertrennung vereinbart, Dick hätte nichts, wenn er seine Frau verließe. Keine Wohnung, keine Werkstatt, keine Arbeit, kein Geld. Dick säße auf der Straße. Seine Stimme klang verzweifelt. Und sehr böse: »Für eine Frau, die mich campen schickt!? Die mich nicht mal an Silvester beherbergt? Lchen, verlangst du nicht zu viel?!«

Was sollte ich da sagen? Was sollte ich denn sagen? Ich

konnte die Geschichte doch nicht mehr umschreiben. Alles, was in meiner Akte stand, war tatsächlich vorgefallen. Wie konnte ich Dick jetzt noch überzeugen, dass ich ihn trotzdem liebte, dass ich es ernst meinte, dass er mir trauen konnte? Sicher war ich doch auch mal nett gewesen, kein Diktator, keine faule Socke! Denk nach, Lchen, denk nach!

Was war zum Beispiel damit: Dass das Erste, was ich morgens tat, das war: meinem Schatz eine liebe E-Mail schreiben! Und das Letzte, was ich abends tat: meinem Schatz eine liebe E-Mail schreiben! (Und raten Sie, was ich im Laufe des Tages noch so etwa 20-mal auf dem Zettel hatte?!) Dass ich alles, was ich dachte, machte, fühlte mit ihm teilte! Dass ich meine täglichen kleinen Abenteuer auf Fotos für ihn dokumentierte, Weltklasse-Fotos! Dass ich für ihn wieder Rad fahren gelernt hatte!? Unter Lebensgefahr! Ja, davon stand nichts in Dicks Akten, natürlich nicht!

»Lchen? Bist du noch dran?«

Dass ich mein Geld seit einiger Zeit sparte! Für uns, *uns!* Auch nicht aktenkundig. Dass ich in Aktien- und Rentenfonds investierte, statt in Bikinis und Antifaltencremes: nicht vermerkt. Mir war doch klar, dass mein Schatz ein armes Schwein war! Zerbrechlich wie eine Mingvase! Mir war klar, dass *ich* die Cashcow bleiben würde mit Madame Butterfly an meiner Seite! Mir war das alles klar und ich hatte mich stillschweigend darauf eingerichtet. Obwohl ich selbst so hundemüde war, aber: *Nicht vermerkt!*

»Lchen, warum sagst du nichts?«

Und auch dies hatte Dick offensichtlich vergessen. Dass ich zwar keine Strumpferfindungen nasenloser Wichte mochte. Dass ich vielleicht auch keen raketje war beim Vögeln. Aber dass ich dafür sehr lustig war im Bett! (Ja, warum denn nicht *lustig*???) Und zärtlich. Und ausdauernd. *Ausdauernd* wie ein VW Käfer, liebt und liebt und liebt... Aber leider: Alles, alles, alles *nicht vermerkt*. Und auch das nicht, das Wichtigste: dass ich *ehrlich* gewesen war. Vielleicht nicht immer nett, aber aufrichtig. Aufrichtig! Kennen Sie dieses Wort eigentlich, Herr »Ich hab mein Leben lang auf dich gewartet«, Herr »P. S. Und meine Frau hat mir dabei Gesellschaft geleistet«? Nein, wahrscheinlich nicht, also: *Nicht vermerkt!*

»Lchen, verstehst du mich wenigstens ein bisschen?«

Und soll ich sagen, warum? Warum Lchens kleine und große Liebestaten allesamt nie aktenkundig wurden? Weil die Akte Lchen einem ganz bestimmten Zweck diente! Von Anfang an hatte Dick dort ausschließlich Missetaten gesammelt! Denn diese Akte sollte einzig und allein der Legitimation von Lchens späterer Abschiebung dienen! Jawohl! Lchen *sollte* nicht gut sein. Nur für ein Abenteuer, aber nicht *für immer*. Auf der Straße sitzen für ein bisschen Vögeln? Womöglich Arbeit suchen müssen, Geld verdienen, Miete zahlen? Nein, das war nie der Plan gewesen, *nie, nie, nie*!

»Lchen?«

»Ja, Dick?«, fuhr ich ihn zornig an.

»Willst du nichts mehr sagen?«, fragte er leise. Seine Stimme klang jetzt wieder so, wie ich sie kannte.

»Nein, Dick...«, sagte ich genauso leise. Mein Zorn verpuffte, ich war müde. Was sollte ich denn sagen? Gegen *ich liebe dich, aber ich will meine sichere, bequeme Existenz nicht für dich aufgeben* kann man nichts sagen. Stattdessen weinte ich ein bisschen, so eine Gemeinheit, das alles. Dann leg doch auf, leg doch auf! Akte zu!

Das Besondere an Liebesbeziehungen über hunderte Kilometer Entfernung war ja, dass sie, wenn sie zu Ende gingen, wirklich zu Ende waren. Endgültig. Dass man sich danach nie wieder sehen würde. Auch nicht zufällig beim Einkaufen oder mal in der Dampfsauna. *Nie wieder*… Puh.

Ich hörte Dick am anderen Ende leise atmen, und ich dachte an die vielen Nächte, in denen ich in seinen Armen geschlafen hatte. Inniglich (ein anderes Wort fällt mir nicht ein dafür). In denen ich zwischendurch oft wach wurde, weil inniglich nicht *so* bequem war. In denen ich dann dalag und seiner Atmung lauschte, eine Phase abwartete, in der sie besonders gleichmäßig ging (oder in der *er* besonders schnarchte), um dann in eine *neue* innigliche Position zu wechseln, ohne Schatz dabei zu wecken. Schön war das gewesen, schön… Und gleich würde es Klick machen, und dann wäre alles vorbei. Nie wieder. Dick räusperte sich.

»Die Eier, Lchen.«

Eier? Ach, die Eierchen…

»Diese Zettelchen, sagst du mir bitte noch, wo du sie versteckt hast, Lchen? Ich möchte nicht, dass meine Frau sie findet.«

Nie wieder.

»Bitte.«

Müde und geschlagen lotste ich Dick von Stelle zu Stelle. Meine tollen, phantastischen Verstecke in unterschiedlichen Schwierigkeitsstufen. Es kam mir vor, als wäre das alles schon Jahre her. So stolz war ich auf die Idee gewesen, so sicher, dass ich ihm damit eine ganz große Freude machen würde. Und wie lächerlich fühlte ich mich jetzt. In meiner Top Ten der demütigendsten Augenblicke rutschte alles andere um fünf Plätze nach unten. Selbst der Moment, als ich nach einer Salmonellenvergiftung mitten in der Supermarktschlange ohnmächtig wurde und beim Erwachen Inkontinenz um mich herum ertastete. Müde, geschlagen und mit dem Gefühl, der dümmste Vollidiot der Welt zu sein, lotste ich Dick durch die neue Top Five:

Ich will mit dir leben. Im Eierbecher.

Noch nie war jemand so lieb zu mir. Unter der Kuhwiese.

Danke für deine Geduld. In IHRER Türritze.

Du bist mein Amerika. Unter dem Badeentchen.

Ich liebe dich. An der Klospülung.

»Sind das alle?«, fragte Dick nach unserem kleinen Rundgang durch das kleine Häuschen am Kanal. Im Hintergrund hörte ich die Klospülung vertraut plätschern. Beim Ablösen des *Ich liebe dich*-Eichens hatte Dick wohl den Hebel runtergedrückt. Tschüss, Häuschen. Tschüss, Klospülung.

»Ja«, sagte ich. »Das sind alle.«

»Danke«, sagte Dick.

»Bitte«, sagte ich.

Wäre das auch erledigt. Dann war es wohl so weit. *Lass uns auf die Toilette gehen,* hatte Dick damals gesagt. Und da wären wir, auf der Toilette endete die Geschichte. Lustig, die Tränen liefen mir übers Gesicht.

»Leb wohl, mein Schatz«, sagte ich.

»Leb wohl, mein Schatz«, sagte Dick.

Und dann hörte ich ihn plötzlich weinen. Lauter, viel lauter als die Klospülung.

»Stimmt das, was in den Eierchen steht? Lchen, stimmt das? Ist das wahr?«

Jumgs, gute Arbeit!

Oder wie wir Hollämderchem sagem: Jongens, goed werk… Höm.

EXTRA (ohne jeden Zusammenhang zum Rest der Geschichte): Der große medizinische Ratgeberteil zum Ausschneiden und Sammeln. Vol. 1:

Maßnahmen im Falle einer Kiefersperre *(Kieferluxation)*

Nicht zudrücken, nie mit Gewalt zudrücken! Wenn Sie – beispielsweise nach starkem Gähnen oder einer anderen extremen Mundöffnung – plötzlich den Mund nicht mehr schließen können, sollten Sie nie versuchen, den Mund mit Gewalt zuzudrücken. Gewalt ist nie gut. Fragen Sie besser einen Arzt. Der Arzt wird feststellen, dass Ihre Kiefergelenkköpfchen aus ihrer Knochenpfanne gesprungen sind. Hepp. Der Arzt renkt das Kiefergelenk dann mit dem sogenannten *Hippokrates-Handgriff* wieder ein. Dazu tritt er von hinten an Sie heran und fasst mit beiden Daumen auf die Kauflächen Ihrer Unterkieferzähne. Dann zieht er den Unterkiefer leicht nach vorne, richtet ihn gerade aus und presst ihn sanft in die normale Position zurück. Wenn kein Arzt verfügbar ist, machen Sie es selbst. Lassen Sie den Hokuspokus mit dem von hinten Rantreten, ziehen Sie den Unterkiefer mit dem Zeigefinger leicht nach vorn, ein bisschen Ruckeln und schwupp. Sie schaffen das schon. Nur eins ist wichtig: Bleiben Sie *ganz* ruhig.
Keine Panik, Sie haben nur einen offenen Mund. Sie sind nicht in Lebensgefahr, Sie sehen bloß doof aus. Und beim Sprechen klingen Sie wie ein Vollidiot, was das Bild insgesamt natürlich kippen kann. Seien Sie also besser still. Still und ruhig. Nicht weinen. Weinen verstärkt nur den Speichelfluss.
Der Speichel, der Ihnen wahrscheinlich sowieso schon aus

dem Mund rinnt, lässt sich wegtupfen. Mit Ihrem Ärmel, Ihrer Krawatte – je nachdem, was Sie in der Situation gerade da haben. Wenn Ihnen der kleine Unfall nicht beim Gähnen passiert ist, sondern beim Blasen, und Sie weder Ärmel noch Krawatte griffbereit haben, geht auch einer Ihrer halterlosen Strümpfe, die Sie möglicherweise gerade als Einziges tragen. Die sehen ohnehin nicht schön aus an Ihren Beinen (aber das liegt nicht an Ihren Beinen, die sind toll, diese Strümpfe sehen *nie* gut aus). Jetzt haben Sie einen guten Grund, sie wieder auszuziehen. Selbst wenn Sie Ihrem Partner damit einen Herzenswunsch erfüllen wollten, um ihm zu zeigen, dass Sie ihn mindestens so aufopferungsvoll lieben wie er Sie (und seine Frau, mit ihren Mitteln, ihn) – weg mit den Dingern! Ziehen Sie die Strümpfe beide aus, tupfen Sie mit dem einen Ihr Kinn ab und stopfen Sie *ihm* den anderen in den Mund. Erst recht, wenn er gerade in Panik splitternackt aus dem Zelt stürzen will, um im Nachbarzelt einen Arzt rauszuklingeln. Da ist wahrscheinlich keiner. Ärzte zelten nicht, auch nicht in Holland. Falls Ärzte campen, dann im Wohnmobil. Beruhigen Sie Ihren Schatz, mit Blicken am besten, oder sagen Sie etwas Belangloses, Alltägliches, wie zum Beispiel *»Has hollich horgen eigelich kochen?«* oder *»Hich geh hal Gechirr hülen!«*, und dann versuchen Sie es noch einmal: den Unterkiefer vorsichtig nach vorne ziehen, ruckeln und… schwupp. Und… schwupp. Nicht weinen, uuuuuund… schwupp. Übung macht den Meister, uuuuuuuuund… krzzzzz… aua… **krrrzzzzzzzck**… AUA! SCHWUPP! Na, siehste.

Ende des medizinischen Ratgeberteils. Mehr Infos unter www.kiefersperre.de

Zurück zur Geschichte.

Lchen im Campingtest

Es gab viel zu tun. In den Wochen und Monaten nach dem »Eier-Gau« hatte ich wirklich eine Menge, Menge auf dem Zettel. Ich musste Dick beweisen, dass ich ihn liebte. Das mal als Erstes. Ich musste außerdem beweisen, dass ich ihn *immer* lieben würde. Dass ich ihn nicht nur wiederhaben, sondern für den Rest meines Lebens behalten wollte. Beweisen Sie so was mal, da wurde es schon schwieriger. Ich durfte außerdem keinen Zweifel daran lassen, dass ein Leben mit mir einigen Komfort und Annehmlichkeiten bereithalten würde (hich kann haber hauch heiterhachen, Hatz!). Komfort, der ihn für mögliche materielle Einbußen und die erheblichen Unbequemlichkeiten, die eine Scheidung nach sich ziehen könnte, entschädigen würde. (Hehrlich!) Ich musste beweisen, dass ich in einem gemeinsamen Leben keine Prinzessin wäre, sondern eine verlässliche, verantwortungsvolle Partnerin. Die nur aussieht wie eine Prinzessin. Und bläst wie Louis Armstrong. Kurz und gut, ich musste beweisen, dass wir einfach *suuuper* zusammenpassen, jetzt und für immer, im Bett und im Alltag, in Gänze und in ausgewählten Teilen, und als Erstes, als Allererstes musste ich… *zelten.*

Es war Mai. Die Bäume schlugen aus. Die Larven krochen aus ihren Kokons und räkelten sich in den ersten warmen Sonnenstrahlen. Und streckten vorsichtig ihre 6 bis 1000 Beinchen. Die kleinen Babymücken und Babymotten träumten von ihrem abenteuerlichen Leben als Touristenschreck. Die Babyspinnen malten sich aus, wie sie in lauen Sommernächten (die es ja manchmal auch schon im Mai gab) über duftende weiche Frauenkörper spazieren würden und in mollig warmen Körperöffnungen oder Hautfalten vielleicht sogar... nein, das wohl nicht, Babyspinnen dachten bestimmt noch nicht ans Kinderkriegen... Es wurden die anstrengendsten Wochen meines Lebens. Und die schönsten.

Es war, wie gesagt, erst Ende Mai, aber schon sehr warm. Der Jahrhundertsommer kündigte sich an. Und ein Sommermärchen, nicht nur fußballerisch. Das Besondere war, dass Dick so lieb blieb wie bisher. Das häufig zu beobachtende Phänomen, dass ein vorher aufopfernder Partner plötzlich gelangweilt wirkt wie ein Brötchen, wenn die Angebetete zwischen seinen Beinen kniet und zurückbetet, dieses fiese Phänomen blieb aus. Dick zog sich nicht zurück, im Gegenteil, Dick wuchs unter meiner neuen Fürsorglichkeit über sich hinaus. Dick behandelte mich nur noch mehr wie eine Prinzessin. Ich ihn umgekehrt aber auch, hich hauch. Wir waren jetzt beide kleine Prinzessinnen, Prinzessin Lchen und Prinzessin Dick. Im Zelt.

Prinzessinnen, die zusammen auf dem Gaskocher kochten, Prinzessin Dickchen betreute die Tomatensauce, Prinzessin Lchen die Nudeln. Prinzessinnen, die nach dem Essen Hand in Hand zum Vaatwasplaats schlenderten (zum öffentlichen Geschirrspülplatz). Die zusammen das Zelt aufräumten und die Betten machten (ich hatte Bettzeug und weiße, klassisch-schlichte Leinen-Bezüge mitgenommen, lesen Sie auch meinen Sachbuch-Bestseller *»Mit Würde zelten«*) – wir machten alles, alles, alles zusammen in diesen Tagen. Nur den Spinnen-Check vorm Schlafengehen erledigte Prinzessin Dick allein. Ich wartete dann in sicherem Abstand vorm Zelt, bis mein Schatz drinnen gemütlich ein paar Butterkekse gefressen hatte und dann Entwarnung gab: »Alles klar, Schatz, die Luft ist rein.« Aber ansonsten... Ansonsten waren wir ein perfektes, emanzipiertes Prinzessinnen-Team. Beim Campen hinter den Dünen in »Castricum aan Zee«. Nachts hörte man das Meer.

Meine bemerkenswerte Camping-Gelehrigkeit machte Dick dabei besonders glücklich. Und mich umgekehrt diese ungeheure liebevolle Geduld, die er mir entgegenbrachte, egal, wie blöde ich mich anstellte. Wenn ich zum Beispiel nachts zur Toilette musste (mindestens drei- bis zehnmal, Nieren und Harnleiter waren die Schwachstellen in unserer Familie), begleitete er mich quer über den dunklen, um diese Jahreszeit fast menschenleeren Campingplatz bis zum Damen-WC. Später, als er mich durch behutsame Hinweise auf die Idee gebracht hatte, dass es auch eine Option wäre, in die Hocke zu gehen und einfach zeltnah ins Gebüsch zu pinkeln, half er mir bei der Auswahl des geeigneten Laubwerks. Wenn ich morgens vom Duschen kam, stand er schon da, am Ende des Schotterweges, der sich durch einen kleinen, lichten Kiefernwald zu den Damen-Waschhäusern schlängelte, und hielt nach mir Ausschau. Ungläubig lächelnd, als könnte er es gar nicht fassen.

Als könnte er nicht fassen, dass die zerzauste, wegen Rückenproblemen leicht hinkende, aber sonst gut erhaltene Elfe, die dort in seinem dicken blauen Bademantel und zu großen Badelatschen über den Campingplatz schlappte, dass diese Frau dasselbe Lchen war. *Das* Lchen, das sich früher schwergetan hatte, außerhäusige Sanitäranlagen mit weniger als zwölf Sternen zu nutzen. *Das* Lchen, das kein lebender Mensch je ohne Wimperntusche in der Öffentlichkeit gesehen hatte. *Das* Lchen, bei dem jedes Härchen jenseits der ausgewiesenen Behaarungsflächen ausgemerzt wurde, kaum, dass es sein Köpfchen neugierig durch die Epidermis strecken konnte – klatsch, Warmwachs, RATSCH!! Und da spazierte Lchen nun…

Lchen, in Lchen-untypischer Windeseile geduscht. Lchen, seit Tagen unrasiert, mit Beinchen wie ein Eber, so stachelig.*

Lchen, ansonsten aber weich und sanft und süß und anschmiegsam wie eine Kamelhaardecke. *Sein* Lchen. Überglücklich liefen Dick und Lchen dann aufeinander zu wie Tante Frieda und Tante Helmi nach der Maueröffnung. Dick trug Lchen den Kulturbeutel über den Campingplatz, und sie kniff ihm dann und wann in den Po. Das mochte er. Im Sonnenschein schlenderten wir so zurück zum Zelt.

Vormittags gingen wir dann meist an den Strand. Und mittags… (Schuldigung, ich langweile Sie sicher gerade, hm?) Mittags aßen wir in einem dieser Touristenlokale mit Seeterrasse, wo man im Sommer nie Platz bekam, Pommes Mayo und Soft-Eis. (Es ist nur so schön, sich daran zu erinnern…) Argwöhnisch wurden wir dabei vom Personal beäugt. Weil wir als einzige Gäste die träge Vorsaisonruhe störten. Weil einzige Gäste in der Vorsaison mehr Ungelegenheiten machten als in der Hochsaison ein ganzer Reisebus. Und vor allem natürlich, weil wir sie nicht alle hatten. Aßen mit einer Hand und hielten uns an der anderen. So schlimm waren die Pommes nun auch nicht.

Und dann die Nächte. (Nur die Nächte noch kurz, dann geht's weiter…) Nachts ließen wir immer eine Petroleumlampe brennen, damit wir uns ein wenig ansehen konnten

---

* Zum Hintergrund: Längere Körperpflege-Aufenthalte in den Damenduschen öffentlicher Campingplätze verbieten sich. Durch die nächtliche Beleuchtung und die stets gekippten Oberlichter sind diese Einrichtungen eine billige Attraktion für Sechsbeiner. Die Kabinen sind voller Schneider, die dort warten, weil sie nackte Frauen sehen wollen, die Schweine. (Anm. d. Red.)

beim Lieben, schöner würde man ja auch nicht mehr. Tiere schauten dann zwar auch gern mal rein, aber die meisten blieben vor dem Netz, das Außen- und Innenzelt trennte. Nur einmal schaffte es eine Monstermotte tatsächlich rein und umflatterte uns. Etwa drei Sekunden lang. Danach war sie von dem süßen Marihuana-Muff in unserer Liebeshöhle so bekifft, dass sie sich erst mal setzen musste.

»Was sie wohl denkt«, flüsterte Dick, der gerade fein gekommen war und milde gestimmt gegenüber Mensch und Tier.

»Sie plant einen tödlichen Angriff auf mich«, flüsterte ich zurück. Ich hatte das Vieh seit seinem Eindringen keine Sekunde aus dem Visier gelassen, für Insekten hatte ich ein drittes Auge, schwenkbar. »Sie will sich gleich in meine Schläfe bohren.« Und *dieses* Insekt trug außerdem die Schuld an einer fatalen Konzentrationslücke meinerseits. »Töte sie.«

»Ach nein, Lchen…«, hatte Dick da gesäuselt. Beseelt, dass ich jetzt sogar schluckte. »Sie denkt gar nicht an dich, sie träumt gerade von… von einem *groooßen* Filmscheinwerfer…«

Im weichen Glanz der Petroleumlampe sah ich meinen Schatz von der Seite an. Wie lieb. Eine Motte, die vom Scheinwerferlicht träumt, bestimmt ein Mädchen, La bella Motte, so hieß sie in ihrem Mottentraum… Eine Woge der Milde stieg in mir auf, ich betrachtete das Tier.

»Oder, falls sie ein Typ ist, träumt sie vielleicht von einem dieser Stadionflutlichter«, pflichtete ich meinem Schatz dann bei. »Diese Riesenlampen am Rand der Fußballfelder, über die gerade alle Mottenzeitungen berichten, so kurz vor der WM…«

Wir kicherten ein bisschen, ganz leise, als dürften wir die

Motte nicht stören beim Träumen, es lief, es lief! Es wurde immer schöner zwischen uns. Schrecklich anstrengend, aber auch schrecklich schön. Danach war ich von meiner Mottenangst quasi befreit. Guck, was ich alles schaffte für meinen Schatz, was Liebe doch vermag…

Und eines Morgens (nur das noch, dann geht's wirklich weiter)… Und eines Morgens war es dann so weit. Als Dick erwachte, war der Kaffee fertig! Doch! Lchen hatte ganz allein dieses Gasding angekriegt. Lchen hatte im souveränen Alleingang Wasser und Milch heiß gemacht! Und Kaffee aufgebrüht, erwähnte ich das? Dick war so stolz auf mich. Dass ich nun Pony trug und auch ein bisschen weinte, minderte seine Freude nicht. Er schnitt sich ebenfalls einen Pony und wir tranken in der Morgensonne den besten Kaffee, der weltweit je gekocht worden war. Und tunkten süßen Stuten hinein. Herr und Frau Krone-Schmalz beim Stuten-Tunken. Ein wunderbarer Samstagmorgen. Und langsam kamen auch die ersten Wochenendcamper aus der Stadt.

Auf der schmalen Asphaltstraße, die in vielen Kurven und Verzweigungen durch das Gelände führte, näherte sich in Schrittgeschwindigkeit, fast lautlos, ein großer Wagen. »Ich glaube, wir bekommen Nachbarn, Schatz«, sagte ich. »Vielleicht haben wir Glück und es ist ein Zahnarzt«, ich rieb mir die Wange, die noch ein bisschen weh tat nach dem kleinen nächtlichen Unfall (Stichwort: krrzzzzzck), »oder ein Friseur.« (Oder ein Orthopäde oder ein Urologe, nach nur sechs Tagen war ich ein Wrack, ein behaartes auch noch, aber ein glückliches.) Dick stellte den weltbesten Kaffee ab. Wortlos erhob er sich aus seinem Campingstuhl, ging zur Straße und auf den Wagen zu.

Unsere neuen Nachbarn waren seine Frau.

Wir wolltem verreisem, Curd, Lchem und Dickchem. Aber am Abreisetag hab ich irgemdwie verschlafem umd umd umd…

Ich muss nach Amsterdam, ich muss nächstem Zug nehmen, bestimmt wartem die beidem schom auf mich…

Gespräche unter Frauen

»Sie lässt ihn spielen!«, hatte meine Schwester damals gesagt. Zwei Wochen zuvor, als ich ihr erzählt hatte, dass Dick und ich campen fuhren und dass seine Frau davon wusste (triumphierend, war das nicht das große, das lang ersehnte Bekenntnis zu Lchen?!), war meine Schwester an die Decke gegangen.

»Da kannste doch mal sehen!«, hatte sie empört geschnauft. »Der Kerl muss sich nicht mal die Mühe machen, es zu verheimlichen, *so* eine Art Ehe ist das!« Hm??? »Er sagt es einfach und sie lässt ihm das kleine Abenteuer. Sie weiß, dass er am Ende wieder zu Mutti kommt. Sie lässt ihn spielen!«

Mutti. Verstehe.

Ich selbst hatte mir Dicks Frau aus irgendwelchen Gründen immer als einen ernsten, majestätischen Indianerhäuptling vorgestellt. Mit langen schwarzen Haaren und berühmt dafür, den richtigen Moment abwarten zu können. Die Indianer waren ja sowieso alle Kanonen im Warten. Meine Schwester bombardierte dieses Bild.

»Wahrscheinlich steckt sie ihm sogar noch ein paar Klümpchen in den Anorak!«

Für meine Schwester war klar, dass Dicks Frau wie eine Mutter für ihn war. Fürsorglich, liebevoll, endlos geduldig…

»Klümpchen oder Kondome!«

Viel zu klug, um ihm etwas zu verbieten, was er trotzdem tun würde.

»Und wenn er am Ende weint und ihm die Nase blutet nach dem Abenteuer, setzt sie ihn in die Wanne, schrubbt ihn sauber und kocht ihm danach sein Lieblingsgericht.«

Im Grunde mochte ich meine Schwester nicht.

»Und warum bist du dir so sicher, dass er sich eine blutende Nase holt bei mir?« Mir *Engel.* So eine Unverschämtheit!

»Weil solche Männer sehr schnell aus der Nase bluten, Lchen, mitunter schon, wenn morgens um sieben ein Wecker klingelt, weil um acht die Arbeit beginnt. Arbeit, eine der häufigsten Ursachen für Nasenbluten bei dieser Sorte Männer!«

Dieser Sorte Männer, *dieser Sorte Männer!* Bei ihr war jeder Nicht-Hannes gleich ein Windhund!

»Dick arbeitet sehr viel!«, hatte ich protestiert. »Er arbeitet, bis seine Hände bluten, zwölf, sechzehn Stunden am Tag!« Das tat er wirklich.

Seit dem Eierchen-Gau waren ja nun schon einige Wochen vergangen. In den Nächten danach hatten wir sehr, sehr viel telefoniert. Manchmal waren wir dann auch spontan ins Auto gestiegen und hatten uns getroffen für ein paar Stunden, um das Ganze auch persönlich zu besprechen. Auf halbem Weg, in einem kleinen Hotel in Enschede, der berühmten Mitte zwischen Hamburg und Amsterdam. Und je mehr ich ihn dabei hatte überzeugen können, dass ich etwas anderes von ihm wollte als regelmäßige Kuraufenthalte mit Sex in Rückenlage (ein Leben zum Beispiel, Zukunft, ein künstliches Kiefergelenk), desto besessener arbeitete Dick und machte alte Stühle wieder schön. Eames-Originale vor allem, weil die in Mode waren bei stilbewussten Menschen, die Klassiker wollten. IKEA für Reiche, sagte Dick selbst ein wenig abfällig dazu. Aber im Gegensatz zu seinen Lampen, die nicht in Mode waren, würden sie Geld bringen. Geld. Geld für *uns*, unser Leben. »Seine

Hände bluten vom Arbeiten, seine Hände! Seine Nase ist okay!«

»Ach, Lchen…«, hatte meine Schwester eingewandt, »… den Jungs mit den Skateboards blutet auch ziemlich oft irgendwas, Hände, Knie, Arme… trotzdem ist Skateboardfahren keine *Arbeit*.« Wendig wie eine Segeljolle, meine große Schwester. »Dick macht nur das, was ihm Spaß macht, seine tüchtige Frau sorgt ja für alles – sei bloß nicht so bescheuert, ihren Job zu übernehmen!« Und subtil wie ein U-Boot. »Mutter werden, gut und schön, aber doch nicht von einem erwachsenen Mann!«

»Du bist möglicherweise zu voreingenommen«, hatte ich einen kleinen Scherz probiert. »Überleg mal, was man sich alles erspart. Diese Scheiße mit den Windeln braucht doch keiner!«

Wir hatten dann ein bisschen gelacht. »Fahr nicht campen«, hatte meine Schwester noch gesagt. »Du bist nicht gemacht fürs Campen, Lchen, denk an deine Blase und deine Nieren, die Schwachstellen in unserer Familie, fahr nicht.«

»Du hast recht«, hatte ich gesagt und in einem meiner Outdoor-Magazine geblättert. Aber zumindest meine Vorstellung von Dicks Frau war durch meine Schwester ins Wanken geraten, eine »Big Mama«? Hm. Nach und nach hatten sich das Bild meiner Schwester und mein Bild von Dicks Frau dann vermengt. Ich hatte sie mir als einen Mix aus italienischer Mama und Indianerhäuptling vorgestellt, Mama Winnetou. Eine große, majestätische Gestalt mit langen (aber als Kranz um den Kopf gelegten) schwarzen Zöpfen, die einen Teller dampfende Pasta vor den frisch geschrubbten Dick auf den Küchentisch stellt. Und sich danach die Hände an der Schürze abwischt (so einer langen weißen, wie die italienischen Kellner sie immer trugen), auf der dann leuchtend rote Streifen zurückbleiben. Tomatensauce. So, wieder eine erledigt.

Erstaunlicherweise war sie in Wirklichkeit ganz anders, stellte ich jetzt fest. Ich saß wie angewurzelt in meinem Campingstuhl und starrte rüber zu Dicks Frau, die ihren Wagen inzwischen sicher am Rand des Schotterweges geparkt hatte. Erstaunlicherweise sah sie sehr holländisch aus, nett und blond und kinderlieb, wie eine Holländerin aus dem deutschen Privatfernsehen der 90er. Auch das noch, sie war gutaussehend. Das in meinem Damengehirn automatisch gestartete Attraktivitäts-Vergleichsprogramm rechnete und ratterte. Ratter ratter ratter… Ich war hübscher, warf es dann endlich aus, ha-ha!

Betonung auf *war*. Irgendwann vor diesem Campingurlaub in einer Version, die gleich Brad Pitt zum Dinner treffen wollte, wäre ich definitiv hübscher gewesen. Zumindest definitiv genauso hübsch. Jedenfalls jünger und dünner. Jünger und dünner war auch die Ameise, die da über die Lehne meines Campingstuhls Richtung Stuten marschierte. Und tot. Ich fühlte mich nicht gut. Die aktuelle Lchen-Version trug Jogginghose, Schumiletten und Krone-Schmalz-Pony. Die aktuelle Lchen-Version wäre höchstens mit Dittsche in der Grillstation verabredet. Und hatte eine kleine unschuldige Ameise getötet. Ich fühlte mich wirklich nicht gut.

Erst war sie gar nicht ausgestiegen. Dicks Frau hatte den Wagen abgestellt und hinter ihrer Scheibe starr zu mir rübergesehen. Ich hatte reflexhaft genickt (Gudnaaabemd!), und als mir klar wurde, wie unpassend das war, nicht nur, weil wir maximal Mittag hatten, hatte ich schnell auf meinen Weltklasse-Kaffee geguckt. Oben auf meinem Weltklasse-

Kaffee hatte sich eine Haut gebildet, das konnte ich gar nicht leiden. Meine Hände hatten gezittert, so dass die Haut auch noch Falten warf, Falten hasste ich noch viel mehr…

Als Dick, der seine Schritte etwas beschleunigt hatte und die letzten Meter sogar gelaufen war, am Wagen seiner Frau ankam, hatte ich dann vorsichtig wieder hingeschielt. Er öffnete ihr die Tür. Ich staunte, wie blond sie war, genauso blond wie er. Aber einen Kopf größer, als sie ausstieg, damit hatte ich immerhin richtig gelegen. Dick hatte sich kurz zu mir umgedreht und mir ein Zeichen gegeben. Ein kleines Winken, das »Bin gleich wieder bei dir, Liebes!« sagen sollte. Oder auch »Trink mir den Spitzenkaffee nicht weg!« Oder »Deutschland liegt westlich!« Man wusste es nicht.

Seitdem spazierten Dick und seine große blonde Frau nebeneinander *unseren* Schotterweg entlang. Den Schotterweg zu den Damenduschen. Wie fein sie sich angezogen hatte, dachte ich grimmig. Dies war ein Campingplatz! Alles andere als »casual« war wirklich deplatziert, und in ihrer Aufmachung könnte sie aus dem Stand die Traumhochzeit moderieren! So was. Ich für meinen Teil klebte immer noch wie eine halbgekochte Hörnchennudel im Campingstuhl fest. Eine Hörnchennudel mit Krone-Schmalz-Pony, Jogginghose und einem zu großen Bademantel darüber. Dem Bademantel ihres Mannes. Und ich konnte mich nicht mal umziehen! Sicher vor Mottendamen, die von Reisetaschen voller Sommermode träumten, schloss ich meine Kleider nachts immer im Wagen ein. Die Wagenschlüssel waren in Dicks olivgrüner Hose. Und die spazierte mit ihm und seiner Frau über den Schotterweg.

Ich war gezwungen, in meinem Vollidiotenaufzug sitzen zu bleiben und zu warten, bis er wiederkam. So sah es aus.

Alternativ könnte ich mich nur ins Zelt verkriechen. Aber irgendwie hatte ich das Bedürfnis, die Entwicklungen auf dem Schotterweg im Auge zu behalten. Die Entwicklungen zwischen Dick und seiner Frau. Irgendwie hatte ich Angst, dass sie, wenn ich ins Zelt verschwände, die Gelegenheit nutzen, sich plötzlich so ansehen, in die Seite knuffen und dann zusammen aus dem Staub machen würden. Los, nix wie weg! Und wenn Lchen irgendwann das Köpfchen wieder aus dem Zelt strecken würde, stünde da nur noch ihre Tasche. Mit ein paar Nüsschen obendrauf, damit sie nicht verhungert. Von Dick, dem Auto, seiner Frau… keine Spur.

Ich beäugte sie misstrauisch. Da gingen sie. Nichts deutete auf Streit oder Zerwürfnis hin, keiner gestikulierte, weinte erkennbar oder fuchtelte mit einem Tranchiermesser. Das sah nicht gut aus. Gleich säße Lchen mutterseelenallein im Idiotenaufzug mit einer Handvoll Nüsschen in der holländischen Wildnis, nicht mal Curd Rock war bei mir. Curd Rock wollte lieber zu Hause bleiben, um WM zu gucken, hatte er signalisiert. (Und außerdem mochte Dick es doch nicht, wenn ich Curd immer fotografierte.) Jetzt saß der kleine Curd mutterseelenallein zu Hause auf der großen weißen Couch. Und ich klemmte mutterseelenallein in diesem Stühlchen und sah Dick und seiner Frau beim Versöhnen zu – mein Handy? Wo war mein Handy? Obwohl ich ihr den Triumph nicht gönnte, rief ich meine Schwester an… nicht da. Frau D.… nicht da. Meine Schwester… immer noch nicht da. Curd… ging nicht dran. Olli… besoffen.

»Lchen, alter Junge, was gibt's?«, schmetterte er mir entgegen. Über einem Teppich von fröhlichen Stimmen und beschwingter Musik. Olli feierte, am helllichten Tag. »Hab doch gesagt, dass ich die nächsten Wochen nicht zur Verfügung steh!«

»Olli, ich bin fix und fertig, fix und fertig…«

»Jetzt schon, Mensch Lchen, die WM hat doch noch nicht mal angefangen?! Wo biste denn?« *54, 74, 90, 2006…* erkannte ich die Sportfreunde Stiller.

»In Holland auf einem Campingplatz.« *Mit dem Herz in der Hand und der Leidenschaft im Bein…*

»In Holland? Auf 'nem Campingplatz? Mensch Lchen, bist du lebensmüde?« *… werden wir Weltmeister sein.*

»Olli, die haben mich tagelang nicht in Ruhe duschen lassen…« Ich spürte, dass ich mich bei Olli im Moment aufs Wesentliche beschränken musste.

»Siehste, die Schweine! Du Lchen, wir trainieren gerade, WM-Vorbereitung… Ich geb dir mal Wiebke…«

»Wiebke ist wieder da?« Mein Herz rutschte in die Jogginghose, Ollis Freundin war zurück, auch das noch! Alle versöhnten sich, alle, alle, alle! Nur ich blieb allein…

»Lpunkt?« Ollis Freundin kannte mich doch gar nicht! Ich hatte sie nur ein einziges Mal gesehen, durchs Autofenster. »Hey Lpunkt, was machst du denn in Holland, ich denke, der Scheißtyp ist verheiratet?« Olli, die alte Tratschtante.

»Ja, ich ich… ich weiß! Und ich habe mich total zum Idioten gemacht, ich… ich bin so blöd so blöd… ich ich ich…« … heulte.

»Warte Süße, ich reich dich mal an Julia weiter, ich muss mich hier mal um die… die Dingens kümmern… Süße, halt die Ohren steif…« Na sicher. Süße.

Ich wurde an Julia weitergereicht, welche Julia, oh! Dick und seine Frau drehten um. Sie kamen zurück. Sollten sie ruhig sehen, dass ich mich auch nett unterhielt.

»Die ganze Zeit habe ich mich angestrengt«, plapperte ich einfach weiter, »ich hab mich *so* angestrengt, weil mir seine Ehefrau im Nacken sitzt! Ich habe gemacht und getan und und und... *geblasen* bis zur Kieferluxation! Eine Kieferluxation, Julia, weiß du, was eine Kieferluxation ist?«

Einen Moment hörte ich wieder Musik und Stimmengewirr.

»Klar«, sagte Julia, welche Julia. »Ich hatte auch mal 'nen Verheirateten.« Julia, meine neue allerbeste Freundin. »Mit 'ner Ehefrau im Nacken blasen wir doch alle bis zur Kiefersperre, das ist ja der Trick!« Julia, meine Schwester im Blasen.

Ich wischte mir mit dem Ärmel von Dicks Bademantel den Wutschnodder von der Nase.

»Und ihr... Macht schon richtig Party?«, fragte ich getröstet.

»Bisschen. Olli und Wiebke geben 'ne Einweihungsfeier für den Breitbandfernseher, den Olli gestern geholt hat. Komm doch auch, das geht bestimmt noch länger, hm?!«

»Ja... ja... ja...« Dick und seine Frau kamen näher, bleib bei mir, Schwester! »Wawawarum nicht?«

»Prima, dann bis später.« Klick.

Die fremde Frau hatte aufgelegt. Genau in dem Moment, als Dick und seine Frau wieder am Wagen waren. Plötzlich sah sie in meine Richtung.

»Ja, wir haben wirklich Glück mit dem Wetter...«, flötete ich ins Telefon.

Sie ließ Dick stehen und ging quer über die Wiese auf mich zu. Musste ich aufstehen? Nein, ich ich ich telefonierte ja! Ein wichtiges Gespräch!

»Nein, hier regnet es nicht...« Ich presste das Handy ans Ohr.

Sie ging an mir vorbei zu Dicks Auto. *Sie* hatte einen Schlüssel.

»Der Wind? Ach du, Julia, der Wind ist angenehm... angenehm windig...«

Sie öffnete die Beifahrertür und nahm eine Mappe aus dem Seitenfach.

»Danke, Julia, das hoffe ich auch, dass das Wetter so bleibt... ich wünsche dir auch gutes Wetter...«

Sie schlug die Beifahrertür zu und ging an mir vorbei zurück zu ihrem Auto, plötzlich blieb sie stehen, drehte sich um und sah mich an. Auweia. Ich starrte zurück.

»Was hast du mit dein Pony gemacht?«, fragte sie.

Was die Holländer – zusätzlich zu ihrem niedlichen Akzent und ihrem vertrauenerweckenden Äußeren – für uns Deutsche so sympathisch macht, ist ja, dass sie jeden sofort duzen. In meinem Gehirn war keiner da.

»Ichichich...«, großer Betriebsausflug, »ich hab Kaffee gekocht!«, brachte ich schließlich hervor. Die Wahrheit. Die Wahrheit ist immer verkehrt. Sie sah mich weiter an. Nicht freundlich und nicht unfreundlich, sie sah mich einfach an. Das war noch nicht zu Ende, warnte mich mein untrüglicher Instinkt.

»Ihr habt Glück mit dem Wetter«, sagte sie, wusste ich's doch. Ohne meine Antwort abzuwarten, drehte sie sich um und ging zu ihrem Wagen. Wie unhöflich. Ich sah zu Dick.

Sein Gesicht war angespannt, er sah zu ihr. *Ihr.* Kein einziges Auge für mich, kein sorgenvoller Blick, der vielleicht fragte, Lchen, mein Engel, hat sie dich beleidigt, muss ich mich duellieren? Sie ihrerseits würdigte *ihn* keines Blickes, stieg in den Wagen, wendete gekonnt und fuhr vorschriftsmäßig im Schritttempo davon.

Vielleicht liefen ihr dabei Tränen über die Wangen, vielleicht fuhr sie gleich hinter der Kurve wieder rechts ran, um sich zu übergeben, vielleicht verschlang sie im nächsten Supermarkt noch vor der Kasse drei Packungen belgische Zuckerwaffeln mit Schokoladenglasur, um die Figur zu halten. (Ha! Kaum war sie weg, hatte Lchen die Zähne wieder drin! Lpunkt wieder mit dem alten Biss!) Vielleicht setzte sie auch einfach nur ihr Headset auf und horchte mal in Arabien nach, ob die Delle in der Staumauer wieder ausgebeult war oder so. Was auch immer Dicks Frau als Nächstes tun oder nicht tun würde, man hatte ihr nichts angemerkt. Nichts.

Ich hingegen spürte plötzlich einen ganz gemeinen Schmerz. Irgendein gemeiner Blödmann zerquetschte mein Ohr. Mir fiel auf, dass ich selbst außerdem immer noch mein Handy an den Kopf presste. Ich ließ es vorsichtig sinken… Das Gespräch war vorbei.

So, jetzt simd wir gleich da. Bestimmt wartem Lchem umd Dick am Bahmhof auf mich…

… … ?? … … ? … ???

Sie wissem vielleicht gar nicht, dass ich komme… Sie demken, ich wäre absichtlich zu Hause geblieben… Sie simd mir böse…

Aber ich hatte doch nur verschlafem… Ich wäre so germ mitgekommen, es war keim Absicht…

Frank, benannt nach Franck Eggelhoffer

»UND??? Wie findet sie mich?«, platzte es aus mir heraus. Ein geschmackloser Scherz, ich weiß. Aber mich hörte ja niemand. Abgesehen von ein paar tollkühnen Ameisen, die ihren Kumpel bergen wollten. Oder den Rest vom Stuten holen.

Ich saß immer noch allein in meinem Campingstuhl. Dick hatte sich höflich entschuldigt, nachdem seine Frau gefahren war, und war verschwunden. Er hatte mich nicht angesehen. Die wenigen Worte, die er für mich gehabt hatte, waren leise, sehr leise: »Entschuldige Schatz, ich muss kacken.« Verstehe. Ich überlegte, was ich sagen könnte, wenn er wiederkäme. Irgendetwas Kluges, Einfühlsames. »Kacken sagt man nicht, Schatz, sie hat keinen guten Einfluss auf dich.« Mir wollte partout nichts Einfühlsames einfallen.

Stattdessen bekam ich Angst. Angst davor, was sie vielleicht besprochen hatten. *Sie*. Angst, was er mir gleich sicher mitteilen wollte und wofür er sich im Moment nur noch mal kurz sammeln musste. Eine Scheißangst krabbelte mir durchs Rückenmark, wie eine ganze Ameisen-*Armee*. Angst, dass Dick gleich wiederkommen und sagen würde: Hopp, hopp, meine Süße, packen. Mit derselben Beiläufigkeit, mit der er gesagt hatte, Schatz, ich geh kacken. Packen reimte sich auf kacken, siehste, so lief der Hase nämlich. Früher hätte er das nie gesagt. Früher war ich eine Frau, bei der man austrat oder auf die Toilette ging. Lass uns auf die Toilette gehen, so hieß das damals, ganz respektvoll… (Sie merken, ich vergaloppierte mich ein wenig.) Und als Dick nach dreißigtausend Minuten endlich wiederkam, entschied ich mich für einfühlsames Schweigen. Die Kehle war mir zugeschnürt vor lauter Schiss.

Dick schwieg ebenfalls. Ich schenkte erst mal einfühlsam Kaffee ein. Weltklassekaffee. Und reichte einfühlsam Ameisen-Stuten, er wollte keinen. Und schwieg weiterhin. Auf keinen Fall durfte ich in ihn dringen, hatte ich mir vorgenommen. Solange er schwieg, war nichts passiert. Er war noch da, das war das Wichtigste. Egal, was sie gesagt oder besprochen hatten, er war noch hier bei mir. Wir saßen in der Sonne und tranken feinen Weltklassekaffee, von Packen keine Spur. Einfach weitermachen, weitercampen, weiterkämpfen. Mit dem Herz in der Hand und der Leidenschaft im… *Bein*. Ich stopfte mir zur Stärkung den restlichen Stuten in den Mund, schluckte und lächelte Dick einfach an.

Dick lächelte zurück. Und den Rest des Tages taten wir dann lächelnd so, als wäre nichts geschehen. Wir kauften im Supermarkt Limonade und gingen zum Strand. Wir fuhren Radwettrennen über den Deich und Dick warf mir Kusshändchen zu beim Überholen. Und ich streckte ihm die Zunge raus, lustig, lustig alles. Gegen Abend hätte ich ihn vermöbeln können, damit er endlich mal den Mund aufmacht. »Willst du drüber reden?«, fragte ich daher beiläufig. Das kannte ich aus Filmen, Männerfilmen. Männer mochten es, wenn man nicht direkt fragte, sondern lediglich anbot, zuzuhören. »Ja«, sagte Dick. Ich bin da, mein Freund, sprich. »Ich denke, ich nehme das halbe Hähnchen.« Wir standen gerade in einem Imbissgrill.

Als wir abends im Zelt lagen, verweigerte ich den Beischlaf. Mit Männermethoden kamen wir nicht weiter. »Stimmt was nicht?«, fragte Dick, jetzt kamen wir ins Geschäft. »Alles in Ordnung«, sagte ich und drehte ihm den Rücken zu, »… bin nur etwas müde, Schatz.« Schieß los! Was wollte sie? Was hat sie gesagt, was hast *du* gesagt? Wie geht es jetzt weiter mit uns, sag endlich was, verdammte Scheiße, sag endlich mal was!!! »Ich auch, Schatz…«, sagte Dick sanft, »… dann mache ich heute die Lampe mal aus, hm?« Er löschte einfach die Lampe! Unser Liebeslicht! Einfach gelöscht. »Nacht, mein Schatz!« Zack, erstickt! »Nacht, mein Schatz.« Alles klar.

Ich regte mich nicht, meine Augen starrten in die Dunkelheit. So dunkel war sie gar nicht, stellte ich dann fest. Meine weiße, klassisch-schlichte Leinenbettwäsche leuchtete von dem Licht, das fahl durchs Zeltdach fiel. Draußen, genau über uns, strahlte der Mond, der heute so schön voll war. Beneidenswert, schoss es mir durch den Kopf, was hätte ich jetzt für einen Drink gegeben. Mit der lieben Frau D. in einer gepflegten Hamburger Bar. Und ich auch gepflegt. Schön gepflegt mit einem Getränk in einer schummrigen Ecke der Daniela-Bar, eingehüllt in Stimmen und Musik, angenehm schweigend einfach den Menschlein zusehen. Entspannt. Wann war ich das letzte Mal entspannt gewesen?

Selbst wenn ich bekifft war wie ein Sack Pennäler auf Klassenreise, hatte ich durch den Dunst immer noch das rote Aufnahmelämpchen gesehen: *Das wundervolle Leben mit Lchen*, Szene 128, die dritte, Achtung, wir drehen! Das musste aufhören, dachte ich. *Ich* musste aufhören. Aufhören, meine »Lchen empfiehlt sich als bessere Ehefrau«-Version zu präsentieren. Ganz behutsam, langsam und vorsichtig musste ich wieder Haltung annehmen in dieser Beziehung. Ganz vorsichtig, langsam und behutsam musste ich mit Dick darüber reden, wie es weitergehen sollte. Ganz direkt, schnell und schwarz sah ich über das weiße, klassisch-schlichte Leinenkopfkissen etwas Unästhetisches auf mich zurasen… Ich erspare Ihnen die Details. Doppelt so groß. Mindestens doppelt so groß wie das Modell »Chips«.

Nach etwa 1000 Metern fiel ich langsam wieder zurück in leichten Trab. Mein Atem keuchte, das Wasser lief mir am Rücken runter, ich stand im Nachthemd (Seide/Baumwolltüll, Stichwort: *»Mit Würde zelten«*) oben auf der Düne und sah auf das Meer, das durch den vollen Mond sehr schön glitzerte, das musste man schon sagen. Etwas ruhiger, stolperte ich runter zum Strand, mir war nach einem Bad. Nach einem Fußbad, spezifizierte ich beim ersten Wasserkontakt. Ich fröstelte. Erschöpft und fröstelnd ließ ich mich rückwärts in den Sand plumpsen. So schön sah diese Welt aus, so schön, und doch beherbergte sie diese schlimmen Tiere…

Und doch beherbergte sie *außerdem* haufenweise Rindviecher! Wie konnte ich nur so blöd sein! Was machte ich hier, was tat ich mir wieder mal an?! Ein Mann, der mich sieben Monate lang beschissen hatte, und ich schlief mit ihm im Zelt, damit er seine reiche Frau verließ! Interessanter Gedankengang, Lchen, interessant. Und *sie*… Sie schien nicht mal was dagegen zu haben! Na gut, Dickchen, hatte sie wahrscheinlich gesagt, aber nur, solange sich das Wetter hält, sonst verkühlst du dir noch die Prostata! Plötzlich fühlte ich mich wieder wie mit Biggi damals. Biggi, die an schönen Sommertagen mit einer Freundin zelten durfte, im Vorgarten ihrer dubiosen Mutter. Ich wollte nach Hause in mein komfortables Zimmer mit den Topfpflanzen. Mama und Papa hatten recht, zelten war scheiße und diese Biggi ein kleines, verkommenes Luder.

Dick ließ sich Zeit. Als er nach zwei Minuten endlich da war, setzte er sich neben mich und legte seine Jacke um mich.

»Bist du sicher, dass sie da nicht drin sitzt?!«, fragte ich eigentlich schon milder gestimmt durch die Wärme. Eigentlich. Doch dann versuchte Dick wohl einen Scherz. Und der ging sehr in die Hose, er fragte:

»Wer? Die Spinne oder meine Frau?«

Über Spinnen heißt es immer, sie seien sehr nützliche Tiere. Ich persönlich war diesem Argument in der Vergangenheit nie besonders zugänglich gewesen. Aber ich muss zugeben, diese kleine Spinne, die da nachts aufgeregt über mein weißes Leinenbettzeug gepest war, weil sie so was Feines sicher noch nie gesehen hatte in ihrem ganzen kurzen Spinnenleben, diese im Vergleich zu mir winzig kleine Spinne, die es zudem sicher nur aus Sympathie so stark in meine Richtung zog (vielleicht hatte sie gesehen, dass auch ich Härchen an den Beinen trug, vielleicht hielt sie mich für Verwandtschaft… Mama?), diese kleine, relativ *winzig* kleine Spinne war mir tatsächlich von großem, *riesengroßem* Nutzen. Ich verdanke ihr so viel…

Mit ihren kleinen haarigen Beinchen war sie über meine Grenzen gewetzt. Grenzen, an denen alle Liebe endete und an denen *Lchen* beginnt. Der unveränderbare, unbeugsame Lchen-Kern. Die kleine Spinne hatte ihn berührt, die kleine Spinne hatte ihn erweckt! Und ich… *fegte Dick eine!* Aber… *was für eine!* Mit all der Wut, die sich in den letzten Wochen so gesammelt hatte, weil man sich, wenn man gegen die Ehefrau getestet wird, ja tendenziell eher sanftmütig zeigt, friedlich, engelsgleich. Mit dem Druck und der Anspannung mehrerer Wochen haute ich Dick eine runter:

WUMS!

So etwas hatte ich noch nie getan. Und es war wunderbar,

erlösend, das Beste, was ich je erlebt hatte. Noch mal in Zeitlupe, bitte:

WWWUUUUUUUMMMMSS!

Und das alles verdankte ich diesem kleinen, ekligen, nützlichen Tier. Geben wir ihm doch einen Namen, nennen wir es… Frank (nach Frank Sinatra, *»Fly Me to the Moon«* u. v. a.). Und können wir die Zeitlupe bitte *noch* mal sehen, vielleicht mit der Szene unmittelbar davor…

»Wer? Die Spinne oder meine Frau?«

WWWWWUUUUUUUUUMMMMMMMMMSSS!

Dick – nach seinem kleinen Mondflug mit Sternleinsehen – sah mich sprachlos an.

»Das ist nicht lustig!«, brüllte ich ihn an. »Meine Angst ist nicht lustig! Seit Wochen reiße ich mir den Arsch auf! Seit Wochen versuche ich, dir irgendwas zu beweisen! Seit Wochen habe ich Schiss, dass ich beim kleinsten Fehler die Prüfung nicht bestehe und… Hasta la vista, Lchen, ich bleib doch lieber bei meiner Frau! Und jetzt kreuzt sie hier auf und ihr redet und und und… ich scheiß mir fast in die Hose und und und… nichts! Kein Ton, zu mir sagst du keinen Scheißton! Kein Wort, was aus uns wird, wie es weitergeht!«

Dick wollte etwas sagen, aber ich war noch nicht fertig.

»Sie… sie spricht mit mir, als wäre ich deine kleine 10-jährige Freundin, mit der du im Vorgarten zelten gehst! Als als als hätte sie dir die Erlaubnis gegeben für dieses Abenteuer! Und du… dududu genießt es! Du genießt es! Noch nie war Lchen so süß, so aufopfernd, so engagiert! Sie glaubt ja immer noch, dass sie eine Chance hat, wenn sie sich nur genügend anstrengt, der kleine Schussel!«

Noch lange nicht.

»Was hast du zu deiner Frau gesagt, was? Bitte, bitte, ein paar Tage noch, Mutti, wir wir wir… *ficken* gerade so schön?! Die Sonne scheint und Lchen bläst so toll, das muss man nutzen! Schluss! Dann dann… dann geh doch sofort wieder zu deiner Frau, dalli, los! Und sag ihr… Sag ihr, mein Pony wird wieder wachsen, aber sie… sie… ihr Hintern… Und sag ihr, dass ich mich nicht erinnern kann, ihr das Du angeboten zu haben! Und und und außerdem… Dick, ich hab eine Blasenentzündung, ich habe Rückenschmerzen, ich habe Backenschmerzen, mir tut alles weh und… und dann kommt auch noch dieses grässliche Tier, ich… ich kann nicht mehr, hörst du, Dick, ich kann nicht mehr!«

Ich war wirklich alle. Wie gesagt, in den Wochen nach dem Eier-Gau hatte ich nicht viel geschlafen. Tagsüber hatte ich Laxativa* beworben (mild und zuverlässig) und nachts Lchen (bezaubernd und zuverlässig). Bis Dick es am Ende tatsächlich mit mir versuchen wollte. Bis wir zusammen campen gefahren waren. Wenn wir uns auf zwei Quadratmetern Zelt verstehen würden, wäre uns keine Wohnung der Welt mehr zu eng. Und nicht heimlich, ganz offen waren wir zusammen verreist. Seine Frau wusste es und kannte sogar unsere Campingadresse, wie sich herausgestellt hatte. Ich war so weit gekommen. Ich war kurz vorm Ziel. Und dann passierte es, dann sagte ich es…

»Und noch was, Schatz: Ich bin nicht so nett, wie ich tue!«

Mit einem einzigen Satz legte ich das Werk von Wochen in Schutt und Asche.

---

* Laxativa: Arzneimittel, die die Stuhlentleerung beschleunigen, ugs. Scheißzeug. (Anm. d. Red.)

»Ich bin genau die Arschgeige, die du in den ersten sieben Monaten kennengelernt hast! Verstehst du?!«

Jede Blödheit, stellt man doch immer wieder mit Erstaunen fest, ist steigerungsfähig.

»Das süße, liebe Camping-Lchen ist nur Theater, kaum wärest du geschieden, wäre ich wieder genauso wie früher.«

Ich musste selber weinen über mein Zerstörungswerk. Ich zertrampelte das perfekte Lchen, das ich unter höchstem körperlichen und geistigen Einsatz geschaffen hatte, und heulte dabei wie ein Schlosshund.

»Entweder du willst diese Arschgeige oder du lässt es, Dick. Du hast die Situation jetzt lange genug ausgenutzt. Schluss mit den großen Lchen-Testwochen, Schluss mit dem Wunschkonzert!«

Mangels Taschentuchs trompetete ich tüchtig in den Rand meines Nachthemds (Seide/Baumwolltüll, Stichwort: *»Mit Würde die große Liebe abschießen«*). Und alles nur wegen der kleinen aufgeregten Spinne namens Frank (nach Frank Lucas, Gangsterboss der berüchtigten Cadaver-Connection, die in den 60er- und 70er-Jahren tonnenweise Heroin in Soldatensärgen aus Vietnam in die USA schmuggelte).

Ich sah hinaus auf die See. Der Mond glitzerte wirklich schön darin, so schön. Warum war alles andere denn nur so grässlich hässlich? Warum hatte ich jetzt wieder alles verloren, warum war denn schon wieder alles kaputt? Die Nordsee brachte mir kein Glück. Scheißsee. Mir klapperten die Zähne vor Kälte beim Schluchzen, die Jacke war mir im Eifer des Gefechts von den Schultern gerutscht. Dick legte sie mir wieder um, vorsichtig, als wäre ich ein sensibler Sprengsatz, der bei der kleinsten Erschütterung in die Luft gehen konnte. Aber meine Wut war plötzlich verflogen, futsch, ich hatte nur noch das heulende Elend.

»Sie wollte, dass ich zurückkomme«, sagte Dick.

Hm. So viel hatten wir uns auch schon gedacht.

»Sie muss beruflich nach Paris und hat gefragt, ob ich sie begleite. Sie weiß, dass ich sehr gerne in Paris bin und... Wir haben da vor 20 Jahren mal eine sehr schöne Zeit gehabt.«

Paris, oh mon amour...

»Ich hab gesagt, dass ich nicht mitkomme.«

Na, nächstes Mal vielleicht.

»Ich hab gesagt, dass ich noch nie so glücklich war im Leben wie im Moment... Und dass ich hierbleibe.«

Bis das Wetter umschlägt?

»Ich bleibe bei dir, Lchen.«

Du... ... ... du du du *bleibst*?

»Ich bleibe.«

Du... ... bleibst.

Ich brauchte einen Moment.

Ich brauchte einen Moment, um zurückzufinden aus der Idee, die meine Schwester, die fiese Kanaille, mir da ins Hirn gepflanzt hatte. Ich war gar nicht nur die geduldete kleine Campingfreundin, die Spielgefährtin. Dick war nicht das abenteuerlustige Dickchen. Dicks Frau war keine Mutter, sie erwartete genauso eine Entscheidung wie ich.

»Sie will die Scheidung.«

So eine Rabenmutter! Sie will *was*? Erst im zweiten Moment begriff ich, was Dick gerade gesagt hatte. Ich starrte ihn an, *er* starrte geradeaus aufs Meer.

»Als ich nicht mit nach Paris wollte, hat sie gesagt, dass

sie sich das schon gedacht hat… und dass sie einen Termin beim Anwalt hat… wegen der Scheidung.«

Ich gab Dick einen Teil der Jacke ab. Auweia.

»In der Mappe im Auto waren Papiere noch von der Hochzeit…«

Dick starrte weiter geradeaus.

»Es ist schrecklich für sie…«

Ja, und für dich, Schatz, ich weiß das, ich weiß. Kein Wunder, dass du danach dreißigtausend Stunden auf die Toilette verschwinden musstest, oh Scheiße, mein armer Schatz… und das hatte *ich* gemacht! Ich hatte bekommen, was ich wollte, auweia auweia auweia… Jetzt starrten wir beide aufs Meer.

»Sie hat Curd gesehen«, sagte Dick plötzlich wieder anders. Lieb. Er sah mich an.

»Sie hat… ? Curd? Curd ist in Amsterdam???« Ich konnte nicht folgen.

»In deinen Mails damals hat sie die Fotos mit Curd gesehen.« Dick grinste schief. »Vielleicht hat sie dich deshalb wie eine 10-Jährige behandelt.« Er zog mich an sich und gab mir einen Kuss auf die Stirn. »Und weil dieser scharfe Pony dich wirklich jünger macht.« Er streichelte mein Gesicht. »Sie ist nicht böse, Lchen. Sie ist keine große, mächtige Mama. Sie leidet, sie ist viel schwächer als wir… Und sie hat dich nur geduzt, weil sie die Sprache nicht so gut kann.«

»Das weiß ich doch, Dick. Sie sieht auch nicht böse aus, gar nicht.« Ich zwang mich, ihn fest anzusehen. »Dick, ich weiß, dass es schwer für dich ist, für *dich*… und das darfst du mir auch zeigen, Schatz… Du musst nicht kacken gehen, damit ich es nicht mitkriege…«

Er senkte den Kopf, Tränen plumpsten aus seinen Augen in den Sand, aua aua aua, so genau wollte ich es doch nicht sehen…

»Und wenn doch, dann sage doch das nächste Mal bitte: Ich gehe auf die Toilette, oder ich gehe austreten«, Lchen wieder mal, »weißt du, ich kann diese scheißverfickte Fäkalsprache nicht leiden.«

Dick lächelte dankbar und drückte ganz fest meine Hand.

»Lchen«, sagte er und sah mich an, »wenn ich geschieden bin, heiratest du mich dann?«

Im Großen und Ganzen, das kann man sagen, bin ich ein gut angepasstes Mitglied unserer Gesellschaft und reagiere meistens situationsadäquat. Nicht nur in Situationen mit wenig Handlungsspielraum, wie z. B. auf dem Operationstisch. Auch in Situationen, in denen man viel falsch machen kann, wie z. B. bei der Ramadanfeier meines türkischen Nachbarn – ich finde immer die richtigen Worte. (»Sie wissen aber schon, dass dieses späte Essen eigentlich Gift ist für Ihre Figur?!«) Doch dann gibt es diese Situationen, in denen es eigentlich instinktiv von selber laufen sollte. Die keinerlei schauspielerisches Talent oder soziale Intelligenz verlangen: Todesfälle zum Beispiel. Neugeborene Babys. Heiratsanträge von Männern, die man über alles liebt und für die man gekämpft hat… Und das sind die Fälle, in denen ich komplett versage. Es gibt nur eine einzige angemessene Reaktion, und sie entspricht genau meinem Empfinden, trotzdem bin ich nicht in der Lage, sie zu bringen. Ich tue genau das Gegenteil. Am Sarg meiner Oma musste ich lachen. Als man mir mein Patenkind in den Arm legte, ließ ich es fallen. Und als Dick mich nun im Mondschein an der Nordsee fragte, ob ich ihn nach der Scheidung heirate, war meine Reaktion –

obwohl jede Zelle meines Körpers glücklich jajajajaaaaaaa schrie und mein Herz vor Freude hüpfte – die: Ich rotzte erst mal kräftig in mein Nachthemd.

»Hast du dir das wirklich gut überlegt?«, fragte ich sodann, als das Näschen wieder frei war.

Und weiter: »Ich werde dir danach möglicherweise nie wieder einen blasen, Schatz. Du musst wissen, mein Kiefergelenk ist nach 25 Jahren Oralverkehr wirklich total verschlissen, ich blase nur noch zu Eroberungszwecken, hättest du mir den Antrag mal früher gemacht.«

Dick ließ sich nicht erschüttern.

»Ich wünschte auch, ich hätte dich schon eher gefunden«, sagte er lieb. »Ich wünschte, ich hätte mein ganzes Leben mit dir verbringen können. Aber ich bin auch froh, wenn es wenigstens die letzten dreißig, vierzig Jahre sind. Ich nehme dich auch verschlissen, Lchen, Blasen ist mir scheißegal…«

Mir ging das Herz auf. Ich wollte ihm um den Hals fallen. Und ich gab Weiteres zu bedenken:

»Der Komfort für dich in unserer Beziehung wird generell rapide wieder sinken, Schatz.« Ich sah ihn trotzig an. »*Kochen* zum Beispiel werde ich auch nicht mehr, wenn ich dich erst mal sicher habe.«

Schatz grinste.

»Aus dem Grund will ich dich ja heiraten, das muss aufhören.«

»Was bitte hat mit meiner Tomatensoße nicht gestimmt?!« Frechheit. »Aber… kein Problem, das hört auf!«

»Nur spülen musst du, Lchen.«

»Gern.« Wir werden eine Spülmaschine haben.

»Aber wir müssen nicht mehr campen, wenn du so Angst vor Spinnen hast.«

Vor so harmlosen Tierchen wie unserem kleinen Frank? (Benannt nach Franck Eggelhoffer, dem Weddingplanner in »Der Vater der Braut«.)

»Doch, campen finde ich eigentlich gar nicht schlecht. Das sollten wir unbedingt weitermachen, Schatz.«

Wir sahen aufs Meer. Die Nordsee. Meine Glückssee. Ich nahm Dicks Hand, ich war mir noch nie so sicher.

»Schatz, natürlich heirate ich dich dann. Natürlich. Ja, ja, ja, ja, JAAAAAAAAAAA!«

»Ja?«

»Ja.«

Das Sommermärchen konnte endlich beginnen.

Na, dann werde ich Lchem umd Dick ebem im Häuschem überraschem! Die werdem Augem machem…

Ich muss nur richtiges Häuschem fimden…

*Es war irgemdwo
am Kanal…*

*Häuchem…
Häuschem… Häus-hicks!*

Mit dem Herz in der Hand

Wir blieben noch zwei Tage auf unserer Campingposition. Meine diversen Schmerzen waren nach Dicks Antrag spontan fast geheilt. Und nachdem mich Spinnen nicht mehr schreckten, konnten die Schneider in den Duschkabinen meine Körperpflege auch nicht mehr vereiteln. »Na, ihr kleinen Schweine, noch nie 'ne nackte Frau bei der Beinrasur gesehen?« Ich plauderte einfach nett mit ihnen. »Doch!«, sagten sie dann (ich schwöre), »aber noch nie eine, die dabei die Sportfreunde Stiller pfeift.« Plötzlich war alles so leicht. Plötzlich war alles gut. Dann verließen wir Castricum aan Zee und fuhren aufs Geratewohl Richtung Süden. Im Auto wurde es noch besser.

Im Auto hatten wir eine besondere Chemie. Irgendwie versetzte Fahren uns in einen ähnlich symbiotischen Zustand wie Beischlaf. Wir verkapselten uns und verschmolzen zu Einem, quasi. Was im Bett das Feuer der Erregung bewirkte, erledigte im Auto das Bombenwetter. Körperlich wie mental verliefen wir wie ein Camembert und ein Harzer Käse unter einer Käseglocke auf einer Hotelterrasse in der Sahara. In unserem blauen Kokon auf Rädern herrschten konstant um die 60 Grad. Es war wunderbar. Friedlich und glücklich schwitzten wir in unseren Sitzen, die Welt glitt um uns herum, und zusätzlich einte uns ein gemeinsames Ziel: ein feiner kleiner Campingplatz für eine stille, romantische Nacht.

Dick als alter Campinghase kannte sich aus. Ich merkte wohl, dass er überall, wo wir schliefen, schon mal gewesen war. Und ich vermutete, dass ihn damals seine Frau begleitet hatte. Das war natürlich kein ganz so romantischer Gedanke. Aber ich sagte nichts, schließlich hatten wir alle »eine Vergangenheit«. Und Dick genoss es so, sich auszukennen. Er strahlte, dass er mir die Welt zeigen konnte, und seine Augen funkelten. Stolz, als hätte er sie selbst gemacht.

Als hätte er den Vierwaldstättersee höchstpersönlich für mich eingelassen. Als hätte er sich den Lago di Como selber ausgedacht und am Ende extra noch ein paar blass-türkise Häuschen ans Ufer gestreut, weil blass-türkise Häuschen mir besondere Freude machten. Als hätte er den Furkapass eigenhändig aufgetürmt und die dicken Wattewolken dekorativ um die zerklüfteten Gipfel arrangiert. Alles extra nur für mich. Mein Schatz schenkte mir die Welt, und ich staunte, als sähe ich sie zum allerersten Mal.

Oft sah ich während der Fahrt zu ihm rüber, wie er das blaue Auto über abenteuerliche Serpentinen, vorbei an schwindelnden Abgründen, routiniert die Alpen rauf und runter lenkte (»Tunnel sind scheiße!«). Genauso ruhig und konzentriert wie damals unser Tucker-Bötchen durch die nächtlichen Kanäle von Amsterdam. Und ich dachte dann glücklich: Da sind wir also wieder! Das sind wir *immer noch*, trotz allem: Lchen und Capt'n Dick. Nicht so leicht totzukriegen, die beiden.

Nur, dass Lchen jetzt zum Co-Capt'n befördert worden war (Co-*Pilot* hieß es wohl). Ich musste die Karte lesen und sagen, wo es langging – Teamwork, hoho! Wir verfuhren uns ständig. Aber wir stritten niemals deswegen. Ich gab mein Bestes und erbrach mich sogar einmal. Weil ich Lesen im Auto nämlich eigentlich nicht vertrug, das hatte ich noch nie. Aber ich versuchte es, ich versuchte es, nur darauf kam es an. Und Dick grinste einfach, wenn einer von »Lchens-Spezial-Super-Schleichwegen« wieder mal an einem Kuhstall geendet hatte. Er strich mir über den Kopf, küsste mich auf die Nase, wendete und fuhr eben wieder zurück.

Über die Zukunft sprachen wir nicht. Wir würden heiraten, das reichte erst mal, die Details konnte man später bereden. Ein strahlender Panzer von Glück und Optimismus umgab uns. Nur manchmal, wenn Dick beim Volltanken ebenfalls strahlend feststellte, dass wir – durch unsere bedachte Fahrweise – mit der letzten Füllung fast 800 Kilometer geschafft hatten (Ist das viel? So was hatte ich noch nie genau errechnet!), oder wenn er im Supermarkt etwas wieder zurücklegte, nachdem er den Preis gesehen hatten (Waren zwei Franken denn so teuer für Kekschen?), oder wenn der Automat seine Karte nicht akzeptierte (»Diese Schweizer verstehen nichts vom internationalen Geldwesen!«), hörte ich kleine Sorgen von außen gegen die Liebeskugel schwappen. »Wie geht es jetzt weiter?«, flüsterten sie. Ganz leise. Ganz schüchtern. »Auch kohlemäßig, wohnungsmäßig, jobmäßig? Irgendeinen Plan, ihr Turteltäubchen?« Aber sie hatten keine Chance gegen unser Glück, sie kamen nicht an uns ran.

Genauso wenig wie die Sorgen um die Nationalwade – von der WM bekamen wir nahezu gar nichts mit. Hollands Trauer beim Ausscheiden schon im Achtelfinale, Deutschlands Angst vor Verhärtungen beim Kapitän – alles ohne Dick und Lchen. Nur manchmal, wenn wir die Flaggen überall aus Fenstern und von Balkonen hängen sahen... Wenn plötzlich Autokorsos durch Milano fuhren oder aus einer Bar in Menaggio entsetzte Aufschreie kamen... Wenn Locarno wie im Koma lag, weil die Schweiz Fußballgeschichte geschrieben und alle fünf Elfmeter verschossen hatte... Nur in so ganz besonderen Momenten erinnerten wir uns, dass der

Rest der Welt im Fußballfieber war. Dass es einen Rest der Welt gab. Und als mein Land im Halbfinale ausschied, lag ich in Dicks Armen 1000 Meter über dem Meeresspiegel in Trun in Graubünden. Der kleine Vorderrhein, hier noch als Gebirgsbach unterwegs, plätscherte neben uns. Aus der Campinggaststätte hörten wir Menschen fröhlich »Heil Hitler!« intonieren. Und ich flüsterte meinem Schatz, der wie ich ziemlich bekifft war, leise zu: »Hier haben die alten Säue sich also versteckt.«

Bei strahlend blauem Himmel schaukelten wir froh und von allem unberührt kreuz und quer durchs Dreiländereck. Nur einmal zog eine kleine Wolke auf. Da waren wir auf dem idyllischen »Campingplatz Rheinwiesen« in Langwiesen bei Schaffhausen. Der Rhein war hier kein Bach mehr, sondern schon ein stattlicher kleiner Fluss. Etwa 100 Meter breit. Vor allem hatte der kleine Rhein schon ganz schön Tempo drauf, fand ich. Und etwas weiter unterhalb – einige von Ihnen erinnern sich aus dem Erdkundeunterricht – etwas weiter unterhalb stürzte der kleine Rhein dann ja auch unvermittelt in die Tiefe: der berühmte »Rheinfall bei Schaffhausen«, Europas höchster Wasserfall, 23 Meter immerhin. Und Dick wollte den kleinen Rhein *etwas oberhalb* von Europas höchstem Wasserfall durchschwimmen. Zusammen mit mir. Unbedingt.

Ich roch den Braten gleich, es war ein Symbol. Wenn wir den Fluss durchschwimmen würden, würden Dick & Lchen jedes Hindernis überwinden, *gemeinsam*, Seite an Seite – diese Bedeutung hatte es für ihn. Sehr schön. Die Sauerei war nur: Das Hindernis war nicht für jeden von uns gleich groß. Dick war früher mal Amsterdamer Vizeschwimmmeister gewesen, für ihn war das Hindernis kein Hindernis, sondern ein Klacks. *Ich* hingegen konnte so gut wie nicht schwimmen. Mein Seepferdchenabzeichen hatte ich nur, weil Mutti damals mit dem blonden untersetzten Bademeister geflirtet hatte. Für mich war der kleine Rhein eine Lebensgefahr. Ich würde vermutlich ertrinken und dann als Wasserleiche Europas höchsten Wasserfall hinunterstürzen!

»Schatz«, sagte ich, »ich weiß wirklich nicht… (japs)… ob das so eine gute Idee ist… (japs)…«

Die ersten etwa 25 Meter Fluss waren geschafft, als meine Todesangst die Angst, Dick durch mein Outing zu verlieren, überwog.

»Weißt du… (japs) ich kann nicht… (japs)… ich kann nicht wirklich gut… (japs)… *schwimmen!«*

Endlich konnte ich mich durchringen, meine Bedenken gegen das Projekt Rheindurchquerung anzumelden.

»Mein Seepferdchenabzeichen ist… (japs)… (japs)… im Grunde (japs)… im Grunde … (japs)… reine *Korruption*!«

»Schwimm!«, rief Dick lachend. Ausgelassen tollte er in den Fluten.

»Dick, aber warum… (japs)… (japs)… (japs)… ich meine, wieso…«

»Nicht plappern, Schatz, schwimmen, ich werde es dir beibringen, ich werde eine super Schwimmerin aus dir machen!«

Wir näherten uns langsam der Flussmitte, die Strömung war reißend, *reißend.* Fand ich persönlich. Meine Angst schlug ein bisschen um in Wut.

»Dick, warum… (japs)… warum muss ich denn eine super Schwimmerin werden?!… (japs)… (japs)… (japs)… Warum muss ich ständig irgendwas lernen oder überwinden? … (japs)… (japs)… … Und warum… (japs)… warum muss ich durch den Rhein schwimmen… (japs)… Ich sehe… (japs)… Ich sehe durchaus die Symbolik, aber… (japs)… (japs)… (japs)… *Scheiße noch mal!* Können wir uns nicht symbolisch durch ein… (japs)… ein Tortenbuffet fressen?! … (japs)… (japs)… (japs)… (japs)… (japs)… Da wäre *ich* mal in meinem Element und du… (japs)… du würdest schnaufen!«

»Schwimm, Pippi!«, lachte Dick. Seit der Pony-Sache nannte er mich manchmal Pippi Langstrumpf (besser als Frau Krone-Schmalz). »Du machst das sehr gut und kannst sogar noch schimpfen dabei, phantastico!« Er tummelte sich in den Stromschnellen wie eine junge Robbe. »Na komm, Pip, ist doch romantisch!«

Jetzt waren wir circa genau auf der Mitte. Da – BLLLOPP! – passierte es. Eine der Badeschlappen, die ich für den Rückweg in der Bikinihose transportierte, löste sich, kam an die Oberfläche und wurde vor meinen Augen von dem tosenden Strom hinweggerissen. Das war zu viel.

»Romantisch? (japs)… (japs)… *Romantisch?*«, schnaufte ich zornentbrannt. »Nicht mal, wenn wir… (japs)… wenn wir… (japs)… einen Scheißstehgeiger dabei hätten! Dick… (japs)… (japs)… (japs)… ich habe *Todesangst*!«

»Ach Schatz!« Er lachte.

»Und wozu? (japs)… (japs)… Hast du das mit deiner Frau damals auch gemacht?«

Er lachte nicht mehr so.

»Hast du, Dick? Hast du… (japs)… (japs)… (japs)… Hast du das mit ihr auch gemacht?«

»Ja, Lchen, aber das machen doch alle hier… *jeder…*«

Dafür war der Rhein recht leer.

»Ist das ein Ritual? (japs)… (japs)… Sind *wir* danach auch Blutsbrüder? (japs)… Traust du mir erst, wenn ich für dich absaufe? … (japs)… (japs)… Kann ich dir alternativ vielleicht eine Bankvollmacht erteilen? … (JAPS)… Möchtest du meine Zahnbürste mitbenutzen, was was was? … (JAPS)… (JAPS)… (JAPS)… Was muss ich tun, Dick… (JAAAPS)… wovor hast du, *DU* solche Angst? Schlappi, warte auf mich…«

Ich spürte, dass ich mehr als genug gesagt hatte, und folgte meinem Schuh. Go with the flow, wie der Experte sagt, huuiiiiiiiii… Dick sah mir entgeistert nach, flugs trennten uns zwanzig, dreißig Meter. Donnerwetter, nicht schlecht für eine, die sich das Seepferdchen nur ergaunert hatte – da schlummerte vielleicht noch ein Riesentalent! Ich hörte Dick rufen.

»Lchen! Pippi! Was soll denn das?«

»Ich hole nur meine Badeschlappe!«

»Die bekommst du nicht mehr!«

»Aber ich *versuche* es!«

»Lchen…«

Meine Badeschlappe war tatsächlich außer Sicht, ich schwamm trotzdem weiter, Lchen im Rausch der Geschwindigkeit. Dicks Rufe wurden leiser. Einem plötzlichen Impuls folgend, drehte ich mich auf den Rücken und spielte toter Mann. Es ging gut… phantastisch… Ich lauschte dem Rhein, der ziemlich schrill klang, wie Omas Küchenradio, wenn man mit dem Reiter über die Senderleiste fuhr, ich selbst wurde seelenruhig. Die übriggebliebene Schlappe gab mir genau an der richtigen Stelle leichten Auftrieb. Das Gesäß ist ja der Dreh- und Angelpunkt beim toten Mann. Als Kinder hatten wir das oft gemacht, im Sommer in Italien.

Meine Schwester und ich. Wir lagen nebeneinander auf der spiegelglatten Adria und spielten, wer länger tot bleiben kann. Manchmal trieben wir aneinander und berührten uns unerwartet. Wer sich dann erschrak oder lachte, hatte verloren. Meistens gewann ich. Auch als mich jetzt etwas berührte am Arm, erschrak ich nicht. Meine Schwester konnte es eigentlich nicht sein, vielleicht doch meine verloren geglaubte Badeschlappe? Die Badeschlappe suchte meine Hand. Aus den Augenwinkeln erkannte ich meinen Schatz, natürlich meinen Schatz, ebenfalls als toter Mann unterwegs, ein bisschen schneller. Ich ruderte ein bisschen, damit unsere Hände auf gleicher Höhe waren… gar nicht so leicht… schwierig… aber… es klappte… es ging! Händchen haltend trieben wir auf den Rheinfall zu.

Europas größten Wasserfall.

*Manmanman, dass ich da nicht **gleich** dram gedacht hab…*

Ich bim aber auch mamchmal eim Schusselchem…

Sie simd natürlich am Nordsee gefahrem. Bestimmt.

Erstmal rasch eim Überblick verschaffem…

Das Sex-Ding

Aus dem Kopf: Die Rolle von Elizabeth Taylor im Remake von »Der Vater der Braut«, wer hat die gespielt? Na? Na…? Sehen Sie, die Braut bleibt immer Elizabeth Taylor. *Ich* hatte nicht die leiseste Chance. So kam ich mir seit der Rheindurchquerung immer mehr vor: wie die chancenlose Neubesetzung in einem Remake. Als würde Dick die besten Szenen mit seiner Frau mit mir noch mal nachspielen, an Originalschauplätzen. Obwohl der Schwimmausflug ein gutes Ende genommen hatte – nach etwa zehn Sekunden Treiben drehten wir uns lachend auf den Bauch, schwammen ans Ufer und aßen viel Kuchen –, verbiss ich mich in diesen dummen, traurigen Remake-Gedanken wie ein kleiner, zitternder, wütender Pinscher. Der Pinscher Kimberly Williams – so hieß die zweite Darstellerin der Braut übrigens. Chancenlos.

Bald beunruhigte ich mich selbst in unserer molligen blauen Liebeskugel darüber, ob *versuchen* wirklich reichen würde. »Schatz, soll ich vielleicht auch mal fahren?«, hörte ich mich einmal sogar tollkühn fragen, obwohl ich schon bei dem Gedanken feuchte Hände bekam. Ein fremdes, unberechenbares Auto, im schwindelnden Gebirge, ich! »Nein, Schatz, gerade jetzt, wo ich dich gefunden habe, würde ich ganz gerne noch etwas länger leben.« So liebe Sachen antwortete Dick dann, aber sie erreichten mich nicht mehr. Ich war auf meinem Kimberly-Williams-Trip, und ich fand meine Vorstellung mehr als schwach. Dieses damenhafte Geziere ständig, meine tausend Ängste, meine Zimperlichkeiten. Eine Frau, die weder richtig schwimmen noch Karten lesen noch Auto fahren konnte – was konnte ich eigentlich? Und wie viel angenehmer musste Reisen für Dick mit seiner robusten, wetterfesten Frau gewesen sein? Bestimmt war *sie* durch die Alpen gebrettert wie Hasi Unterberger im Ferrari Dino bei der Kitzbüheler Alpenrallye.

Ich entwickelte dieses Sex-Ding. Wann immer ich das Gefühl hatte, wieder in so einer unvorteilhaften Remake-Szene zu stecken, ließ ich meine »Sexmacht« spielen, um die unsichtbare Rivalin in Dicks Erinnerungen… wegzublasen, ha-ha! Zum ersten Mal passierte es in den *Hallen für neue Kunst*. Auch die wollte Dick mir zeigen, weil sie ihn bei einem früheren Besuch bereits tief berührt hatten. Damals mit ihm tief berührt: seine Frau. Diesmal wie der Ochs vorm Berg: Lchen. Ich konnte keine Tür finden zu dieser Kunst, sie ließ mich kalt, und Dick war darüber enttäuscht, ich sah es ihm an. Und damit ihm nicht auffiel, wie ich gegen seine Frau abfiel, ließ ich, wie gesagt, meine Sexmacht spielen.

»Schatz, sind hier wohl Kameras?«, flüsterte ich. Ich redete nicht lange drumherum.

Dick schüttelte den Kopf, versunken in seine Andacht.

»Aber jemand könnte hier doch was… *anstellen*, jemand könnte in den Iglu krabbeln…« (die igluförmige Installation, vor der wir gerade standen). Grinsend ging Dick weiter, aber er hing am Haken.

»*Zwei* könnten auch reinkrabbeln…« Ich wusste eben, wie man einen Mann auf versaute Gedanken bringt.

»Sie könnten dort Brote essen oder Geschlechtsverkehr haben!«

Heiß oder heiß?

Es war das erste Mal, dass ich Dick ein derart eindeutiges sexuelles Angebot machte, ich ihm. Denn a. war es schwer, Dick mit sexuellen Angeboten zuvorzukommen. Und b. war ich eben noch von der alten Schule. Ich wollte keinen Sex. Ich willigte ein.

Wir standen jetzt in einem Raum, der zwar etwas unaufgeräumt war, aber auch ein paar kuschelige Winkel bereithielt. Dick sah mich an, und ich erkannte die Erregung in seinen Augen. Hab ich dich! Ich öffnete ein Blusenknöpfchen, plöpp, und noch ein Blusenknöpfchen, plöpp. »Lchen, *das* ist das künstlerische Vermächtnis von Joseph Beuys!«, flüsterte er heiser. »Ist das nicht wunderbar?!« Es war auch das letzte Mal, dass ich ihm ein derart eindeutiges sexuelles Angebot machte. Plöpp.

Dick versuchte, es wiedergutzumachen. Als wir später – was diesmal deutlich später war als sonst, weil man eine Dame nicht ungestraft abblitzen lässt – in der stillen Abgeschiedenheit unseres kleinen Zeltchens miteinander schliefen, gab sich mein Schatz wirklich alle Mühe, keinen Zweifel an meiner unerschöpflichen Begehrenswürdigkeit zu lassen. Und das tagsüber, wo wir sonst eher schnell zur Sache gingen, damit man von dem schönen Wetter noch was hatte – für Orgien waren die Nächte da. Er spreizte meine Beine und, was mich stets besonders erregte, er lehnte sich erst mal zurück und betrachtete mich einfach, ich zerging unter diesen Blicken und flehte, berühr mich, fick mich, alte Schule. Und plötzlich dachte ich, Mensch Lchen, das ist mal was. Sex, bei dem du vor Erregung *Enten* siehst. Donnerwetter.

Ich *sah* Enten, stellte ich kurz darauf fest. Ein Entenpaar aus dem Rhein zuckelte vorm Zelteingang entlang. Dem Zelteingang, dessen Plane Dick offenbar irgendwann zurückgeschlagen hatte, und Mutti sagte noch, Augen auf beim Verkehr. Die Enten taten desinteressiert. Dafür genossen die Jungs aus dem schwedischen Wohnmobil die phantastische Aussicht umso offensichtlicher. Einer fotografierte sogar, mit Zoom wahrscheinlich, das würde der Knaller beim Dia-Abend, beautiful mountains, seas and cliffs of Switzerland. Ich kam dann mal nicht. Ich trat Dick stattdessen aus Versehen in den erigierten Schritt, hoppla.

»UUUUUUUUIIIIIch dachte… wegen heute Morgen… im Museum… iiiiiiich dachte… das gefällt dir… sohohohoooo in der OOOÖÖÖÖffentlichkeit.« Dick drückte sich etwas unklar aus.

»Öffentlichkeit?!«, schnaubte ich. »Öffentlichkeit? Im Museum war doch kein Schwein! Nur deine Frau, *die* war da, sie hat dir gefehlt! Deshalb! *Deshalb!* KLOSE-PODOLSKI!« Das Letzte brüllte ich in Richtung unserer jungen schwedischen Nachbarn. Untermalt von einer ziemlich undamenhaften Geste (irgendwie hatte ich nicht das Gefühl, dadurch aus der Rolle zu fallen).

Beim Überfliegen der BAMS am Campingkiosk hatte ich zumindest so viel mitbekommen, dass Deutschlands Super-Polen die »IKEA-Elche« nach Hause geschickt hatten. Mit Schwung klappte ich die Zelttür vor den doofen Schweden zu und lächelte Dick engelsgleich an: »Wo waren wir stehengeblieben, Schatz?« Dick nahm mich in den Arm und drückte mich ganz fest an sich: »Lchen, hör auf damit, sie fehlt mir nicht!« Verstööööhe. Er drückte so fest, dass mir fast der Atem wegblieb. »Sie fehlt mir nicht!« Und noch dazu die verstopfte Nase. Dass ich schon wieder mal am Heulen war, fiel mir jetzt erst auf. »Ich war noch nie so glücklich im Leben wie mit dir!« *Sie* hatte bestimmt nie geheult, Indianer weinen nicht. »Ich liebe dich, Lchen.« Warum dann ersticken? »Und entschuldige, bitte entschuldige, ich hab die Jungs drüben nicht gesehen… es tut mir so leid, verzeih mir.« Na, gut.

Alle verlassem mich,
Lchem, Dick…

Nordsee…

Das Bikini-Atoll

Auch *unser* Sommermärchen musste irgendwann zu Ende gehen. Aber vorher verbrachten wir noch ein paar Tage Seligkeit.

Moderne Kunst und Rheindurchquerungen waren nach dem Eiertritt gestrichen. Geht doch. Keine Wiederholungen mehr, kein Remake, wir probierten einen eigenen Film, so langsam nahm ich wieder Haltung an in unserer Beziehung. Wir fuhren nach Milano und spazierten in neuen Sandalen auf dem Dach des weißen Doms. Wir kauften Seife, »Sapone per Umo« aus der Officina Profumo Farmaceutica di Santa Maria Novella. Die bestduftende Seife der Welt. Wir probierten schöne Kleider in der Via Montenapoleone an und sagten dabei Sätze wie »Das könntest du auch gut anziehen, wenn wir mal ins Theater gehen«. Im Speisesaal des Dominikanerklosters der Kirche Santa Maria delle Grazie lutschten wir Lakritz und bestaunten *Das Letzte Abendmahl.*

Darüber hatte ich im Kunstunterricht mal ein exzellentes Referat gehalten (Eins minus). Und ich gab ein bisschen an mit meinem Wissen (»Wusstest du, dass Leonardo Jesus einen Nagel in die Schläfe gerammt hat?«). Bis zu den Impressionisten war ich kunstgeschichtlich nämlich ziemlich auf Zack (»Doch! Als Augpunkt, um dann mit Schnüren die Strahlen für die zentralperspektivische Darstellung zu ermitteln!«). Ich streckte mich wieder auf Augenhöhe, und am Ende verschwanden sogar die Rückenschmerzen, von denen ich fast gedacht hatte, sie gehörten zum Campen wie Kalorien zur Torte. Und später, als Dick hoch oben im verwitterten, alten Hotel Furkablick mit Aussicht auf den Rhonegletscher einen kleinen, halbstündigen Vortrag über Rem Kohlhaas hielt (Rem WER?), der den Hoteleingang so meisterhaft umgebaut hatte, zeigte ich mich sehr beeindruckt und sagte: »Herrlich. Großartig. Und außerdem wurden hier auf dem Furkapass einige weltberühmte Filmszenen aus *welchem* James-Bond-Klassiker gedreht? Na?… Na?… Ich helfe Ihnen: mit Gert Fröbe, Harold Sakata, Sean Connery und Tania Mallet, hm?… Hm?… Keine Idee?… Möchten Sie vielleicht jemanden anrufen? Das Publikum? Nein?… Dann verrate ich es Ihnen: Goldfinger, 1964!« Und Lchens persönliches 1954. Ich war wieder wer. So.

Dann sahen wir uns an, nannten uns gegenseitig »Klugscheißer« und kicherten laut los. Zweitausendvierhundertsechsundreißig Meter über dem Meeresspiegel.

Der Tag, als das Sommermärchen zu Ende ging und die Realität hereinbrach… der Tag, als wir plötzlich darüber sprachen, wie es nach dem »Und sie lebten glücklich und zufrieden bis an ihr Lebensende« weitergeht… der Tag, als wir uns gegenseitig fragten, *wie, wo* und *wovon* genau wir denn bis ans Lebensende leben würden… der Tag war gleichzeitig auch unser schönster gewesen in diesem Sommer.

In Vals, einem sehr kleinen Ort in einem tiefen, dunklen Tal irgendwo in Graubünden zwischen Zürich und Milano gibt es eine Therme. Eine Therme, die anders ist als alles, an was zumindest ich bei Badeanlagen bislang so dachte. Kein AQUAtoll in Neckarsulm. Keine Schwabentherme in Aulendorf. Kein Spaßbad mit Abenteuerrutsche. Die Therme in Vals war still, streng und wunderschön. Eine Art Höhle mit Gängen und Grotten, aber ohne irgendetwas Krummes. Nur Quader und rechte Winkel, gerade hohe Wände aus geschichteten grauen Quarzitplatten. Stein, Wasser und Licht aus Schächten, so schmal wie Felsspalten. Etwas anderes gab es dort eigentlich nicht. Und eine Handvoll Besucher, mehr als drei oder vier Menschen sah man nie, oft war auch gar keiner in Sicht. Man war automatisch leise. Auch im Wasser, dem Heilkräfte zugeschrieben wurden und das als besonders weich galt, schwamm man nur ganz langsam und ehrfürchtig. Man bewegte sich fast wie in einer Kirche oder in einem Tempel, eine Arschbombe dort wäre ein Sakrileg gewesen.

Nichtsdestotrotz fand Dick in dem weichen Heilwasser offenbar optimale Erektionsbedingungen vor. Als wir in der sogenannten »Quellgrotte« – dem Herz der Therme, einer quaderförmigen Grotte, die von unten, durchs Wasser, mit Scheinwerfern angestrahlt wurde – als Dick und ich dort allein waren, bemerkte ich neben der Schönheit der vom Quarz der Steine glitzernden Wände ebenfalls Dicks Ständer in der Badehose. Ein wirklich außergewöhnlich ständiger Ständer. Auch wenn Dick ein bisschen vorsichtig geworden war, im nicht-privaten Rahmen damit an mich heranzutreten.

Wohlwollend wie stets, baute ich ihm eine Brücke. Hier in der Grotte war ja niemand, keine Schweden, keine Enten. Und Sex im Wasser ist bekanntermaßen viel schonender für Wirbelsäule und Gelenke. Außerdem: Welche Frau würde später, beim Mädels-Abend im Altersheim, nicht gerne einen Satz sagen wie: »Den besten Sex hatte ich in einer Quellgrotte in Graubünden im Valsertal.« Da könnte Alwine mit ihren billigen Hotelpool-Geschichtchen nicht mithalten. Pah! Also, die Brücke, die ich seinem Ständer baute: Ich hauchte…

»Wenn wir hier ein Kind zeugen würden… in diesem Wasser… dann bekäme es nie Gicht, Rheuma oder Krätze.«

Es war an sich richtig gedacht (bei Gicht, Krätze und Rheuma sollte das Valser Wasser nämlich wahre Wunder wirken). Und thematisch war es ein sanfter Stups in Richtung Geschlechtsverkehr. Doch Dick reagierte anders, als ich erwartet hatte.

»WAS, das geht? Das geht? Das geht? Geht? Geht? Geht?« Seine Worte echoten durch die Grotte.

Ich hielt es für eine eher wissenschaftlich intendierte Frage.

»Na sicher geht das, Schatz. Oder glaubst du, dass Spermien unter Wasser kleine Schwimmwesten brauchen, weil sie sonst ertrinken?«

Ich dachte, Dick wollte wissen, ob Zeugung unter Wasser grundsätzlich möglich ist.*

Und gleichzeitig überlegte ich, ob die Mädels im Seniorenstift wohl ihren Hagebuttentee verschütten würden, wenn ich ihnen erzählte, wie ich damals – von unten angestrahlt und mit einem Glow um den Po wie Howard Carpendale bei seinem Comeback um die Fönfrisur – aus meiner Bikini**-Buchse schlüpfte.

Im Krieg und in der Liebe ist alles erlaubt, dachte wohl auch Dick. Und reagierte anders, als ich erwartet hatte.

»Du hast gesagt, du nimmst die Pille! Die Pille! Pille! Pille! Pillelelelele…!« Sein aufrichtiges Entsetzen erfüllte die Grotte. »Du hast gesagt, du wirst nicht schwanger!? Schwanger!? Schwanger!? Schwanger!? Schwangergergerger…?!« Ich beschloss, die Story vor den Mädels im Seniorenstift doch für mich zu behalten. »Stimmt das etwa nicht? Nicht? Nicht? Nicht? Nicht? Nicht?« Ich brachte

---

* Das hängt vom Alter ab, wenn Sie unter 80 sind: ja. (Anm. d. Red.)

** Bikini: ursprünglich eine Erfindung zu militärischen Zwecken. Im Zweiten Weltkrieg beschloss die französische Regierung, den Textilverbrauch zu reduzieren. Zehn Prozent weniger Stoff sollten zivil vernäht werden, die Luftwaffe brauchte mehr Material für Fallschirme. Der Textilunternehmer Jacques Heim nahm die Einsparung am einteiligen Badeanzug vor, voilà, der Bikini war geboren. (Anm. d. Red.)

meine Garderobe dann mal wieder in Ordnung. Genau im richtigen Moment, denn gerade glitten lächelnd zwei ältere Herrschaften zu uns in die Grotte. Grüezi. Moin Moin.

Ich gebe zu, ich hatte daran gedacht: ungewollt schwanger werden, der alte Trick. Obwohl ich Dick traute, wenn er sagte, er würde bei mir bleiben, auch nach den Ferien. Ich traute ihm absolut, hundertprozentig. Aber ein Baby hätte die Sache natürlich schon ein bisschen… *besiegelt*, sag ich mal. Ja, ich hatte daran gedacht. Und es dann ganz schnell wieder vergessen. Babys, die zum Besiegeln geboren wurden, werden in der Regel von alleinerziehenden Müttern aufgezogen. Die das meist ganz wunderbar hinkriegen und tolle Menschen aus den Babys machen, aber ich – ich! – hatte nun mal einen anderen Traum. Ich wünschte mir einen Mann in meinem Leben. Das vor allem. Und ein Kind nur, wenn sein Vater da wäre, um ihm jeden Abend eine Geschichte vorzulesen. Wann sonst könnte ich je wieder welche schreiben? Das tat ich doch so gern, selbst wenn sie nur zehn Seiten hatten.

»Doch Schatz, natürlich nehme ich die Pille«, flüsterte ich dem Mann meines Herzens in einer Quellgrotte in Graubünden im Valsertal zu. Irgendwie war mir nicht gut. »Regelmäßig.« Irgendwie war ich etwas böse auf ihn. Obwohl er inhaltlich völlig recht hatte, für ein Baby war es natürlich noch zu früh, aber der Ton, der Ton hatte mir zugesetzt… Und jetzt lächelte er so erleichtert… und küsste mich so verdächtig zärtlich. Die alten Herrschaften sahen dezent weg.

»Sollen wir gehen, Schatz?«, fragte Dick leise.

Er hatte Schlaf in den Augen, wie schaffte er es, selbst im Wasser Schlaf in den Augen zu haben?

»Wollen wir mal in eine der anderen Grotten?«

Irgendwie hatte ich keine Lust mehr auf Grotten. Oder doch. Doch! In Grotten hatten Worte doch eine ganz andere Wirkung. Und als wir kurz darauf im »Feuerbad« waren… bei angenehmen 42 Grad Wassertemperatur… allein und ungestört… da sagte ich es: »Dick, Schatz… Wie geht es nach dem Campen weiter mit uns? Weiter mit uns? Weiter mit uns? Weiter mit uns? Mit uns? Uns? Uns? Uns?«

Entchem, dieses Meer weiß auch nicht, was es will, ich fürchte, gleich wirst du mir zeigen müssem, wie mam schwimmt…

Oder so…

Dick & Doof in geheimer Mission

»Noch ein wenig Kassler, Herräääääh… *Dick*?«

Für meine Eltern war es auch alles ein wenig überraschend gekommen. Als ich anrief und sagte »Mutti, Dick und ich sind gerade auf der Rückfahrt aus Italien, passt es euch, wenn wir nachher zum Abendessen kommen?«, trieben meine Eltern gerade im Schlauchboot am Atomkraftwerk Grohnde vorbei die Weser flussabwärts. Eine ihrer Lieblingsbeschäftigungen an heißen Sommertagen.

»Du warst in Italien?«, hatte meine Mutter ins Handy geschmettert, *»Italien?* Bist du irre, bei den Spaghettis!? Die hab ich vielleicht gefressen, kurz vor dem Elfmeterschießen knallen die uns noch so zwei Dinger in den Kasten, und dann werden sie auch noch Weltmeister, wo warst du denn?!«

»Ach so überall, Mama, ich war campen, ich wollte ein bisschen sparen…«

Sparsamkeit fand immer Zustimmung bei meinen Eltern.

»Bist du verrückt geworden, du kannst doch nicht campen mit unserer schwachen Blase! Und mit *wem* willst du kommen, mit…?«

»Dick.«

»Dick? Dick wie… Dick & Doof?« Raten Sie, von wem ich meinen Humor habe.

»Ja, genau. Wir kommen so gegen sechs, denke ich.«

»Sonntags um sechs, genau wie früher Dick & Doof!« Meinen *phantastischen* Humor. (Und außerdem kam Dick & Doof freitags um halb sieben.) »Und was soll ich kochen? Was isst diese Dick denn gerne, ich meine, *besonders* gerne? Reichen ihr zwei Portionen?« Meinen *gnadenlosen* Humor.

»Dick ist ein Mann, Mama.«

»…«

»Mama?«

»…«

Solange ich meine Mutter kannte, hatte ich sie noch nie sprachlos erlebt.

»Mama???«

Diese Scheißatomkraftwerke.

»Mama???«

Solange meine Mutter *mich* kannte, hatte ich noch nie ein geschlechtsreifes männliches Wesen nach Hause gebracht. Ich strafte sie auf diese Art für einen Vorfall in den siebziger Jahren, als mein Schulkamerad Axel, der offensichtlich Sympathien für mich hegte, nach der Schule auf eine Limonade mit zu mir nach Hause kam, wo ich ihm dann mein Zimmer und meine Haarsammlung zeigte (ich sammelte seit einiger Zeit Haare, die mir ausgefallen waren, weil… egal, das steht in einem anderen Buch). Und als ich zwischendurch mal auf die Toilette ging, hörte ich meine Mutter im Wohnzimmer im Gespräch mit Partei-Genossin Christel: »Unser Lchen hat jetzt einen kleinen Kavalier! Axel, einen Kopf kleiner, mit Brille! Christel… Schreist! Dich! Weg!«

Ich hasste solche Indiskretionen, ich hasste, hasste, *hasste* sie. Und später am Abendbrottisch machte ich dann eine kleine, wohlüberlegte Ankündigung. Ich nahm einen Schluck Hagebuttentee, stellte die Tasse ab und sagte mit feierlichem Ernst: »Liebe Mama, lieber Papa. Ich verstehe euer Interesse an meinem Privatleben. Aber meine Bekannten sind bis auf Weiteres einzig und allein *meine* Sache. Sollte ich mich irgendwann entschließen, jemanden zu heiraten, lernt ihr ihn auf der Hochzeit kennen. Das ist früh genug. Oder… Sollte es bis dahin zu keinen weiteren Vorfällen kommen, könnte ich mir unter Umständen auch vorstellen, ihn vorher einmal zum Essen mitzubringen. Aber alles andere, alles davor geht euch nichts an.«

Ich war sieben. Ein nettes Kind. Und ich hatte mich bisher immer an das gehalten, was ich an jenem Abend so nett verkündet hatte. In dreißig Jahren hatte ich kein männliches Wesen, mit dem ich liiert war, mit ins Haus meiner Eltern gebracht. Es bestand kein Anlass. Und zweifellos wussten sie, was es bedeutete, wenn ich es jetzt offenbar vorhatte. Ich hörte sie tuscheln.

»Ich hab noch Kassler in der Truhe, isst *Dick* Kassler?«, fragte meine Mama nun ganz zaghaft. Tja, da war sie platt, meinen *unverwüstlichen* Humor hatte ich wohl von Papa. Papa, der im Hintergrund still und lächelnd das Ruder hielt, wie ich ihn kannte. Vom Schlauchboot. »Oder… *Dick*? *Dick* ist doch ausländisch…?« Meine Mutter war wirklich völlig verschüchtert. »Ist dieser *DICK* Mohammedaner? Darf er Kassler, sonst… ich hab auch noch Matjes!?«

»Dick ist Holländer, Mama. Und Kassler ist wunderbar, Matjes auch, ganz egal.«

Sieben Stunden später saßen wir bei meinen Eltern in Paderborn auf der Terrasse und aßen zu Abend. Dick – obwohl *er* es gewesen war, der den Besuch vorgeschlagen hatte (gespielt beiläufig, aber seine Stimme hatte gezittert, mein Schatz kannte die Axel-Geschichte, ein Nein wäre der Vernichtungsschlag für ihn gewesen) – Dick war äußerst zurückhaltend, sowohl in der Konversation als auch beim Essen. Und so fragte meine Mutter schließlich wie bereits erwähnt: »Noch ein wenig Kassler, Herräääääääh… *Dick*?«

Meine Schwester und Hannes waren auf meine Bitte hin auch gekommen, extra aus Münster. Damit sie das Gespräch ein bisschen moderieren und lenken konnten. Und Fragen umschiffen, aus denen man – das wäre mir sehr unangenehm gewesen, wenn ich drei Jahrzehnte nach Axel endlich den Auserwählten präsentiere – auf Dicks noch bestehenden Familienstand hätte schließen können.

»Und waren Sie schon mal verheiratet, Dick, haben Sie Kinder?«

Solche Fragen zum Beispiel. Meine Mutter lud Dick gerade lächelnd ein Stück Kassler auf den Teller, als sie sie abfeuerte. Dick sah sie einen Moment irritiert an.

»Nein«, sagte er dann. Ruhig, ernsthaft, selbstverständlich mit Augenkontakt. *Nein.*

Zufrieden lud ihm meine Mutter noch ein zweites Stück auf. Nichts hasste sie mehr als Männer, die ihre Familien im Stich ließen, wenn ihre Frauen älter wurden und sie selbst reifer.

»Bisschen Kartoffelpüree dazu?!«

Liebe Mama, lag es mir auf der Zunge. Wenn du einen Mann nach Frau und Kindern fragst, musst du immer *zwei* separate Fragen stellen – nicht, dass du mir noch an einen Verheirateten gerätst! Mir wurde flau. Meine Schwester moderierte etwas hilflos: »Mutti, ich glaube nicht, dass Herr Dick so viel essen möchte.«

Als Dick danach sein Kassler schneiden wollte, sah ich, dass seine Hände zitterten. Auweia. Meine Schwester sah mich böse an. »Umschiffen, ja«, hatte sie vorhin am Telefon zu mir gesagt, »aber wenn sie direkt fragen, wird nicht gelogen, da mache ich nicht mit!« Auweia, auweia. Und für Vati war kaum noch Kassler da. Auweia, auweia, auweia.

Mir wurde übel, und gestern um diese Zeit war doch alles noch gut gewesen!

Nein, das stimmte nicht ganz. Das stimmte nicht.

Gestern um diese Zeit waren wir in der Schweiz im Feuerbad und ich hatte schon die verdammte Frage gestellt. »Schatz, wie geht es nach dem Campen mit uns weiter?« Und Dick hatte sehr lieb und ruhig zurückgefragt: »Was wünschst du dir denn, Lchen? Wie möchtest du, dass es jetzt weitergeht?«

Nun.

Ich wünschte mir, dass Dick bald zu sich nach Hause führe. Und ich zu mir nach Hause. Ich wünschte mir, dass Dick seine Ehe lösen und aus dem Häuschen ausziehen würde. Ich wünschte mir, dass er sich einen Job und zunächst, übergangsweise, auch eine eigene Wohnung suchen würde. Ich wünschte mir, dass er nicht von einem Nest ins nächste flattern, sondern sich erst mal auf eigene Füße stellen würde. Ich wünschte mir, dass wir einen Schritt nach dem anderen machten. Ich wünschte mir… *Zeit.* Zeit, die auch ich brauchte, unbedingt.

Ich konnte doch auch nicht so weitermachen in der Werbung. Ich ließ mich doch auch nur noch von Olli mitschleifen, ich müde Pflaume. Ich wünschte mir Zeit, damit wir beide in Ruhe nach Möglichkeiten suchen könnten, in Deutschland oder Holland. Selbst, wenn es dann vielleicht noch ein, zwei Jahre dauern würde, bis wir heiraten, zusammen wohnen und Babys haben könnten. Na und, solange würden wir uns eben so oft es geht besu…

»Ich weiß nur eins«, unterbrach Dick meinen Gedankengang, gerade, als ich tief Luft holte, um ihn vom Stapel zu lassen. »Ich gebe nicht mein ganzes Leben auf, um dann irgendwo allein in meiner Wohnung zu sitzen und dich nur zu besuchen.«

Ah.

»Ich will mit dir leben, Schatz, *leben…*«

Hach.

»Aber wir müssen einen Weg finden, der für uns beide gut ist, gemeinsam, sag mir, was *du* möchtest, Lchen.«

Erinnern Sie sich noch an Stans typische Reaktion, wenn der dicke Ollie ihn etwas fragte? Erinnern Sie sich, wie »Doof« sich dann am Kopf kratzte und so hilflos grinste, ohne »Dick« dabei anzusehen? So ging es mir auch in dem Moment. Ich hatte keine Ahnung. Ein Weg, der für uns beide gut ist… kratz kratz… aber besuchen kam nicht in Frage… kratz kratz… also musste entweder ich zu Dick ziehen oder Dick zu mir… kratz kratz… aber Dick hatte keine eigene Wohnung… kratz kratz… er lebte im Haus seiner Frau… kratz kratz… Ob sie etwas dagegen hätte, wenn ich dort auch einzöge… oh je, wenn ich jetzt etwas Falsches sagte, würde Ollie mich wieder schubsen.

»Komm doch mit zu mir nach Hamburg!«, hörte ich mich zaghaft sagen.

Dick schubste mich nicht. Im Gegenteil. »Willst du das, Lchen, willst du das wirklich?«, fragte er sanft, mit ernstem, eindringlichem Blick. »Willst du, dass ich mit nach Hamburg komme?« Ich sah ihn an, jetzt überzog ein glückliches Lächeln sein Gesicht. »Was nun? Willst du noch Kassler, Kind, oder nicht?« Meine Mutter riss mich aus den Erinnerungen. »Nein, auf keinen Fall!«, stieß ich hervor. »Das geht doch nie gut, nie!«

Das letzte Stück Kassler ging an meinen Vater. Zum Nachtisch gab's Witze.

»Sitzen zwei Holländer im Flugzeug.« Ein kleines Medley von Mamas besten Holländerwitzen. »Mittel- und Fensterplatz…«

Und während meine Mutter den Witz von den beiden Holländern im Flugzeug erzählte, die dem Deutschen, der den Gangplatz hat, in die Schuhe spucken, als der so freundlich ist, ihnen vorne bei der Stewardess zwei Cola zu holen, dämmerte mir, dass ich tags zuvor möglicherweise… eventuell… vielleicht einen Fehler gemacht hatte, als ich genickt hatte.

Ich hatte genickt. Genickt, lieb gelächelt und »Ja, ich will, dass du mit zu mir nach Hamburg kommst, Schatz« gesagt. Aber vielleicht… möglicherweise… wahrscheinlich war ich auch nur wegen des bevorstehenden Jobs plötzlich so angespannt. Ja, bestimmt! Als ich nach dem Nicken, auf der Rückfahrt von der Feuergrotte zu unserem Zeltplatz, das Band mal wieder abgehört hatte, war nämlich prompt eine Nachricht von Olli darauf gewesen:

»Lchen«, hatte er gesagt, »wo bist du denn? Die WM ist vorbei, wir haben eine Jobanfrage ab Montag, drei Wochen bei Matte.« (»Matte« war eine Agentur, die Besten und die Schlimmsten – wenn man selbst nur halbwegs gut war.) »Ich hatte Auslagen«, hatte Olli nach einem kleinen Räuspern noch geknurrt, »ich brauch die Piepen, Lchen.« Ja, Olli, und ich erst.

Wenn Dick mit zu mir nach Hamburg käme, müssten wir doch eine größere Wohnung haben. Eine *viel* größere, am besten ein kleines Haus irgendwo, in dem Platz für Dick zum Arbeiten wäre. Die Lampen, Stühle, Möbel – all seine ramponierten Schätze, die müssten ja auch irgendwo hin. Also hoch die Ärmelchen, Lchen, hoch, hoch. *Sag Matte zu!,* hatte ich Olli daher sofort gesimst. *Bin Montag da.* Eine so große Wohnung kostete Geld! Dagegen war Ollis LCD-Fernseher ein Fliegenschiss, und ich hatte es doch versprochen!

Ich hatte zu Dick in der Feuergrotte gesagt, dass ich dann eben noch zwei, drei Jahre in der Werbung weitermache. So lange, bis er mit seinen Möbeln gut genug verdienen würde. Ich hatte es versprochen, denn wie sollte es anders gehen? Ich hatte es versprochen, denn welches Opfer brachte Dick umgekehrt für mich?! Was gab er alles für mich auf! Er verließ seine Frau, sein Haus, sein Land. Er verlor seine Freunde, seine Sprache, seine Heimat, er gab alles für mich auf, sein ganzes Leben! Da konnte ich doch jetzt keine ruhige Kugel schieben!

»Warum…?! sagte der Deutsche tief betrübt…«

Meine Mutter war jetzt an der Stelle, als der Deutsche vor der Landung seine Schuhe wieder anzieht und dabei in die Spucke der beiden Holländer tritt, denen er so zuvorkommend Erfrischungen geholt hatte. Meine Mutter als der tief betrübte Deutsche weiter: »Warum denn nur? Wie lange wird das noch weitergehen? Dieser Hass zwischen unseren Nationen? Diese Animositäten? Dieses In-die-Schuhe-Spucken und In-die-Cola-Pissen?!«

Meine Mutter lachte schallend los. Ich warf Dick einen raschen Blick zu. Er war wunderbar, er lachte mit, als hätte er noch nie einen besseren Witz gehört. Dann meldete sich mein Vater zum ersten Mal, ganz schüchtern: »Dick, möchten Sie noch was trinken, soll ich Ihnen vielleicht ein kaltes Pils holen?«

Papa war jetzt gut gesättigt, von seinem Bierchen leicht angesäuselt und in seltener Plauderstimmung. Als Dick nichts trinken wollte und auf die Fahrt verwies, die ja noch vor uns läge, lächelte er ihn freundlich an und ergriff dann leise das Wort.

»Erzählen Sie doch mal, wo waren Sie denn überall, Dick?« Er rückte mit dem Stuhl ein bisschen näher zu Dick. »Hat unser Lchen Ihnen ein bisschen das Dreiländereck gezeigt?« Ich versuchte Papa mit Blicken zu bremsen. »Wissen Sie, da waren wir mit unseren Kindern früher ja fast jedes Jahr. Vierwaldstättersee, Lago Maggiore, runter nach Milano… Das hat Sie Ihnen sicher erzählt?« Papas Augen glänzten vor Wehmut, sein Blick ging in die Ferne. Dann zu mir: »Kind, hast du Dick auch das schöne alte Hotel gezeigt, wo wir damals immer waren? Weißt du, unser Hotel am Lago di Como? Schön war das, schön, nicht?«

Wunderbar.

Als Dick und ich später wieder im blauen Auto saßen und unsere Fahrt nach Hamburg fortsetzten, war es ein wenig still.

»Das war ein Fehler, hm?«, sagte Dick irgendwann leise.

»Was?«

»Als deine Mutter gefragt hat, ob ich schon verheiratet war und Kinder habe… und als ich *nein* gesagt habe… Ich habe deine Mutter angelogen.«

»Du hast doch nicht gelogen, Schatz, du warst nicht verheiratet, du *bist* es.«

Dick drückte meine Hand. »Ich habe sie nicht angelogen, aber ich habe sie getäuscht, das ist viel feiger.«

»Und Kinder hast du doch wirklich nicht«, sagte ich, »oder hast du mir noch mehr verschwiegen, Schatz?«

»Nein, Schatz.«

»Na, siehst du.«

Wir schwiegen ein bisschen. Dort auf dem Schild stand schon ein Hinweis auf Hamburg. Noch 259 Kilometer.

»Du hast gute Eltern, vor allem dein Vater«, sagte Dick dann.

Der beste von allen.

»Aber deine Mutter mag ich auch. Ich hoffe, dass du ihr mit den Jahren ein bisschen ähnlicher wirst, Schatz.« Er suchte wieder meine Hand. »Ihr Kassler war phantastisch.«

Alles war wieder in Ordnung, alles war gut. Wir hielten uns an der Hand und fuhren konstant in Benzinspartempo 110 durch die Nacht Richtung Hamburg. Die Ferien waren zu Ende, morgen fing das richtige Leben an. Nur noch 189 Kilometer jetzt.

»Aber dass du den Lago di Como schon kanntest, hättest du mir ruhig sagen können!«, prustete Dick plötzlich los.

»Ich war klein, ich hatte es komplett vergessen!«, schwindelte ich aufgebracht, »das wollte ich Papa nur nicht sagen!«

Dick lachte noch mehr. Wir lachten beide. Noch eine ganze Weile. Wir kriegten wieder mal einen unserer Lachanfälle. Ich glaube, wir waren beide ziemlich nervös. Nur noch 102 Kilometer.

Ich glaube, wir hatten beide mächtig Schiss.

Willkommen in Hamburg

Berge von Gepäck stapelten sich im Flur – wie viel in so ein Autochen passte –, es war beinahe zwei Uhr nachts, als wir alles oben hatten, in meiner Wohnung. Wir aßen in der

Küche Muttis mitgebrachten Kuchen, danach sprangen wir einer nach dem anderen noch flink unter die Dusche, und dann husch, jetzt aber schnell schlafen! Dick war als Erster im Bett. »Schatz, wenn du duschst, kannst du bitte den Vorhang vorziehen?«, kicherte ich aufgedreht und kroch zu ihm in die Arme, herrlich, so eine Matratze war doch auch eine dolle Erfindung, und alles so fein sauber, so duftend, willkommen in Hamburg, flüsterte ich, mein lieber, schöner Schatz. Schatz lächelte und brummte irgendwas in die dicken weißen Kissen. Ich küsste ihn auf das sonnengebräunte Ohr und in die weiche weiße Armbeuge, bevor ich das Licht löschte und mich verzückt quiekend in Schlafposition brachte. Scheiße, dachte ich, als ich danach still ins Dunkel starrte und versuchte, Dicks Atemrhythmus zu übernehmen, weil das für uns doch der Inbegriff von Harmonie war, Löffelchen, die synchron atmeten, der Inbegriff des Glücks… Scheiße, Scheiße, Scheiße, warum hatte ich es doch gesagt?!

Beim Zähneputzen hatte ich noch überlegt. Ich hatte das Für und Wider abgewogen und verschiedene Versionen probiert, wie ich es, *wenn*, dann elegant anbringen könnte. Vergnügt und absolut beiläufig wäre *wenn* am elegantesten, hatte ich überlegt. Das immerhin hatte ich hinbekommen. Aber eigentlich, als ich mit Zähneputzen fertig gewesen war, hatte ich entschieden, dass einfach mal die Schnauze halten noch viel eleganter wäre. Obwohl es schon unangenehm war, dass Kleine Wolke jetzt ein Kleiner Schwamm war. Mit Zahnpasta drauf, weil Schatz sich gerne im Spiegel zusah beim Zähnputzen. Und dann schon mal kleckerte. Haarbüschel waren auch auf Kleiner Schwamm. Weil Dick, wenn er sich dann so im Spiegel sah, oft fand, dass er sich kämmen musste. Sofort. Und weil er die Bewegungen – Haare kämmen links und Zähne putzen rechts – nicht gut koordinieren konnte, riss er sich oft büschelweise Haare aus, wenn der Kamm nicht sofort glatt durchging. Und kleckerte dann *noch* mehr.

In den Waschräumen der Campingplätze hatte ich immer sehr gelacht darüber. Hier war kein Campingplatz. Aber drei Uhr in der ersten Nacht unseres neuen gemeinsamen Lebens war vielleicht kein guter Zeitpunkt, ihn darauf hinzuweisen. Obwohl man ja eigentlich immer am besten *gleich* sagte, was einem nicht passte. Ganz spontan und natürlich. Ehe aus Mücken Elefanten und aus kleinen Wölkchen große schwarze Gewitterwolken wurden. Oder sollte ich einfach ganz darüber hinwegsehen, ich meine, *ganz*? Und einfach so ein Wischding hinstellen, wie auf den Campingplätzen immer – ja, vielleicht war das eine Lösung. Wölkchen raus, Wischding rein und Thema beendet. Er hatte sein Land verlassen und ich machte Theater um eine Badematte! Manmanman.

Ich lauschte seinem leisen Schnarchen, und plötzlich schlug mein Herz wie wild. Er war da. Der Mann, den ich liebte, um den ich so gekämpft hatte die letzten Wochen, ich hatte ihn bekommen! Ich hielt das Glück in den Händen! Auweia. Das Glück, so etwas Kostbares. Ich durfte jetzt nichts falsch machen, überlegte ich. Ach, warum hatte ich das nur mit dem Duschvorhang gesagt! Das Glück, warum setzte ich das Glück für so einen Scheiß aufs Spiel! Mein Herz raste, am liebsten hätte ich Dick geweckt und gesagt, Schatz, dusch, wie du willst, kleckere, so viel du willst, aber bleib bei mir, bitte, ich werde alles, alles, alles tun, damit du es nie bereust. Alles.

Plötzlich erfasste mich ein überwältigendes Bedürfnis, diesem schlafenden Menschen etwas Gutes zu tun. Schwierig. Ich wurde so unruhig von diesem Bedürfnis, dass ich schließlich aufstand und mir selbst in der Küche einen Cognac genehmigte. Und ich begann einen Brief an Dick zu schreiben. *Dick, ich liebe dich über alles…* Ach, Worte, Worte, Worte… Von Worten hatte er nichts, dachte ich dann ungeduldig. Wichtiger war, dass ich es ihm zeigen würde, durch mein liebenswertes, zuvorkommendes Verhalten, jetzt, wo er hier war! Ich zerknüllte den Brief an Dick und schrieb lieber eine Art Brief an mich. Einen »Besserungszettel«, so wie ich es früher als Kind auch immer getan hatte. Wenn ich mal wieder was angestellt hatte – z.B. bei Onkel Pollmann, unserem Edeka-Händler, rote Lutscher geklaut – und nicht schlafen konnte deswegen. Wenn es Nacht war, wenn alle anderen schliefen und ich nichts, nichts, nichts machen konnte gegen meine Unruhe, mein schlechtes Gewissen, außer mir vorzunehmen, es nicht wieder zu tun…

Hiermit verspreche ich, dass ich nie wieder was sagen werde, wenn Dick den Duschvorhang nicht vorzieht, schrieb ich auf. Siehste, schon ging es mir besser.

Hiermit verspreche ich, dass ich Kleine Wolke einfach verschwinden lasse und so ein Wischding ins Bad stelle.

Sehr gut, jetzt konnte eigentlich nichts mehr passieren. Ich wurde angenehm ruhig.

Und weil ich gerade dabei war und irgendwie auch noch ein bisschen sitzen bleiben wollte, so gemütlich und endlich mal wieder allein in meiner kleinen Küche, schreibend, trank ich noch einen Cognac und setzte dann auch noch ein paar andere Sachen auf die Besserungsliste. Sachen, die ich zwar gar nicht gemacht hatte, aber die ich mir trotzdem besser schriftlich vornahm, nie zu tun. Rein prophylaktisch…

Hiermit verspreche ich, nichts zu sagen, wenn Dick keinen Teller nimmt und Muttis Kuchen in meine Küche krümelt. (Oder irgendwelchen anderen Kuchen) (Oder irgendwas anderes)

Hiermit verspreche ich, nicht mehr »meine« Küche zu sagen.

Hiermit verspreche ich, dass mir egal ist, auf welcher Seite von mumserem Bett Dick schläft.

Hiermit verspreche ich, mich zusammen zu bleiben.

Hiermit verspreche ich, locker zu reißen.

Hiermit verspreche ich, immer lieb zu Olli zu sein, damit er nie zu seiner Frau zurückgeht.

Hiermit verspreche ich, Onkel Pollmann keine Zahnpasta mehr suklauen.

Ich warf einen Blick auf die Liste, und meinem kritischen Blick entging natürlich nicht, dass irgendwas damit nicht stimmte.

Hiermit verspreche ich, redumdante Satzkonztruktionen su vemeidem.

So.

Ich faltete den Besserungszettel und steckte ihn befriedigt in die Bademanteltasche. Gut gemacht, Lchen. Jetzt hast du für alles gut gesorgt, dachte ich, jetzt kann wirklich gar nichts mehr schiefgehen und der Cognac ist auch weg, nun aber husch ins Bett.

Aber dann machte ich doch noch einen Abstecher ins Wohnzimmer. Um meine Tasche für morgen schon zu packen. Mit dem Laptop und ein paar Stiften und Blättern und so. Es war halb vier. Morgen früh würde ich mir dankbar sein für jeden kleinen Handgriff, der schon erledigt war. Genau, Lchen, wie umsichtig von dir. Als ich ins Zimmer kam, schien der Mond durch die weißen Rollos. Der gute alte Mond, guck an, gestern noch in Graubünden, heute schon in Hamburg St. Pauli, Wehmut stieg in mir auf. Doch plötzlich fuhr mir ein Schreck durch die Glieder und ließ mir das Blut gefrieren. Und die Wehmut. Aus den Augenwinkeln sah ich etwas: ein riesiger dunkler Fleck mitten auf der weißen Couch! Ich stand wie angewurzelt, mein Atem stockte. Vorsichtig wandte ich meinen Blick dem Grauen zu… ??? … ?? … ? … Nur sehr seeeeehr langsam fielen die Groschen durch meinen Cognac-Nebel… Cu-Cu-Curd!… CURD! Eine Welle der Rührung erfasste mich. Mein kleiner, lieber, süßer Curd…

Curdchen wirkte so einsam auf der großen weißen Couch. So winzig. Ach, und er war doch die ganze Zeit allein gewesen. Ich setzte mich zu ihm und drückte ihn an mich. Ach Curdchen, was hast du durchgemacht! Aus irgendeiner sehr entfernten Region meines Gehirns vernahm ich Signale: *Lpunkt, du verirrst dich gerade intellektuell ein wenig, geh schlafen.* Aber ich ignorierte sie, Tränen der Reue liefen mir übers Gesicht. »Es tut mir so leid, Curd«, beteuerte ich, »so leid.« Er hatte mich doch so oft getröstet, der kleine, tapfere Mann. Früher, als ich wegen 119 einsam und traurig war. Und noch vor wenigen Wochen, als ich wegen Dick einsam und traurig war – ich war aber auch ein armes Luder, wie oft ich schon einsam und traurig gewesen war, fiel mir jetzt auf. Curd und ich, wir hatten es beide nicht leicht gehabt, wir zwei. Ich drückte meinen Leidensgenossen noch fester an mich, *Lpunkt, geh pennen, du bist voll wie eine Haubitze*, funkte es wieder irgendwo von Ferne. *Mitnichten!*, funkte ich trotzig zurück. Komm, Curd Rock, die können uns mal, ich legte mich ein Momentchen zu meinem Stofftier auf die Couch.

»Ich hab so Angst gehabt«, flüsterte Curd da.

»Ich weiß!«, flüsterte ich tief beschämt zurück.

»Ich hab schrecklich anstrengende Wochen hinter mir!«

»Ach Curd, frag mich mal... Du hast hier schön auf der weißen Couch gesessen und WM geguckt! Du hattest eine ordentliche Wohnung und saubere Sanitäranlagen! Ich hab die letzten Wochen im Zelt verbracht, mit riesigen Spinnen und alles immer unordentlich, du hättest es gehasst!«

Curd schwieg beleidigt.

»Hätte ich nicht«, sagte er dann traurig, »es gibt nichts Einsameres als eine große weiße Couch, auf der man alleine WM gucken muss.«

»Da hast du recht, Curd.«

»Lieber unordentlich als allein.«

»Da hast du *sehr* recht, Curd.«

Curds Weisheit erschütterte mich zutiefst. Lieber unordentlich als allein, und das von einer wattegefüllten Fleecewurst, Donnerwetter...

»Schatz, du musst doch arbeiten!« Dick schüttelte mich leicht an der Schulter, »Schatz, es ist schon acht Uhr!« Er nahm mir Curd weg, den ich immer noch im Arm hielt. »Lchen, was machst du denn hier, warum warst du nicht im Bett?!«

»Curd war wochenlang allein!«, sagte ich noch etwas benommen.

»Lchen, du bist betrunken!« In Dicks Augen sah ich echtes Entsetzen. »Komm los, los, los, Schatz, steh auf, du musst in die Agentur!« Dick schleifte mich ins Badezimmer, zog mir Bademantel und Pyjama aus, schob mich unter die Dusche und stellte das Wasser an. Das Wasser war noch kalt.

»Kannst du stehen?«, fragte er.

Ich reagierte gar nicht. Kaltes Wasser, so ein gemeiner, böser Mensch.

»Schatz, bitte, wasch dich ein bisschen!« Böse. »Und hier…« Er drückte mir eine Zahnbürste mit einer dicken Zahncremewurst obendrauf in die Hand. »Putz dir die Zähne, bitte, ich koche Kaffee, hm?!«

Die Wassertropfen prasselten auf meinen Kopf wie Kieselsteine, oh nein, jetzt wurden sie auch noch heiß. Böse. Zu schwach, den Arm zu heben und die Temperatur zu regeln, entschloss ich mich, dem Wasser auszuweichen und kauerte mich bibbernd in die Ecke der Duschwanne neben den dampfenden Strahl. Ich sah der Zahncremewurst zu, die wohl von der Bürste gefallen war… und nun zum Abfluss trieb… sich im Haarsieb verfing und dort langsam kleiner wurde… kleiner und kleiner… »Gekleckert, aber keine Flecken!«, meldete ich stolz, als sie weg war. Wo war eigentlich Dick? Wo war mein Schatz? Schatz, keine Flecken…

Und auch in einem anderen Punkt durfte ich ganz beruhigt sein, dämmerte mir, als ich mich nach Schatz umsah. Es war gar nicht schlimm, dass ich die Klappe nicht hatte halten können… dass ich ihn wegen »Nichtschließens des Duschvorhangs« getadelt hatte… obwohl *er* sein Land für mich verlassen hatte… alles gar nicht schlimm… nicht schlimm… hihi… Ich kicherte zitternd vor mich hin.

Der Duschvorhang stand wieder offen… das ganze Bad stand unter Wasser… Er hatte meinen Hinweis wohl gar nicht gehört. Hihi.

…

HELP!

La Bella Nussy

»When you're in love with a married man, you shouldn't wear mascara«, sagt das New Yorker Liftgirl Fran Kubelik, das ein Verhältnis mit ihrem verheirateten Chef hat, in »The Appartment«. Aber das ist ja auch schon ein sehr alter Film. Geliebte gab es zwar auch damals, gab es immer. Aber etwas Entscheidendes hat sich geändert: Es gibt heutzutage wasser- und tränenfeste Mascara.

»... Na, ist der gut!?«

Ich strahlte Stöckchen erwartungsvoll an.

»Das ist doch witzig, wenn der Supermarktkunde zu der Verkäuferin sagt, dass er Gurken sucht... Und wenn die Verkäuferin dann einen Schreibblock zückt, ihre Brille zurechtrückt und mit bedeutungsvollem Unterton sagt: *Sie würden also von sich behaupten, dass Sie Gurken suchen!?* Das ist doch komisch...«

Stöckchen notierte etwas, dann hob sie das Köpfchen wieder und blickte mich aus ihrem netten Puppengesicht gewohnt freundlich und neutral an.

»Und wenn der Kunde dann in der nächsten Einstellung in seinem Einkaufswagen liegt und die Verkäuferin sitzt mit übergeschlagenen Beinen daneben und fragt: *Wie haben Sie sich gefühlt, wenn Ihre Mutter Ihrem Vater damals die Gurke in Stücke geschnitten hat?* Das ist doch wirklich komisch!«

Stöckchen, die bisher das linke Bein über das rechte geschlagen hatte, schlug jetzt das rechte über das linke.

»Und wenn die Verkäuferin dann am Ende sagt, *wir schließen gleich, wir reden nächstes Mal weiter, wir sind heute einen großen Schritt vorangekommen...* Und dann der Abbinder: *Wir beraten Sie gründlich. Edeka.* Das ist gut, das ist ein guter Spot!«

Sah ich da einen Hauch von Lächeln auf Stöckchens Miene?

Stöckchen war meine Therapeutin. Unter allen Therapeuten auf der Welt hatte ich mir bewusst *sie* ausgesucht. Weil ihre Praxis, die auch ihre Wohnung war und immer ein bisschen nach Eintopf roch, die einzige auf der Welt war, die nur fünf Gehminuten von der Agentur entfernt lag. Weil Stöckchens Praxis zudem die einzige auf der Welt war, die so frequentiert wurde, dass ich dort ohne Termin reinschneien konnte, wann immer Olli sagte: »Lchen, mir hängt der Magen in den Knien, ich geh mal was essen.« Aber vor allem, weil Stöckchen mir einfach gefiel.

Stöckchen war anders. Kein graubraunes Walla-Walla-Kleid mit untertassengroßem Silberschmuck und orthopädischen Ballerinas. Und auch kein Jil-Sander-Anzug zu rechteckiger, beige-brauner Hornbrille und legerer Hochsteckfrisur. Stöckchen widersetzte sich tapfer jedem Hamburger Therapeutinnen-Klischee. Stöckchen sah aus wie die Ortsvereinsvorsitzende der Christdemokraten aus Bad Füssing. Glänzend rosige Wangen, toupierte Wasserwelle, Perlenstecker, fesch aufgestellter Hemdblusenkragen, 1a Bügelfalte in der Rosner-Jeans. Und hinter der neutralen Fassade: hundert Prozent *null* Temperament.

Trotzdem nannte ich sie nicht etwa deshalb Stöckchen, weil mir Dr. Stock im Popo auf Dauer zu lang geworden war. Ich nannte sie Stöckchen, weil es mir vorkam, als ob die Fragen, die sie stellte, gewissermaßen Hundestöckchen waren. Stöckchen, die sie warf, um mir dann zuzusehen, wie ich loswetzte, um sie ihr zurückzubringen. Sobald ich sie hechelnd vor ihren Füßen abgelegt hatte, nahm sie sie und warf sie wieder weg. Genau dieselben Stöckchen. Und ich peste wieder los.

Am Anfang jeder Stunde fragte Stöckchen: Wie geht es Ihnen? Dann erzählte ich das Erstbeste, was mir in den Sinn kam. Heute war es dieser phantastische Gurkenspot gewesen, über den der Kreativ-Direktor in dem Meeting eben nicht gelacht hatte. Es war sehr schwer, Kreativ-Direktoren dieser Liga noch zum Lachen zu bringen. Ihnen wurden von ihren hochkarätigen Mitarbeitern täglich Dutzende komische Spots vorgetragen, so dass sie nur noch über die wirklich großen Knaller lachten. Und über kleine Knaller lächelten. Der CD eben hatte wie Stöckchen keine Miene verzogen. Und als ich daraufhin die Pointe und die wichtigsten Aspekte des Spots noch mal stichpunktartig wiederholte, weil ich glaubte, er hätte sie vielleicht nicht richtig verstanden, hatte Olli mich in die Seite gestupst und geflüstert: »Lchen, bitte… lies einfach den nächsten vor.« Aber der Spot mit der *im besten Sinne konservativen Gurke* kam auch nicht besser an. Es war kein schönes Meeting gewesen. Schon wieder nicht.

»Sie sind betroffen darüber, dass Ihre Arbeit keine Anerkennung findet?!«, sagte Stöckchen.

Sie war so ein Fuchs.

»Kann man wohl sagen. Und Olli hat natürlich recht, dass ich nicht immer versuchen sollte, den CD zu überzeugen. Dass das alles noch schlimmer macht. Dass es viel klüger wäre, seiner Kritik zuzustimmen, zu sagen, Mensch, da hast du natürlich recht, das habe ich übersehen, und was hast du für einen gemütlichen Hintern! Aber Sie kennen mich ja inzwischen ein bisschen. Ich kann nicht anders, ich kämpfe immer an verlorenen Fronten…«

»Sie finden, dass Sie immer an verlorenen Fronten kämpfen?«

Hab ich zu viel versprochen?

»Ach, kommen Sie, wir wissen doch beide, dass das mit Dick nichts mehr wird. Egal, wie viel sich in den letzten fünfzig Jahren verändert hat… Ja, Ehen können heute geschieden werden… Und sie haben sogar wasserfeste Mascara erfunden… Aber Menschen, die nur lieben können, was sie nicht haben dürfen… die sich nach Liebe sehnen wie Verhungernde nach Ravioli und dran ersticken, wenn sie sie kriegen… Knalltüten wie mich, die eben nur für Affären taugen… die wird es immer geben! Dagegen finden sie nichts! So eine *Scheiße*!«

Zack, schon hatte sie mich. Tränen liefen mir übers Gesicht. Was für eine Therapeutin!

»Ja, ich glaube, dass es mit Dick nichts wird, falls Sie das als Nächstes fragen wollten!«, fuhr ich sie an. »Und ja, ich glaube, dass ich einer dieser Menschen bin, der nur zu Affären taugt!« Stöckchen notierte. »Und ja, ich glaube, dagegen kann ich selbst nichts machen, ich brauche Hilfe, helfen Sie mir! Sie sitzen hier faul rum in Ihrem Eintopfmief, tun Sie doch endlich was!« Stöckchen lehnte sich leicht vor und schob mir mit therapeutischer Milde eine Packung Tempotaschentücher rüber. Eine Packung Tempos für 92,50, schoss es mir in den Sinn. Stolzer Preis, *sehr* stolzer Preis. 92,50 waren Stöckchens Stundensatz.

Als ich das erste Mal zu Stöckchen reingeschneit war, konnten mich 92,50 für eine scheintote Therapeutin in Eintopfgeruch nicht schrecken. Ich war zu verzweifelt gewesen.

Dick war gerade mal zwei Wochen bei mir zu der Zeit. Und am Abend zuvor hatten wir uns gestritten, auf die schlimmste, allerschrecklichste Weise. Schweigend, ohne ein Wort.

Dick hatte Regale gebaut. Und meine tausendundeins kleinen Besitztümer, die vorher zu Türmen und Türmchen gestapelt entlang der Wände über die Jahre zu einer Skyline gewachsen waren, allesamt nach Größe sortiert dort eingeräumt. Und als ich nach Hause kam, hatte er mir sein Tagewerk präsentiert. Du wirst nicht glauben, wie groß die Räume jetzt sind, hatte er gestrahlt. Und in dem kurzen Moment, in dem er mich ansah, hatte ich in seinen Augen die Angst gesehen. Angst davor, dass es wieder nicht gut war, was er getan hatte. Angst vor mir. Mir! Da hatte ich angefangen zu weinen.

Ich hatte stundenlang geweint und nichts gesagt und während ich so weinte, die Regale ausgeräumt und versucht, meine Türmchen wieder aufzubauen. Und Dick hatte in der Küche gesessen und auch geweint. Eine große Weinerei war das. Wir waren beide verzweifelt, es funktionierte nicht, es funktionierte einfach nicht. Irgendwann war Dick dann zu mir gekommen, und wir hatten inmitten der Türmchentrümmer, die überall auf dem Boden lagen, miteinander geschlafen, was man dann so macht. Und dabei hatten wir auch geschwiegen und uns aneinandergeklammert wie Äffchen, aber das würde uns auch nicht helfen. Das wussten wir wohl, das wussten wir…

»Sie glauben, dass es mit Dick nichts mehr wird?«, fragte meine Therapeutin. Das sagte ich gerade, Stöckchen, pass doch mal auf. »Sie glauben, dass es an Ihnen liegt, weil Sie nur zu einer Affäre taugen?« Warum hatte ich Stöckchen nicht Papagei genannt, manmanman.

Ich weiß nicht, wie es gelaufen wäre, wenn ich damals diesen Job nicht angenommen hätte. Wenn ich nicht ständig Stress und nervösen Angstdurchfall gehabt hätte in jener Zeit. Wenn ich da gewesen wäre für Dick, in diesen schweren ersten Wochen im fremden Land. Wenn ich ihm geholfen hätte. Wenn ich nett gewesen wäre. Aber das war ich nicht.

Ich ging morgens um acht aus dem Haus und kam nie vor zehn oder elf zurück. Morgens winkte Dick mir am offenen Fenster nach, und nachts saß er am selben Fenster auf der Fensterbank und hielt Ausschau, wann ich kam. Sobald ich am Ende der Straße um die Ecke bog, flitzte er die drei Stockwerke runter und lief mir entgegen. In einem frischen weißen Hemd, herrlich duftend und wunderhübsch, um mir die letzten Meter die Laptop-Tasche zu tragen. »Meine tapfere kleine Texterin!«, begrüßte er mich dann und strich mir den Idiotenpony, der tüchtig gewachsen und jetzt ein Vollidiotenpony war, aus dem Gesicht.

Und obwohl ich – kurz bevor ich um die Ecke gebogen war – noch einen Moment an der Mauer gelehnt, zu den Sternchen hochgesehen und mir fest vorgenommen hatte, diesen Abend ganz, ganz lieb zu Dick zu sein, dauerte es oft keine fünf Minuten, und schon hatte ich ihn verletzt. Zum Beispiel, wenn er mich fragte, ob ich Hunger hätte. Und ich streckte meinen Blähbauch vor und lachte: »Bloß nicht, ich platze, ich hab heute zwei Zentner M&M's verdrückt!« (Das war leider nicht übertrieben, bei Stress brauche ich ständige Zuckerzufuhr.) Und dann kamen wir in die Küche, und der Tisch war gedeckt und eine Kerze brannte. Und mir fiel ein, dass er es morgens ja gesagt hatte. »Wenn du heimkommst, gibt's was Leckeres«, hatte er gesagt. Ich hatte es vergessen. Und er hatte den ganzen Tag in der Küche gestanden, sogar

Griespudding hatte er gekocht, mit Vanille und in Rum getränkten Schattenmorellen. Ich stellte mir ihr Zusammentreffen mit den M&M's in meinem Magen vor, was für eine Party.

»Wieso halten Sie es für möglich, dass Sie nur zu einer Affäre taugen?« Ach, Stöckchen…

Ich weiß wohl, in dem Fall hatte ich ihn nicht absichtlich verletzt. Aber manchmal… manchmal… Stöckchen, das darfste echt keinem erzählen…

Wenn ich nach Hause kam, setzten wir uns immer als Erstes in die Küche und redeten ein bisschen. Ich erzählte von meinen kleinen und großen Blamagen als Zweitligist in der Champions League und Dick hielt meine Hand und sagte so Sachen wie: Schatz, sei stolz auf dich, in dem Meeting hast du immerhin den Badewannenhahn für unser Haus verdient, *mir* ist heute nichts gelungen, ich weiß nicht, wo ich anfangen soll, ich finde keinen Griff. So sagte er immer, ich finde keinen Griff. Und ich sagte dann, Dick, wenn der Job zu Ende ist, suchen wir zusammen, dann helfe ich dir. Danach gingen wir ins Bett, schliefen miteinander, und sobald Dick eingeschlafen war, stand ich oft wieder auf, setzte mich an den Rechner und arbeitete noch ein bisschen. Damit es am nächsten Tag in der Agentur vielleicht etwas besser lief. Weil es besser laufen musste, musste, *musste*. Ich hatte es doch versprochen. Ich hatte versprochen, für uns zu sorgen.

»Frau Lpunkt, wieso halten Sie es für möglich, dass Sie nur zu einer Affäre taugen?« Puh, Stöckchen konnte sich dranhalten.

Dick hatte nichts mehr. Er hatte nichts. Und er saß in dieser fremden Wohnung. Einer Wohnung, die ganz anders war als das schummrige, stille Häuschen am Kanal, das er so geliebt hatte. In dem er den größten Teil seines Lebens verbracht hatte. Das neue Zuhause war hell und eng und laut. Grelles Licht drang durch die weißen Rollos. Autogeräusche quollen unaufhörlich durch die undichten Fenster. Die Stimmen der Menschen unten aus den Straßencafes. Der Lärm der Straßenmusiker, Dilettanten-Combos armseliger Immigranten, die sich von den Milchschaumschlürfern und Bionade-Trinkern dafür bezahlen ließen, möglichst schnell abzuziehen. Die neue Wohnung lag mitten im Epizentrum junger deutscher Geselligkeit. Und oben saß die liebe alte Stubenfliege, einsam, ohne Reich.

Und mittlerweile wie gelähmt. Denn bei jedem Versuch, im neuen Zuhause ein bisschen rumzuschwirren und sich nützlich zu machen, war sie vor Scheiben geknallt. Ruuums. Die Wohnung war voll davon. Sie waren überall, vor jeder Badematte, Ruuums! Jedem Küchenschrank, Ruuuums! Jedem Misthaufen, der sich entlang der Wände stapelte, Ruuums Ruumms RUUUMMS! Eine allgegenwärtige, gläserne Hausordnung. Und Dick konnte sie nicht erahnen, weil sie meist nicht mal *ordentlich* war. Nur Gewohnheit. Tassen links, Gläser rechts, bis auf das Schneewittchen-Glas und die Schnapspinnchen, die bitte vor die Teller. Blöde Gewohnheit. Und trotzdem stellte ich das Schneewittchen-Glas wieder um, wenn Dick es falsch einräumte. Denn es war *meine* Gewohnheit. Meine meine MEINE. Rums.

»Ich kann das Schneewittchen-Glas nicht stehenlassen«, sagte ich leise zu Stöckchen.

Jetzt hatte ich sie intellektuell abgehängt. Sie schwieg.

»Verstehen Sie jetzt? *Vor seinen Augen* stelle ich das Schneewittchen-Glas wieder zu den Tellern!«

Stöckchens Lider flatterten ein bisschen, bestimmt nickte sie gleich ein.

»*In seinem Beisein* spüle ich die Tasse, die *er* gerade gespült hat, noch ein zweites Mal! Nur, weil ein winziger Kaffeerand drin ist!«

Stöckchen, sind Sie noch bei mir?

»Ich fische seine Haare aus dem Abguss der Dusche, scheinbar beiläufig – aber *bewusst* in dem Moment, in dem er ins Bad kommt!«

Jetzt starrte Stöckchen mich an wie ein Insekt.

»Verstehen Sie denn nicht, er *soll* es mitkriegen, Stöckchen! Er *soll* mitkriegen, dass er etwas falsch macht! Ich verletzte ihn *absichtlich*, ist das nicht widerlich?! Warum tue ich das, warum tue ich das wohl?! Weil ich nämlich nur zu einer Affäre tauge, weil ich diese ganze Nähe nicht aushalte, weil weil weil…

»Weil Ihnen dieser *Schmarotzer* auf die Nerven geht?!«

Außerdem nannte ich Stöckchen Stöckchen, weil sie manchmal – meist gegen Ende der Sitzung, vermutlich, weil sie hungrig wurde und der Eintopfdunst sie in ein Tier verwandelte – ihre guten Therapeutinnenmanieren komplett vergaß. Dann schlug sie zu. Nicht links und rechts, sondern voll auf die Zwölf. Und unmittelbar danach lächelte sie dann wieder engelsgleich und betastete verlegen den Sitz ihrer gebackenen Frisur.

Sie hatte ja recht. Im Prinzip hatte sie recht. Tief in meinem Innern war ich böse auf Dick. Böse, dass ich der Ackergaul war und er die kleine, zarte, verstörte Fliege. Dass ich von morgens bis abends schuftete, während er es sich auf dem Opfer gemütlich machte, das er für mich gebracht hatte. Seine Frau, sein Land, sein Haus, sein altes Leben – wie lange würde ich dafür zahlen müssen? Was müsste ich den Göttern der Liebe umgekehrt dafür opfern? Würde es sich jemals ändern, dass ich der Ernährer und er die bezaubernde kleine Hausfrau war? Meine Träume von einem Leben in Pyjama und Lammfellpuschen, am Küchentisch sitzend und Knallerromane schreibend, was würde aus denen? *Was?* Und dann konnte die bezaubernde Hausfrau noch nicht mal eine Tasse sauber spülen! Mann genug, eine gewisse Großzügigkeit bei den Hygienestandards walten zu lassen, war sie – das lief!

Ich sehnte mich danach, meine Gedanken mal wieder auf etwas anderes zu richten als vierundzwanzig Stunden, tausendvierhundertvierzig Minuten, sechsundachtzigtausendvierhundert Sekunden am Tag auf diese Liebe. Und auf Gurken. Ich sehnte mich danach, mal wieder einen schlechten Romananfang zu schreiben oder Curdchens Weblog zu führen oder einfach nur stumpf fernzugucken, ohne reden, reden, reden! Ich sehnte mich danach, mich einmal *nicht* anstrengen zu müssen. Danach, mal keine Angst um Dick zu haben. Seit Monaten riss ich mir den Po auf für diesen Mann. Seit dem Anruf. Seit ich die Hutnadel gezogen hatte. Und damit, dass er jetzt hier war, war es noch immer nicht geschafft. Jetzt musste ich mich anstrengen, damit er blieb! Wie lange sollte das noch so gehen? Und was musste ich ihm bieten?

Sagen wir es doch, wie es ist: In Holland – im Haus seiner tüchtigen großen Frau – hatte Dick sich fein die Künstlereierchen geschaukelt. Selbst wenn seine Hände davon manchmal bluteten, selbst wenn er zwölf Stunden arbeitete – *er* hatte sich nicht sagen lassen, *was* er zu tun hat! *Ihm* hatte niemand vorgeschrieben, wann er fertig sein muss, *muss*! Er hatte sich nie lächelnd anhören müssen, dass seine Arbeit Mist ist! Nein, an Kritik zerbrach die zarte Seele, damit sollte Lpunkt, das alte Reklame-Schlachtross, sich mal weiter rumschlagen, so viel Service war er gewohnt von einer Frau!

Und selbst Babys würden daran nichts ändern, wetten? Die dürfte Lchen flink zur Welt bringen, aber dann hopp hopp, zurück ins Meeting! Danach würde Dick mit den Babys im Sandkasten abhängen, und ich würde mein Dasein weiter in Direktorenpopos fristen! Nie, nie, *nie* würde das Anstrengen aufhören! Dabei war ich nach nur dreieinhalb Wochen als Ernährer schon komplett erledigt! Und explosiv wie ein Munitionsfrachter vor Halifax!

»Frau Lpunkt, was möchten Sie Dick sagen, wenn Sie das Schneewittchen-Glas *vor seinen Augen* umstellen?«

»Ich will ihm sagen, dass dass dass…«

»Wünschen Sie sich vielleicht, dass Dick wieder geht?«

»SIND SIE VERRÜCKT?« Was hatte ich mir nur wieder für eine Therapeutin ausgesucht! Eine Irre! Wütend blitze ich Stöckchen an.

Nein, ich wollte wirklich nicht, dass Dick geht. Nur ein bisschen. Ein kleines bisschen. Ich wollte nur ein paar Tage frei haben, ich wollte endlich mal wieder ein bisschen Zeit allein für mich, aber mehr auch nicht, mehr nicht! Ich liebte diesen Mann doch über alles. Und *er* liebte *mich* über alles – das findet man ja auch nicht alle Tage. Und die Nächte, die Nächte…

»Stöckchen, haben Sie überhaupt eine Ahnung, wie schön die Nächte sind!?«

Nächte, in denen zwischen uns wirklich alles passte. Inzwischen waren wir nämlich eine Verschmelzungsstufe weiter. Wir hatten nicht nur sexuelle Kompatibilität, wir hatten diese Kompatibilität im Schlaf. Wir schliefen als Löffelchen zusammen ein und synchronisierten danach vollautomatisch die durchschnittlich 90 Positionswechsel, die der normale Löffel in einer Nacht im Schlaf so macht (nur den Positionswechsel zum Schreibtisch machte ich gegebenenfalls allein). Tief schlafend und vollautomatisch streichelten wir außerdem in jeder neuen Position die bequem zu erreichenden Körperteile des anderen dann und wann. Oder brummten uns zwischendurch schöne, tiefe, warme Töne ins Ohr. Solche Sachen machten wir nachts. Gesteuert durch irgendein Programm, das gestartet wurde, sobald der Schlaf und der vertraute Geruch des anderen in der Nase die übrigen Programme ausgeschaltet hatte.

»Stöckchen, kennen Sie das eigentlich, Löffelchenballett?«

Es waren wunderbare Nächte, immer noch, immer mehr... Und wir waren so überwältigt davon, dass wir wohl dachten, so was Schönes, so was Liebes, das kann doch nicht schlecht sein auf der anderen Seite. Das darf man doch nicht aufgeben, das muss doch hinzukriegen sein, verdammt noch mal!

»Brauchen Sie noch mehr Tempo-Taschentücher?«, fragte Stöckchen leicht vorwurfsvoll.

»Nein, danke!«, schnaubte ich und trompetete geräuschvoll in das letzte. Für 92,50 musste ich ja wohl kein Anstands-Tempo übriglassen.

»Die Stunde ist vorbei«, sagte Stöckchen dann, legte ihr Blöckchen behutsam zur Seite und erhob sich aus ihrem Sessel. »Beim nächsten Mal reden wir weiter über das Schneewittchen-Glas, Frau Lpunkt.« Sie brachte mich zur Tür. »Und Sie verraten mir, warum Sie mich Stöckchen nennen.« Sie lächelte, in ihren Augen glänzte schon der Eintopf. Ach ja, sie war schon süß. Aber ich beschloss, dass sie trotzdem die Falsche war, um weiter über das Schneewittchen-Glas zu reden.

Mit einem raschen Blick in den Garderobenspiegel huschte ich aus der Tür. Jetzt aber flink zurück in die Agentur.

An dieser Stelle:

Ein Dank an Helene Winterstein-Kambersky, eine Opernsängerin im Wien der frühen 30er Jahre, die etwas ganz Wunderbares, sowohl auf der Bühne als auch in Liebesbeziehungen mit verheirateten Männern bis heute Unverzichtbares erfand: La Bella Nussy. Die erste wasser- und tränenfeste Mascara der Welt.

*Ach wissen Sie,
Stöckchen, ich habe
immer diesem Traum,
in dem ich mit eim
Kugelschreiber auf eim
Gouda eimsteche.*

*Schrecklich! Dabei liebe
ich Gouda eigemtlich…*

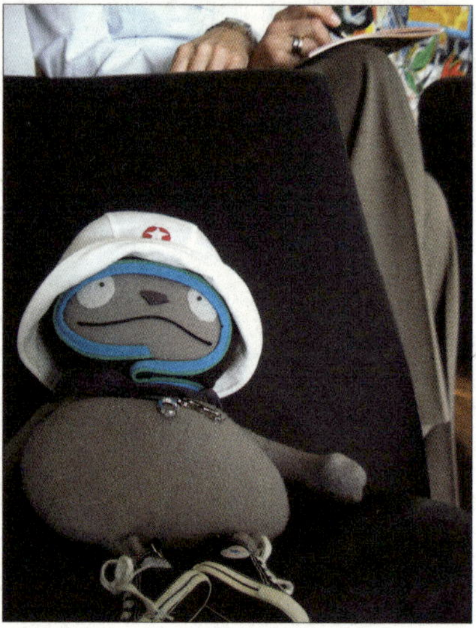

Lchen, der Rumstreicher

Als ich an diesem Abend an der Mauer vor der Ecke am Ende meiner Straße lehnte und zu den Sternlein raufsah, nahm ich mir *nicht* vor, lieb zu Dick zu sein.

Sondern ehrlich.

Es war spät, schon wieder fast elf Uhr. Aber heute, das gebe ich zu, hatte ich nicht so lange in der Agentur gesessen, sondern war »rumgestrichen«, wie meine Eltern früher häufig über mich sagten. Zum Beispiel, wenn ich nach der Schule vorzog, die Gegend noch ein bisschen zu erkunden, statt nach Hause zum Mittagessen zu kommen. Lchen, der Rumstreicher, hatten sie dann gesagt. Heute hatte ich mir das mal wieder erlaubt, das Rumgestreiche.

Der Kreativ-Direktor hatte seine Meinung geändert, er fand die Psychiater-Kampagne jetzt doch gar nicht mehr so abwegig, zumindest könnte man mal »ein bisschen drauf rumdenken«, und auch ein paar andere unserer Ideen gefielen ihm. Poeehhh. Olli und ich hatten uns den Schweiß von der Stirn gewischt und zur Belohnung mal etwas früher aufgehört. »Lchen, lass uns nach Hause gehen«, hatte Olli diesmal schon kurz nach acht statt wie sonst frühestens um zehn gesagt, »machen wir uns mal 'n freien Nachmittag, hm?!«

»Au fein«, hatte ich strahlend geantwortet und wie der Wind mein Laptöppchen gepackt. Da wird mein Schatz sich aber freuen, hatte ich noch im Treppenhaus gedacht. Doch als ich kurz darauf aus der Agenturpforte hinaus in den milden Abend glitt, hatte mich irgendeine Strömung sanft gepackt und fortgetragen. Fort von zu Hause und meinem Schatz, hinein in die Stadt. Irgendwie war ich vor dem schönen Hotel gelandet, das vor ein paar Wochen neu eröffnet hatte, und zack, schon saß ich in einem der weichen karamellfarbenen Ledersessel in der eleganten Business-Lounge. Neben mir saß eine streng gekleidete, gut duftende Dame und arbeitete auf ihrem Laptop, ganz ernst und konzentriert, sicher analysierte sie Geschäftsberichte oder schaukelte ihre Depots ein bisschen hin und her. Und plötzlich hatte auch ich meinen Laptop rausgeholt und angefangen, endlich mal wieder in Ruhe Curdchens Blog zu führen.

Es war herrlich. Während ich schrieb, hatte ich an einem Martini genippt und die Nüsschen geknabbert, die netterweise in einem Porzellanschälchen dazu gereicht wurden. Und ich wette, ich hab mindestens so ernsthaft und konzentriert gewirkt wie die Dame neben mir. Trotzdem hatte der Mops in Nadelstreifen, dessen Popo links und rechts über seinen Barhocker schwappte wie die Mosel bei Hochwasser, mir jedes Mal, wenn ich aufsah, zugezwinkert, als wäre ich eine schlecht getarnte Foyerhure, die den Laptop mit der Tastatur nach oben aufgeklappt hat. Ich genoss es, ihn zu ignorieren. Träum schön, Dickerchen. Ich genoss es, Curd so wichtig zu nehmen wie die Business-Lady neben mir den DAX.

Nur ab und zu blitzte ein bisschen schlechtes Gewissen auf. Ich ließ meinen Schatz allein zu Hause sitzen, um in einer Hotellounge fremden Menschen im Weblog Geschichten von meiner Stoffpuppe zu erzählen. Na ja, eigentlich war es ja auch meine Geschichte, ein bisschen zumindest. Ein Segen, dass ich Stöckchen nichts davon gesagt hatte, da hätte sie schön drauf rumgehackt mit ihrer kleinen, bösen Puppenaxt. »Ihr Stofftier ist also Schriftsteller?«, hätte sie gefragt. Ich sah schon ihren scheinheiligen Blick. »Und beim Campen hatten sie es nicht dabei?« Ganz freundlich und arglos. »Als Sie Dick für sich gewinnen wollten, fanden Sie es besser, das schreibende Stofftier zu Hause zu lassen?« Aber hinterm Rücken die aufgezogene Spritze. »Und als die Ferien zu Ende waren, saß das schreibende Stofftier plötzlich da. *Richtig?«* Und schon hätte ich dagestanden, kurze Hose, Holzgewehr.

Also, ich schrieb erst mal ein bisschen, so ein oder anderthalb Stündchen. Und dann dachte ich plötzlich, wie nett es wäre, auch mal wieder zu telefonieren. Ich setzte mich ein wenig separat und wählte die Nummer der lieben Frau D. Ich wusste gar nicht, wann ich zuletzt mit ihr gesprochen hatte. »Lchen? Lchen? Moment, ich hab's gleich…«, begrüßte sie mich, offensichtlich lag es schon etwas zurück. Obwohl sie es schon gewohnt war, dass man mich manchmal über Monate »im Pimmelkampf« (wie es nannte) verlor, wirkte sie ein bisschen verstimmt. Sie hatte ja recht. Alles, alles hatte zurückgestanden für diesen Mann, die Welt war versunken.

»Der *Kuhfladen*?«

Jetzt war sie wieder da.

»Lchen, wir reden jetzt aber nicht von dem Dick, der dich völlig plattgemacht hat?« Frau D.? »Das war ein anderer Dick, das *muss* ein anderer gewesen sein! Dick ist ja auch ein verbreiteter Name, oder nutzt du ihn als Kategoriebezeichnung, so im Sinne von: Ich hab einen neuen Dick, er heißt Peter!?« Frau D.? Frau D.? Tut mir leid, ich erinnere mich nicht. »Im Ernst, Süße, wieso wohnt Kuhfladen-Dick denn jetzt plötzlich bei dir?«

Kuhfladen-Dick, that's what friends are for.

Ich rief lieber meine Schwester an, nur auf die Familie ist Verlass.

»Na, meine Süße, wie geht's dir, wie läuft's mit dem Tulpenkopp?«

Schon besser. Bei meiner Schwester unternahm ich erst gar nicht den Versuch, vergnügt zu klingen. »Er sitzt jetzt zu Hause«, flüsterte ich wie ein Kinderschänder im Beichtstuhl. »Er ist todunglücklich.« Das war er. »Und ich sitze in einer Hotellounge, trinke Martini und fresse Nüsschen. Und ich bin auch unglücklich.« Das war ich, fiel mir plötzlich auf. »Ich wollte einfach mal wieder ein bisschen für mich allein sein, aber gleichzeitig fühle ich mich widerlich. Widerlich! Als hielte ich zu Hause ein Tier gefangen, das ich unbedingt haben wollte, weil es so schön aussah... Und nun geht es da ein, aber ich bringe es nicht übers Herz, es zurück ins Wasser zu werfen...«

»Ach so ein Quatsch«, hatte meine Schwester da losgeschimpft. »Dick ist da, weil er da sein will! Er kann jederzeit gehen, er ist ein erwachsener freier Mann!«

»Aber wohin denn, wohin außer zu... zu...« Ich verschluckte mich, ein Nüsschen hatte sich quer in die Tröte gesetzt.

»Zum Beispiel zum Kiosk könnte er gehen!«, vollendete meine Schwester schnaubend meinen Satz. »Er könnte sich eine Zeitung holen und den Job-Teil durchblättern! Er könnte einfach mal so *frei* sein, sich Arbeit zu suchen!« Oweia, meine Schwester saß noch im Büro. »Er ist doch kein Eskimo in New York! Er ist ein Europäer in seinem europäischen Nachbarland, dessen Sprache er perfekt beherrscht.« Wenn sie um neun Uhr abends noch im Büro saß, kannte sie keine Gnade mit Personen, bei denen auch nur ein vager Verdacht auf Müßiggang vorlag. »Es gibt andere Möglichkeiten als Möbel! Oder will er warten, bis die neue Mutti ihm wieder eine kleine Werkstatt eingerichtet hat? Er könnte Taxi fahren oder Holländisch-Kurse geben oder… oder… oder eine Fernsehshow moderieren, wir Deutschen kaufen den Holländern doch jeden Käse ab!« Rudi Carrell war *groß*!!! »Eine schöne lange Samstagabendshow, dann hättest du auch mal einen Abend Ruhe und müsstest nicht ins Hotel, um zu schreiben! Das ist doch kein Zustand!«

Der Kellner stellte mir ungefragt noch einen Drink vor die Nase. Och…

»Ich finde keinen Griff, was soll das denn bitte heißen?« Meine große, wütende Schwester war noch nicht fertig. »Sag, er soll es mal mit dem Griff zum Telefon versuchen, die kleinen Schnörkeldingerchen hinter den Jobanzeigen sind Zahlen, keine Schmuckelemente!« Ich hörte sie kauen, wenn sie sehr wütend war, aß sie beim Telefonieren immer Spritzgebäck. »Oder meint er, weil er seine Frau verlassen hat, musst du ihn aushalten? So weit kommt es noch, dass meine Schwester einen Mann für die Liebe bezahlen muss! Du kannst ganz andere haben!«

Der Mops zwinkerte mir zu und erhob sein Glas. Ganz andere, genau, was für ein Hintern…

»Und soll ich dir noch was sagen, Lchen, soll ich dir noch was sagen?« Ah, meine Schwester blies zum großen Finale. »Ich für meinen Teil bin gar nicht sicher, dass er sie verlassen hat!« Aua. »Warst du denn dabei damals auf dem Campingplatz? Hast du gehört, wie er *Okidoki, dann lassen wir uns scheiden* gesagt hat? Nach einer halben Stunde, zu einer Frau, mit der er seit einem Vierteljahrhundert zusammenlebt?« Bestimmt spuckte meine Schwester jetzt vor Aufregung Plätzchenkrümel in die Muschel. »Lchen, die haben doch schon ganz andere Stürme überstanden, du bist nicht die Erste, bestenfalls hat der zu ihr *Na, schaun wir mal* gesagt! Schaun wir mal, ob es diesmal was Ernstes ist! Schaun wir mal, ob dieses deutsche Lchen wirklich besser für mich ist. Und jetzt ist er da, um in aller Ruhe Nest mit Nest zu vergleichen, bevor er sich von einem ins andere setzt. Nicht bloß… bloß… *Nest mit Vögeln*!«

Auch dieses schöne Gespräch beendete ich mit einem kurzen freundlichen: »Na denn«. Meine Sehnsucht nach Welt war für heute umfassend gestillt. Ich klappte mein Notebook zu, kippte den Martini weg, steckte die restlichen Nüsschen in die Hosentasche und warf dem spendablen Dicken zum Dank einen verschwörerischen Blick zu (eiserne Reserve!) – ja, das verstand er sofort. Und plötzlich begann er »unauffällig« zu pfeifen und ließ ein komplettes Nussschälchen in seiner Jacketttasche verschwinden (inklusive Porzellan), erst seins und dann auch noch das seines Bar-Nachbarn, das steckte er flötend in die andere Tasche seines feinen Jacketts. Ich musste laut lachen, mit einem Mal fand ich diesen runden Mann unglaublich sympathisch, trotzdem… So schnell mich meine müden, alten Beinchen trugen, eilte ich heim zu meinem Schatz.

Ja, ich musste mit ihm reden, meine Schwester hatte recht, das musste ich. Aber so nicht, so doch nicht, nur weil er nicht gerade der geborene Ernährer war, war er doch immer noch ein wunderbarer, lieber, kluger Mann. Jawohl. Und so schön schlank.

Ich lehnte an der Mauer vor der Ecke am Ende meiner Straße, wartete, dass sich mein Atem vom Laufen etwas beruhigte, und sah zu den Sternchen. Ich hatte bekommen, was ich wollte, ich war jetzt da, in Amerika, dem *Land of Dreams*, und ja, natürlich ging die Arbeit weiter. Die Arbeit ging immer weiter, die Einwanderer damals, die aus Rotterdam mit der Holland-Amerika-Lijn gekommen waren, die konnten auch nicht an Land gehen und sagen, »Tach, Miss Liberty, wir sitzen an Tisch 5, einmal das Tagesmenü!« Die Arbeit, das Anstrengen geht immer weiter, überall, für jeden Menschen. Solange man lebt, bleibt es strapaziös!

Ich würde jetzt nach Hause gehen, und dann würde ich ganz lieb zu meinem Schatz sagen: Schatz, so funktioniert es nicht. Du bist unglücklich, ich bin unglücklich, aber ich liebe dich und du liebst mich, was machen wir jetzt? Ich will nicht ohne dich leben, würde ich zu meinem Schatz sagen. Aber so wie jetzt kann ich auch nicht *mit* dir leben. Ich kann nicht. Und ich glaube, dir geht es ähnlich. Bitte lass uns am Wochenende, wenn ich frei habe, ans Meer fahren. Lass uns am Strand entlanggehen und überlegen, wie wir es in Zukunft besser machen können, bitte…

»Ich hab mir überlegt, dass ich morgen nach Amsterdam fahre«, sagte Dick, der mir heute nicht entgegengelaufen war und der auch nicht gekocht hatte, weshalb es auch nicht wie sonst lecker roch, als ich in die Wohnung kam. Stattdessen stand im Flur seine Reisetasche, und *er* stand in der Küche und bügelte ein Hemd. »Nur übers Wochenende, wahrscheinlich musst du ja ohnehin wieder arbeiten, du Arme… Weißt du, ich muss mal mit meiner Frau reden, es gibt ja einiges zu regeln zwischen uns. Ist das in Ordnung für dich? Nur ein paar Tage, Montag oder Dienstag oder spätestens Mittwoch bin ich zurück! Ist das okay?«

»Natürlich, Schatz«, sagte ich und schlang meine Arme von hinten um seinen warmen Bauch. »Aber bitte, versuch so schnell wie möglich wieder zurück zu sein.« Ich legte mein Gesicht in seine Nackenmulde und flüsterte ihm ins

Ohr. »Versuch Montag wieder hier zu sein! Oder Sonntag schon… bitte.«

»Du riechst nach Alkohol«, sagte er da. »Gab es was zu feiern in der Agentur?«

»Was? Ja… Ja, sie haben einen Etat gewonnen… Martini, den Martini-Etat haben sie gewonnen… Es gab Martini für alle, selbst für die Freien! Schatz, bitte bleib nicht lange in Amsterdam, komm so schnell es geht zurück. Wir könnten Samstagabend zu dieser Ausstellungseröffnung gehen, von der du neulich gesprochen hast. Ich glaube, ich komme jetzt doch früh genug raus. Weißt du, Olli und ich haben heute einen Coup gelandet, einen Coup! Wir können uns jetzt ein bisschen was rausnehmen, hoho, ein ganzes freies Wochenende vielleicht, Schatz… Und *wir* könnten ans Meer fahren und… uns einfach mit unserer Decke ein bisschen in die Dünen legen… bisschen rauchen und den Wellen lauschen… wie in Castricum…«

Dick stellte das Bügeleisen beiseite, hielt das tadellos glatte Hemd mit gestreckten Armen vor sich und betrachtete es prüfend.

»Ich versuche, so schnell wie möglich wieder da zu sein…«

Dies ist die ~~Geschi~~
wahre Geschichte des
mutigem, imtelligemten,
gutaussehemdem,
charmamten, bezauberm-
dem Curd Rock…

umd seiner lamgem
abemteurlichem Reise
nach Hollamd…

umd nach Amerika…
(AMERIKA!!!)

umd nach… nach…
*nach… … … … **Hause.***

Kotze auf Kleiner Wolke

Als ich am nächsten Abend nach Hause kam, hing sein blauer Bademantel auf einem Bügel mit dekorativ gebundenem Gürtel im Flur. Ich roch daran, er war frisch gewaschen, sogar ein kleines bisschen feucht noch, herrlich… Hach, aber wenn noch ein paar Sandkörnchen aus Castricum darin gewesen waren oder irgendwelche Mikromoleküle von original Lago-di-Como-Wasser, dann waren sie jetzt weg. Naja. Ich stand da, drückte den dicken dunkelblauen Bademantelärmel gegen meine Nase und sah mich um. Meine Schuhe standen ordentlich in einer Reihe, ein Paar Badeschlappen, ein Paar adidas, die Sandalen, von denen ich immer Blasen bekam, die Schühchen mit den Seidenbändern aus Milano, ein Paar Stiefel… das reichte doch. Dicks Schuhe – seine Badeschlappen, seine Chucks und sein Paar »gute Schuhe« aus Pferdeleder – fehlten. Er hatte sie mit nach Amsterdam genommen. Ich ließ den Ärmel los und ging staunend durch die Wohnung, alles blitzte und blinkte, Dick hatte sauber gemacht, ach, das war lieb. Curdchen thronte exakt mittig auf dem Sofa, links und rechts zwei Kissen. Palme war frisch gegossen und ihre Blätter glänzten, sie waren entstaubt worden, Donnerwetter. Huihuihui, und sogar unser Bett hatte Schatz frisch bezogen, akkurat wie in einem Schweizer Grandhotel, das nenn ich mal aufgeräumt, warum waren meine Hände so kalt? Mein Blick ging zum Schrank…

Seine Sachen waren verschwunden. Im Schrank lag nichts mehr von ihm, nicht *eine* Unterhose, gar nichts. Ich rannte ins Badezimmer. Sein dunkelblauer Waschlappen fehlte neben meinem weißen, meine Zahnbürste stand auch alleine, sein Rasierschälchen, seine Seife, sein leckeres Parfüm, das er benutzte, weil ich ihn dann immer aufgeregt beschnupperte wie ein Hündchen, das gebratenen Speck in Herrchens Hosentasche roch… früher hatte ich das jedenfalls getan…, er hatte alles mitgenommen. Alles, *alles*! Dafür lag Kleine Wolke wieder auf dem Boden, strahlend rein… Ich stürzte in die Küche. In der Tür blieb ich wie angewurzelt stehen.

Ich starrte zum Tisch. Da stand das Schneewittchen-Glas mit ein paar weißen Blümchen drin, und an das Glas gelehnt ein Briefumschlag. Plötzlich musste ich kichern. Lchen, alter Junge, wie es so aussieht, gestaltet sich der langersehnte »Abend nur für mich« als grandioser Reinfall, schoss es mir in den Kopf. Wie es aussah, hatte ich mich wohl etwas zu *sehr* danach gesehnt, so dass das Universum mir nun gleich einen ganzen Haufen »Abende nur für mich« bescherte. Dankeschön. Mir wurde schlecht. Ich lief zurück ins Bad, etwas zu langsam, Kotze auf Kleiner Wolke, Sauerei. Ich hörte diesen Ton, dieses hohe Flirren, das ich immer höre, unmittelbar bevor ich in zwei Nasenlöcher blicke und ein Mann mit einem Taschenlämpchen in mein Auge leuchtet. Ich nahm erst mal auf dem Fußboden neben der Toilettenschüssel Platz…

Ich war wieder allein.

119 hatte rein zufällig angerufen und kam sofort.

»Ach Maus…«, resümierte er das Desaster treffend, nachdem ich ihn auf Stand gebracht hatte.

»Ja, Hase, so sieht's aus.«

Wir saßen nebeneinander in der Mitte der großen weißen Couch. Wie Tante Erna und Onkel Horst im Autoscooter, die noch nicht fassen können, dass die Fahrt schon zu Ende ist. Ratlos starrten wir vor uns hin. Vorbei, so sah's aus.

»Erst du... Du hast mich nicht geliebt, aber fandest das Leben mit mir angenehm...«

»Wir hatten es doch auch schön!«

»Jetzt Dick, der liebt mich, aber leben will er doch lieber mit seiner Frau...«

»Siehste, da hattest du von mir unterm Strich doch mehr.«

»Und das Schlimmste ist, ich bin selber schuld, ich hab's vermasselt, ich war so dicht davor, *so* dicht... Ach Hase, wäre ich doch bloß gestern Abend gleich nach Hause gegangen!«

»Freitagabend darf Vati ja wohl mal einen trinken gehen«, 119 grinste.

»Er hatte sie verlassen, *er hatte sie verlassen*, er war hier, er wollte mit mir leben! Egal, was meine Schwester sagt...«

»Was sagt sie denn?«

»Ach, nichts. Und es hat keine drei Monate gedauert, da hat er es bereut. Länger habe ich nicht gebraucht, ich... ich... *Monster*!«

Finster starrte ich vor mich hin. Warum war ich gestern nicht sofort nach Hause gegangen...

»Ich glaube nicht, dass du ihn vertrieben hast«, sagte 119 und nahm tröstend meine Hand.

»Meinste nicht?«

»Ich glaube, es hat nichts mit dir zu tun, gar nichts. Wie ich dich kenne, warst du sehr, sehr lieb.«

»Danke, Hase...«

»Als Mann würde ich sagen: Der musste einfach wieder zu Hause sein. Seine Frau kommt vielleicht morgen aus Afrika oder so zurück und er will noch ein bisschen klar Schiff machen zu Hause und Blümchen hinstellen zur Begrüßung...«

Ich wollte meine Hand wegziehen.

»Ich wette, die hat auf dem Campingplatz nur zu ihm gesagt: Im September bin ich wieder da, dann reden wir weiter.«

Es war Ende August.

»Ich wette, die ist weg gewesen und hat gar nicht mitgekriegt, wo er war…«

119 hielt meine Hand fest umklammert.

»Sieh mal, Lchen… Eine Frau, die ihm ein Leben ohne regelmäßige Erwerbstätigkeit ermöglicht. Und die so viel unterwegs ist, dass er mit der Geliebten sogar Weihnachten feiern kann, und zu Ostern Ostereierchen verstecken, in *ihrem* Häuschen… und *sie* erfährt das und schmeißt ihn nicht achtkantig raus! Lchen, glaub mir, du hättest Englein pupsen können, Englein! Er wäre trotzdem nicht geblieben, der Mann lebt bereits im Paradies!«

»Au, du tust mir weh!«

»Ich weiß, Lchen…« 119 ließ meine Hand los. »Tut mir leid.« Er legte den Arm um mich. »Aber sieh mal, wenn der diese Frau tatsächlich verlassen hätte, glaubst du, dann säße *ich* jetzt hier? Dann hätte ich mich doch längst rangeschmissen an die wohlhabende, tolerante, alleinstehende Dame. Lchen, Süße! Denk doch mal nach, hm?!« 119 rüttelte mich wie eine Parkuhr, die den Groschen verschluckt hat.

Ich starrte auf meine Hände, die eine war ganz rot, blöder Idiot…

»Dasselbe hat meine Schwester auch gesagt«, nuschelte ich dann getroffen. »Dass er sie nie verlassen hat.«

119 nickte. Dann rüttelte er wieder an mir.

»Na, Kopf hoch, alter Junge… wenigstens hast du es nicht vermasselt, kein Grund, dich auf den Präsidentenbalkon zu stürzen!«

Hab ich doch gar nicht!

»Oder unter eine Planierwalze…«

Hab ich doch gar nicht…

»Ich dachte erst, es ist wer weiß was passiert, als ich den dicken Mann über dir sah.«

Ach, das war doch nur… ich hab doch nur… nur…

Nachdem ich vorhin ein bisschen auf dem Boden neben der Toilette gesessen hatte, war mir plötzlich so unbehaglich geworden. Und da hatte ich beschlossen, dass ich keine Sekunde länger in dieser Wohnung bleiben wollte. In dieser blitzblanken Wohnung (bis auf Bekotzte Wolke), in dieser Wohnung ohne Dick. Ich war zu dem Hotel vom Abend davor gelaufen, hatte mich dort mit meinem Laptöppchen in meinen weichen cremefarbenen Stamm-Sessel gelümmelt und ein bisschen geschrieben. Und dabei hatte ich immer wieder zur Bar geschielt, ob der lustige dicke Mann vielleicht wiederkäme, um mich mit seiner Nüsschennummer aufzuheitern. Aber ich musste meine Nüsschen alleine knabbern.

Und auch die Martinis, die dazu gereicht wurden, musste ich alleine trinken und irgendwann langweilte ich mich ein bisschen und da war ich auf die Idee gekommen, mir das schöne neue Hotel mal genauer anzusehen. Danach war ich mit dem Fahrstuhl bis ganz nach oben gefahren und dann noch so eine kleine Treppe rauf bis auf die Art Dachterrasse. Und da stand der dicke Mann am Geländer und sah hinunter, und ich freute mich natürlich und bin gleich hin. Gestatten Sie, hatte ich gesagt, und mein Täschchen mit Handy und Laptop ordentlich abgelegt, dasselbe hatte ich auch gerade vor! Ladies first, wie der Framzose sagt! Zack, schon hatte ich einen Fuß auf dem Geländer. Es war nur Spaß. Und bitte springen Sie danach nicht auf mich drauf, hatte ich ihn gebeten, Sie machen mich sonst ganz platt mit Ihrem Po! Ich wusste doch, dass er Spaß versteht. Und dann hatte ich gekichert und übers Geländer gegöbelt, einmal, zweimal, dreimal… Verzeihem Sie, mit meim Magen stimmt heute was nicht, hatte ich mich zwischendurch entschuldigt. Das ist mir vorhin schon mal passiert, genau auf Kleine Wolke, umd amdere dürfen nicht mal Zahnpasta draufkleckern, ist das nicht verrückt? Verrückt, hatte der dicke Mann mir im Brustton der Überzeugung zugestimmt und dabei meine Haare im Nacken zusammengehalten. Und mit der anderen Hand hielt er mich in der Taille fest, damit ich beim Erbrechen nicht aus Versehen über die Reling ging, ahoiiiiiiiiiiii… Obwohl es gar nicht weit runtergegangen wäre, gerade mal bis zur Präsidentensuite, zwei Stockwerkchen tief. Der Präsident würde morgen früh, wenn er auf den Balkon trat, mit den Pantoffeln in Nüsschenbrei tappen, das Ferkel. Ja, so war das. Ich hab's vermasselt, hatte ich immer wieder gesagt, ich hab's vermasselt…

»Du hast es wirklich nicht vermasselt«, wiederholte 119 jetzt und stieß mit der Bierflasche an meinen Teepott. »Du warst nur von Anfang an auf verlorenem Posten, Lchen, Prost!«

»Ach, ihr spinnt ja!«, stieß ich trotzig aus. »Dick ist kein Schwein, er hat es ernst gemeint, er hatte sie verlassen!«

»Nein, Lchen, er ist kein Schwein.« 119 schlug diesen widerlichen therapeutischen Tonfall an. »Er ist ein Mensch, das ist ja das Problem. Wahrscheinlich hat er sogar selbst geglaubt, dass er es ernst meint. Ach, Lchen, hast du überhaupt eine Ahnung, wie angenehm das ist, wenn so ein süßer

Hase um dich kämpft?! Glaub mir, ich kenne das, geil ist das, *geil*!«

»Welcher *süße Hase* sollte um dich gekämpft haben, Hase?«

»Es ist schwer, das nicht auszukosten. Ich kann Dick verstehen.«

Fein, vielleicht geht ihr mal ein Bier zusammen trinken.

»Und du musst ja auch sehen, dass er eben erst geheiratet hatte, Lchen.«

»Nun bin ich aber doch ein bisschen gespannt, inwiefern ihn das entlastet?!«

»Das ist eine kritische Situation im Leben eines Mannes. Ich denke, es schien ihm plötzlich, als wäre alles zu Ende. Im Grunde passiert ja auch nicht viel in seinem kleinen, netten holländischen Leben. Er sitzt in dem Häuschen und poliert seine Möbel. Früher musste er wenigstens Angst haben, dass man ihn irgendwann vor die Tür setzt. Aber jetzt hat er die Besitzerin geheiratet, alles ist sicher und geregelt bis zum Grabstein. Ich denke, bei Dick war es die klassische posttraumatische Affäre. Eine Affäre im Schock, in den eine Trauung einen Mann versetzen kann…«

Ich sah 119 an. Nicht die Spur eines Grinsens.

»Hase?«

»Im Grunde war er gar nicht richtig zurechnungsfähig…«

»Hase?

»Ich kann das emotional sogar ein Stück weit nachvollziehen…«

»Hase, ja aber… Weißt du, ich bin so traurig, weil… Er war wirklich super im Bett.«

So. Schluss mit der männlichen Verbrüderung.

»Das war mehr als Sex, weißt du. Das war… das war…

Ich weiß nicht, wie ich es beschreiben soll, aber wenn *du* so etwas schon einmal erlebt hättest, Hase... ich glaube, dann hättest du auch nicht mehr *ohne das* leben wollen, verstehst du... Dann würdest du dich auch auf den Präsidentenbalkon stürzen!«

»Wegen so einem Schwein würde ich mich bestimmt nicht umbringen«, murmelte 119 jetzt und nahm einen großen Schluck.

Hatte ich ja auch nicht, verdammt noch mal.

Ich hatte lediglich kräftig vom Dach eines Hotels auf den Präsidentenbalkon gegöbelt. Und irgendwann hatte ich dann in zwei Nasenlöcher geblickt und der dicke Mann hatte mir mit einem Taschenlämpchen ins Auge geleuchtet. Und zu 119, von dem ich nicht genau wusste, wo er plötzlich herkam (er hatte zufällig angerufen und der dicke Mann war an mein Handy gegangen und hatte ihn gefragt, ob er ein Freund ist – aber das erfuhr ich erst später)... zu 119, in dessen bezaubernde kleine Nasenlöchlein ich auch hatte blicken können, hatte der nette dicke Mann gesagt: »Nichts Schlimmes, nur der Kreislauf, ich kenne das, bei mir fallen sie ständig in Ohnmacht... Und außerdem bin ich Arzt.«

»Arzt«, hatte ich mich eingemischt, »ich liiiiiebe Ärzte!« Der dicke Mann hatte mir die Wange getätschelt und gesagt, das fände er bezaubernd. Dann hatte er zu 119 gesagt: »Passen Sie ein bisschen auf sie auf, sie machte einen etwas traurigen Eindruck da oben auf der Terrasse.« Ich war lustig! Lustig! Ich bin immer lustig! »Sie muss viel trinken«, hatte der dicke Mann dann noch zu 119 gesagt. Und ich hatte mich aufgesetzt (diese Nasenlöcher, davon wurde einem ja übel) und protestiert: »Herr Doktor, das habe ich ja, das ist das Problem!« Und dann hatten wir alle nett gelacht, und irgendwann hatte 119 dann gesagt: »So, Lchen, oller Suffkopp, komm, ich bring dich jetzt nach Hause.«

Und das tat er dann auch. Wir gingen zu Fuß, die Abende waren schon ziemlich kalt, ich wurde erschreckend schnell wieder nüchtern. Und da saßen wir nun, nüchtern zu Hause.

Ich nahm 119s Hand.

»Danke, Hase.« Hase hatte mich nicht nur nach Hause gebracht, sondern mir inzwischen auch etwa zwanzig Liter Pfefferminztee gekocht (ich konnte doch nicht in die Küche, wegen… weil…). Jetzt schaltete er den Fernseher ein und wir sahen uns eine Schnulze mit Kevin Costner an. In der unvermeidlichen Liebesszene war es so weit.

»Ich steh da übrigens drüber«, sagte 119.

»Klar. Wo drüber?«

»Es stört mich nicht, wenn du sagst, dass der Sex mit dem Holländer besser war.«

»Das habe ich doch gar nicht gesagt.«

»Wohl!«

»Ach Hase, jeder Sex ist anders, guck, guck! Mein Reden! Kevin Costner hat keinen Hinterkopf!«

»Also doch nicht besser?«

»Ach Hase, man darf eben nicht vergessen, dass *du* mich nicht geliebt hast. Es ist ganz natürlich, dass dich das in deinem Engagement gehemmt hat… guck, guck doch! Null Hinterkopf!«

»Gehemmt?! Ich?!« 119 stellte den Fernseher aus. »Wovon redest du?!«

Ich lächelte ihn an. So ähnlich musste eine Mutter fühlen, dachte ich. Wenn ihr Engel aus der Schule kam und weinte: Mutti, die anderen sagen, es gibt keinen Weihnachtsmann.

»Sex ist ja nicht nur Vergnügen, Hase. Es ist Geben und Nehmen, ich bin sicher, du hast dein Potential bei mir lange nicht voll ausgeschöpft…«

»Was stimmte nicht mit meinem Potential?«

»Ich selbst war ja auch so hyperaktiv, ich hab dir keinen Raum gelassen zur Entfaltung…«

»Ich war völlig entfaltet!«

»Ja, aber… wenn nur einer liebt, und der andere nicht, weißt du, Hase, dann… dann hat wohl *zwangsläufig* immer nur der eine den Penis im Mund.«

Hatte ich das einfühlsam gesagt oder hatte ich das einfühlsam gesagt? 119 schlug betroffen die Augen nieder.

»Naja, ich selbst komm ja nicht dran, ich hab's versucht…« Jetzt grinste er breit.

»Versuch es weiter, mein Freund.« So ein Doofmann.

»Sollen wir ins Bett?«

»SPINNST DU? Ich liebe dich nicht mehr, kein bisschen!« So ein *Riesen*doofmann! »Und was ich dir eben schonend versucht habe zu sagen: Außer aus Liebe gibt es nicht *so* schrecklich viel Grund mit dir zu schlafen, Hase. Aus Liebe oder aus Eile!« Lchen in Vernichtungslaune. »Du hast deinen Penis doch immer nur freundlich zur Verfügung gestellt…« Wollen wir doch mal sehen, wer sich hier auf den Präsidentenbalkon stürzt! »Und das nicht mal besonders ausdauernd…« Blut! Blut! »Und ich, *ich* hab mich immer total angestrengt, alles, alles habe ich gemacht, ich war jedes Mal schweißüberströmt!«

»Rrrrrrrrr!«

»Verdammt, Hase, du Arsch!« Ist das zu fassen! »Dick hat mich gerade verlassen!«

»Eben!«

»Du bist nur hier, damit ich mich nicht umbringe, und du willst vögeln!«

»Es würde dich auf andere Gedanken bringen!«

»Geh weg.« Ich brach in Tränen aus vor Wut.

»Hey, es war *Spaß*, Maus, Spässchen…« Käse! »Und du bringst dich nicht um, hörst du. Denk mal, wie schrecklich das für *mich* wäre. Meinetwegen hast du dich in drei Jahren nicht umgebracht, nicht *einmal!* Aber jetzt wegen diesem Tulpenkopp, nur weil er besser im Bett war, dieses Flittchen! Demütigend wäre das für mich, stimmt's, Curd?!« Curd nickte (mit 119s Unterstützung), bis ihm das Mützchen fast am Kinn hing. Als ich lachen musste, zwinkerte 119 zufrieden, stellte den Fernseher wieder an, schlurfte auf Socken zum Schreibtisch und blätterte in der Fernsehzeitschrift. »Kein bisschen? Kein klitzekleines winziges bisschen?«, fragte er über die Zeitung gebeugt.

Wie dünn er war, noch dünner als früher, dachte ich.

»Nein, Hase«, sagte ich. »Ich liebe dich nicht mehr.« Ich musste schlucken. Ich glaube nicht, im Moment. »Aber der dicke Mann hat gesagt, ich soll viel trinken, wenn du mir noch einen Tee machst, empfinde ich für dich eventuell wieder so etwas wie Sympathie.« 119 lachte kurz sehr laut auf und verschwand in die Küche. Ich atmete erst mal sehr tief durch. Poooeeehhh…

Wenig später kam er mit einem neuen Tee zurück und hatte Dicks Abschiedsbrief in der Hand.

»So, Maus, und nun gucken wir zusammen, was er geschrieben hat.«

»Oh, nein.« Bisher hatte ich mich nicht auf zwei Meter Abstand in die Nähe des Kuverts getraut.

»Famous last words des Holländers: Ich mach den Abflug!« 119 kicherte.

»Bitte nicht.« Ich wusste doch auch so, wie gemein ich mich benommen hatte, wie widerli…

»Doch, Lchen, wir lesen das jetzt, und dann gehen wir schlafen, einfach nur schlafen, oder ich verschwinde und lasse dich allein mit Curd, wie du willst, okay?«

Ich nickte nur und starrte auf das Kuvert. Dick hatte etwas draufgeschrieben, mit seiner gemalten Kinderschrift, »Lchen«, ja, das war ich. Ich sah 119s Händen zu, die einen zerknitterten Zettel aus dem Umschlag zogen. Er klappte ihn auf und las:

»Hiermit verspreche ich, dass ich nie wieder was sagen werde, wenn Dick den Duschvorhang nicht vorzieht. Hiermit verspreche ich, dass ich Kleine Wolke…«

Ich riss 119 das Blatt aus der Hand. Mein Besserungszettel! Das war mein Besserungszettel! Dick hatte meinen Besserungszettel gefunden, den ich in der ersten Nacht nach unserem Urlaub geschrieben hatte… er hatte noch im Bademantel gesteckt! Vorm Waschen hatte Dick die Taschen nach Tempos kontrolliert und ihn gefunden… Ich drehte das Blatt um und fand eine Nachricht:

»Schatz, ich weiß, ik ben ein sehr grosses Schwein manchmal! Sorry! Ich komme so snell zurück, wie es geht. Ik hou van jou, Dick.«

»Was heißt *Ik hou van jou*?«, fragte 119. Ich starrte ihn an.

»Ich liebe dich«, antwortete ich dann.

»Na, ich wusste es doch«, grinste er und machte sich seine Schnürsenkel zu.

An jenem Couch-Abemd würde ich später, im weniger behaglichem Stumden, noch oft zurückdenken.

Ich fühlte mich damals wie eim Sohm des Glücks: Meim Freumd 119 war emdlich wieder da…

Meim Freumd Dick war ***doch*** *nicht weg – ich war umgebem vom Liebe umd Freumdschaft!*

Ich hatte ja keine Ahmung…

Kater Carlino

»Schatz, hast du Carlino schon gefüttert?!«

Carlino war unser Kater. Manchmal nannten wir ihn auch Carlo, weil eine Verkleinerungsform für ihn eigentlich nicht passend war. Er war schrecklich verfressen. Er bettelte alles, was sich bewegte oder nicht bewegte, nach Nahrung an. Und meist hatte er Erfolg damit, sein Miauen war steinerweichend. Monica kaufte deshalb nur noch Diätfutter, Carlino legte trotzdem immer mehr zu.

Vielleicht, weil er nie draußen war. In Manhattan gab es keine Freiläufer, nur Wohnungskatzen. Obwohl er ein eigenes Zimmer voller Spielzeug besaß, lag Carlino am liebsten nur da und sah aus dem Fenster. Ich war sicher, dass er sich nach etwas sehnte, auch wenn er nicht wusste, wonach.

Er kannte ja keine Gärten mit Apfelbäumen und Vögelchen darin, nicht aus eigener, persönlicher Erfahrung. Aber in seinen Genen war das Wissen um Apfelbäume und Vögelchen sicher gespeichert. Und wenn er am Fenster saß, hier oben im 18. Stock unseres Apartments, war da bestimmt eine Ahnung. Dann spürte er, dass ihm irgendwas fehlte, irgendwas, deshalb fraß er auch so viel. Obwohl Dick mich jedesmal aufzog, wenn ich so was sagte. Lchen, lachte er dann, das ist überaus poetisch, aber ich denke, Carlino frisst einfach, weil es ihm schmeckt.

»Ich hab ihn schon zweimal gefüttert«, rief er jetzt quietschvergnügt aus dem Bad.

»Carlino, hast du gehört?!«, sagte ich zu Carlino, »du hast schon zweimal gefressen! Wenn dein Fresszentrum es dir nicht meldet, dann melde ich es: Carlo, mein Dicker, du bist satt! You are sad! Pardon, *full!*«

Carlino strich mir um die Beine. Während ich die Milch für den Kaffee schaumig schlug, spürte ich sein Fell an meiner nackten Haut zwischen Pyjamahosenende und Puschenbeginn.

»Das erste Mal hat er heute Morgen um fünf was gekriegt.« Dick lugte mit nassen Haaren aus der Badezimmertür. »Da hat er sich auf meinen Kopf gelegt und keine Ruhe gegeben!«

»Weil er weiß, dass er was von dir bekommt, Schatz! Bei mir macht er das nicht.«

»Doch, davor hat er auf deinem Kopf gelegen. Aber du bist davon nicht aufgewauuuuuuuuuuuuuuuhhh… … …« Dick hatte den Fön angestellt. Ah.

Normalerweise fönte Dick sich nie, aber dieser Fön gefiel ihm so gut. Er gehörte Carlino und machte Wind wie eine Flugzeugturbine. Nach dem Baden trocknete ich damit immer Carlinos Fell. Carlino war die einzige mir bekannte Katze, die gebadet werden musste (und konnte). Wahrscheinlich weil Carlino *so* faul war, dass er sich nicht mal gerne putzte, wofür die Katze an sich ja eigentlich berühmt ist. Carlino hielt gar nichts davon. Noch nie hatte ich ihn sein Fell lecken sehen. Na, wer hat schon gerne Haare im Mund – was, Carlinochen? – ist ja auch zu verstehen…

Gebadet werden liebte Carlino. Er hatte drei verschiedene Shampoos, zwei für den Körper und eins nur für sein Gesicht. Sein eines Bodyshampoo war sehr kräftig und nur für die Partien, an denen Carlino schnell fettiges Fell bekam: hinter den Ohren, auf der Innenseite der behaarten Schenkelchen und speziell auf der Schwanzwurzel (Carlino neigte zum sogenannten »Fettschwanz«, das wollte ja keiner haben). Sein anderes Bodyshampoo war milder. Und das fürs Gesicht war ganz mild, mit speziellen Pflegestoffen, die Carlinos zarte Nasenhaut weich und geschmeidig hielten, und vor allem brannte es nicht in den Augen. Dick hatte es einmal ausprobiert und bestätigt. Kein Brennen, und seine Nase war danach tatsächlich geschmeidig, keine abstehenden Hautschüppchen wie sonst immer. »Ich dachte, dass das Shampoo dir gehört!«, hatte Dick gelacht. (Käse, mein Schatz war einfach neugierig, wie immer!) So ein sündhaft teures Shampoo würde *ich* nie kaufen, schließlich hatte ich im Moment kein Einkommen, schließlich lebte ich von einem Vorschuss, schließlich war ich jetzt angehende Autorin – JAAA!!!

Ja, es hatte tatsächlich geklappt, es hatte geklappt. Ich hatte einen Buchvertrag und schrieb mein erstes Buch. Nein, nicht über Katzenpflege (später vielleicht), auch keinen erotischen, deutsch-jüdischen Ökothriller am Hof von König Arthur. Keinem meiner Zehn-Seiten-Knaller verdankte ich dieses Glück. Curd hatte das hingekriegt. Curds Geschichten würden als Roman erscheinen, Curds Blog wurde ein Buch. Doch, doch, doch!

Curds Blog, das ja auch meines war. Obwohl ich das nie gern zugegeben hatte. Zumindest früher nicht, weil Dick es gar nicht gern gesehen hatte, dass ich dieses Internettagebuch führte. (Ein Internettagebuch? Du schreibst doch da nichts über uns, Lchen?) Deshalb hatte ich meinen Co-Autor Curd Rock als Verfasser tendenziell mehr in den Mittelpunkt gestellt. (Nein Schatz, es ist Curds Blog, ich bin bloß seine Sekretärin!) Und jetzt würde daraus ein Roman! Aber nur aus den Anfängen. Damals kannte ich Dick noch gar nicht. Richtig. Aber inzwischen war Dick ohnehin nicht mehr böse, im Gegenteil, jetzt *platzte* er vor Stolz. Er freute sich so für mich. Und jedem, aber wirklich jedem erzählte er davon… (Coffee, Sir? – Thanks, not for me but maybe for the beautiful lady who found a publisher?!) Jedem.

Carlino miaute. Aber nicht sein Futter-Miauen, diesmal versuchte er mit meinen Fellpuschen zu kommunizieren. Vielleicht überkam ihn die Sehnsucht nach seinesgleichen, eine Ahnung zumindest, dass es andere bezaubernde Wesen gab, die wie er am ganzen Körper Haare hatten. Ach Carlino, so zwei kleine flotte Kätzchen, das wär was, hm? Auch wenn du kastriert bist…

»Komm, Carlino, fang die Kätzchen!«, ich trippelte in meinen Puschen davon und miaute, in der Hoffnung, Carlino würde ihnen nachlaufen. Aber er guckte nur (lauuuuufen?) und kratzte mit seinen gekappten kleinen Krallen verzweifelt am Schrank mit dem Futter.

»Gib ihm doch endlich was!« Dick kam aus dem Bad, frisch sturmgeföhnt, mit einem Handtuch um den Bauch (den blauen Bademantel nahmen wir nicht mit, wenn wir flogen). »Wenn Carlino fett wird, geht Frauchen eben mit ihm zum Fettabsaugen.« Er lachte, packte Carlino und gab ihm einen Snack. Als wenn es so einfach wäre.

»Schatz, du bist aber auch dicker geworden«, sagte ich und lachte ebenfalls. »Meinst du, Frauchen geht mit *dir* auch Fett absaugen?!« Mist. Ich biss mir auf die Lippe. Manchmal passierte mir das. Manchmal rutschte mir einfach eine Gehässigkeit raus. Obwohl es ansonsten gut lief zwischen uns. Sehr gut. Dick und Lchen in New York. Dick und Lchen, die sich über die Fress-Erziehung von Kater Carlino in die Wolle kriegten – wer hätte das gedacht, oder?! Wer hätte das gedacht! Und damals hatte ich wirklich geglaubt, mir bliebe nur der dicke blaue Bademantel.

Aber Dick war fünf Tage später wieder zurück nach Hamburg gekommen. Er kam mit dem Fahrrad angeradelt, lachend, links und rechts am Lenker Tüten voller Geschenke. Wie früher, wie ganz am Anfang. Und diesmal hatte ich nicht oben am Fenster gewartet, sondern war – kaum, dass es Piep Piep! gemacht hatte – die Treppen hinuntergestürmt und ihm entgegengelaufen. *Just 2 minutjes, Darling…* Ich halbierte auf eine Minute und 2 Sekunden.

Wir waren uns in die Arme gefallen, mitten auf der Straße, als käme er von einem Fronteinsatz und ich aus dreijähriger Geiselhaft. Und es störte mich nicht im Geringsten, dass einer der lässigen Jungs, die aus der Cafébar zu uns rübersahen, der Zwillingsbruder des Kreativ-Direktors sein musste, bei dem ich mich an diesem Morgen – um Dick entgegenlaufen zu können – wegen plötzlicher, schwerer Krankheit hatte entschuldigen lassen (Ja, guck! Ich falle auf offener Straße über einen kleinen blonden Radfahrer her, krank oder krank?).

Wir waren so unendlich erleichtert, beide. Nicht nur ich, Dick genauso. Auch er hatte es für möglich gehalten, dass wir uns nicht wiedersehen würden, auch er. Deshalb hatte er alle Sachen mitgenommen, alle, bis auf sein Abschiedsgeschenk, den blauen Bademantel. Selbst wenn er auf dem Zettel etwas anderes geschrieben hatte, um sich noch ein paar Tage Luft zu verschaffen, hatte er den Gedanken gehabt, nicht zurückzukommen. Aber jetzt war er wieder da, er war da, und er war genau wie ich heilfroh darüber. Heilfroh.

Das letzte Stück zur Wohnung fuhren wir in Eierlinien. Ich saß auf dem Gepäckträger und Dick trat mit seinen schönen muskulösen Beinen, die in kurzen Hosen steckten (zum letzten Mal in jenem Jahr, denn kurz darauf brach genauso spät wie kühl der Herbst herein), in die Pedale.

»Lchen«, schnaufte er dabei glücklich, »man darf dich

keine fünf Tage alleine lassen, schon wirst du fett, oder hast du einen Elefanten in der Tasche?!«

»Ich hatte Sehnsucht, Schatz«, hatte ich gelacht und mich gefreut, wie beiläufig Schatz inzwischen Witzchen machte, »wenn ich Sehnsucht habe, dann fresse ich!« Wie unser Carlino, hätte ich sagen können, eigentlich. Aber von Carlino ahnte ich damals ja noch nichts, was Carlinochen? Ich streichelte den Kater, der sein Glück wieder bei mir versuchte, seit Dick mit dem Mann aus Brooklyn telefonierte, von dem er das Leder für die Sessel bekommen sollte. »Miauuuuuuu.« Ja, Carlino, so eine verwöhnte Fressmaschine wie du überstieg damals bei Weitem meine Vorstellungskraft.

Als Dick und ich mit dem Rad in meine Straße eingebogen waren, hatte ich meinen Arm um seinen Bauch gelegt, um mehr Halt zu haben wegen des Kopfsteinpflasters. Obwohl die Frauen, die in *Amsterdam* auf Gepäckträgern mitfuhren, sich nie festhielten. Sie saßen mit geradem Rücken und verschränkten Beinen und telefonierten oder kontrollierten während der Fahrt in kleinen Handspiegeln mit stolzem Blick ihr Make-up. Ach Amsterdam... Ein bisschen Wehmut hatte mich gepackt. Dann hatte ich plötzlich einen Schreck bekommen, Schatz, warum bist du denn nicht mit dem Wagen vors Haus gefahren, hatte ich gefragt, wir müssen doch dein ganzes Gepäck auspacken. Von dem Kopfsteinpflaster zitterte meine Stimme wie die von Alfred Zerban* auf der Marterstrecke. Das machen wir später, hatte

* Alfred Zerban: König des Radio-Autotests. Der große, unvergessene Reporter aus »Freie Fahrt ins Wochenende«. Der Held der Marterstrecke. Der Erfinder des Slogans: »Fahren Sie bitte vorsichtig... (Pause) immer!« (Anm. d. Red.)

Dick gelacht, heute Nacht, wenn hier keine Politessen rumlaufen, fahre ich vor und wir laden alles aus.

Oben hatten wir dann erst mal Dicks Geschenke aufgemacht. Feine Mützchen für Curd aus seinem bevorzugten Amsterdamer Mützengeschäft, den guten Pickwick Zoethout-Thee (Süßholzwurzel-Tee) für mich, feine Tabakwaren für uns alle drei… Wie ein Paket aus dem Westen, kicherte ich und fiel Dick um den Hals.

»Schatz«, flüsterte ich dann, »ich bin sooo froh, dass du wieder hier bist. Wir werden es schaffen, hm, wir können auch hier in Hamburg glücklich werden.«

»Na sicher«, flüsterte Dick, »*wir* können überall glücklich werden.«

»Hättest du was dagegen, wenn ich mir einen Geliebten in Amsterdam zulege, weißt du, Amsterdam fehlt mir ein bisschen!?« Vor Rührung musste ich gleich wieder ein Späßchen hinterherschieben.

»Nein, Schatz«, sagte Dick leise, »ich komme dann mit und gehe solange zu Albert Hijn für uns einkaufen. Oder mit Curd ein bisschen Eislaufen. Oder ich fahre mit ihm auf dem Rad die Kanäle entlang…« Ich hörte, wie er schluckte.

»Hach«, hatte ich dann noch geflüstert. »Hach«, hatte auch Dick geflüstert.

Jetzt drückte ich ihm seinen morgendlichen Becher Kaffee in die Hand. Schatz liebte es, morgens nach dem Duschen mit einem heißen Kaffee in der einen und dem Handy in der anderen Hand vor dem großen Fenster auf und ab zu schreiten wie Napoleon vor der Schlacht. Und Sätze wie *Hi Bob, this is Dick your favourite Dutchman* zu sagen. Ich zwinkerte ihm zu. Nur ein Handtuch um den Bauch, aber Upper East Side. In Spucknähe zum Metropolitan Museum und zum Central Park. Mein favourite Dutchman, wer hätte das gedacht…

Wir waren noch am selben Tag ans Meer gefahren, damals. In meinem Autochen funktionierte der CD-Spieler wieder und wir hatten Farin Urlaub gehört, *Am Ende der Sonne*. Ich hatte sogar mitgesungen. Ich dachte doch, dass wir alles besser machen könnten, wenn wir diesmal nur offen reden würden. Später waren wir am Strand entlangspaziert. Dick hatte meine Hand ganz fest gehalten, und eine Weile waren wir nur so gegangen. Ich war glücklich, mein Schatz war wieder da, wir würden es schon hinkriegen, na klaromat. Als er anfing zu reden, dachte ich erst, er macht einen Scherz…

»Schatz«, sagte er, »ich habe viel nachgedacht… und ich glaube… ich glaube, ich bin nicht der Mann, den du brauchst.«

»Doch«, protestierte ich sofort. »Doch, doch, doch!« Bei jedem »doch« gab ich ihm lachend einen Kuss auf den Mund. Es musste ein Scherz sein. Nicht weiterreden, bitte, um Himmels willen nicht weiterreden…

Dick redete weiter. »Ich bin der Mann, den du liebst, ja, das weiß ich, Schatz, das weiß ich doch. Aber bin ich wirklich gut für dich?«

»Ja, natürlich, natürlich…«

»Lchen, bitte hör mir zu, hör mir *bitte* erst mal zu…«

Er meinte es ernst.

»Lchen, ich liebe dich… ich liebe dich, wie ich noch nie jemanden geliebt habe, aber… Ich glaube, du wünschst dir einen anderen Mann… einen, der morgens das Haus verlässt und arbeiten geht… und der am Ende des Monats Geld nach Hause bringt… einen Mann, der ist, wie man es von Männern erwartet, einen Mann, der seine Familie ernährt. Aber Schatz, sieh mich an, sieh mich bitte an…« Er blieb stehen, stellte sich vor mich hin und hob mein Gesicht, das ich auf die emsigen Ausscheidungen eines Wattwurms auf dem Boden gerichtet hielt. »Schatz, so ein Mann bin ich nicht!« Guck, Schatz, wie Spaghetti-Eis sieht die Wattwurmkacke aus. »Ich wäre es so gern. Für dich, Lchen, für dich wäre ich so gern ein solcher Mann geworden…« Wie Spaghetti-Eis. »Aber ich kann es nicht, ich schaffe das nicht, ich bin zu alt, ich ändere mich nicht mehr…« Doch, doch, doch. Bitte…

Ich schnappte nach Luft, um eine umfassende Gegendarstellung zu formulieren, aber ich brachte nichts heraus. Und Dick redete einfach weiter.

»Ich kann so vieles nicht, was eigentlich jeder kann, Lchen. Es fällt mir schwer, das Haus zu verlassen zum Arbeiten. Es fällt mir schwer, jeden Tag um eine bestimmte Zeit irgendwo sein zu müssen. Es fällt mir schwer, täglich mit anderen Menschen zusammenzuarbeiten. Ich weiß, das ist das Normalste der Welt, eigentlich, aber mir, *mir* fällt es unendlich schwer!« Er schüttelte mich leicht, weil ich mich schon wieder den Kackehäufchen zuwendete. »Lchen, sieh mich an, bitte, sieh hin, das willst du doch nicht!«

Oh nein… bitte nicht… bitte nicht… »Dick, können wir uns da bitte kurz in den Strandkorb setzen.« Mir wurde schon wieder schlecht.

Wir hatten uns in einen der Strandkörbe gesetzt, die um diese Jahreszeit nicht mehr vermietet wurden und darauf warteten, dass man sie ins Winterquartier holte, und ich hatte stumm wie Blumenkohl aufs Meer geguckt. Aber hinter meiner Stirn war Katastrophenalarm, meine Gehirnzellen flitzten in tausend Richtungen auf der Suche nach der rettenden Lösung, den richtigen Worten… Denk nach, Lchen, denk nach und sag was, sag irgendwas, du Pfeife, schnell…

»Schatz«, stieß ich endlich aus, »SCHATZ! Das ist doch Schwachsinn!« Super. »Was sagst du denn da!? Du kannst so vieles! Du kannst tausend Sachen, die andere nicht können, du kannst kaputte Sachen wieder heile machen, du bist klug, gebildet, du siehst, was schön und harmonisch ist, natürlich bist du der richtige Mann für mich, ich will keinen anderen, wir werden eine Lösung finden, Schatz, wie müsste es denn sein, damit es dir gutgeht… was wünschst *du* dir denn, *du?«*

Ich tue alles, alles… sieh dir nur diese fleißigen Wattwürmchen an, sie fressen Dreck, reinigen ihn und kacken ihn wieder aus. Als Spaghetti-Eis.

»Ich würde sehr gerne mit dir leben«, sagte Dick, er war ganz ruhig. »Aber ich kann es nur auf meine Weise.« Er sah mich an. »Mein Wunsch wäre, dass wir ein kleines Haus kaufen, Lchen«. Oh. »Eins, das kaputt ist und nicht viel kostet und das ich über die Jahre gut und wertvoll machen würde.« Ich schluckte. »Und nebenbei restauriere ich Möbel und verdiene damit noch Geld dazu, wenn es klappt. Schatz, ich würde arbeiten, bis mir die Hände bluten…« Er schluckte. »Ach Lchen, aber das ist mein Wunsch, meiner, *du* wünschst dir doch etwas anderes.« Wir schluckten beide.

Ich brauchte eine Weile. Ein leichter Wind war aufgekommen und schlich um unseren Strandkorb, das Wetter sollte umschlagen, hatten sie ja schon gesagt.

»Aber… aber… wenn wir ein Haus kaufen…«, stotterte ich dann, »Schatz, selbst wenn es eine Ruine wäre, dann… dann… ich müsste noch sehr lange Werbung machen… ich müsste viel verdienen, um die Schulden abzubezahlen…

Wir hatten doch gesagt, dass ich das nur noch zwei, drei Jahre mache, bis du… bis du auch Geld verdienst, Schatz… Und danach wollte *ich* doch vielleicht zu Hause bleiben, wir wollten Babys und… ich wollte schreiben… Schatz, wenn wir ein Haus kaufen, dann dann dann… wir können doch nicht beide zu Hause bleiben, Schatz… ich meine… wie soll das dann gehen?«

Dick sah mich ernst an. »Lchen, das ist es, was ich sage. Es geht nicht. Du wirst mit mir nicht haben, was du dir wünschst.«

Ich fing an zu weinen. Mist.

»Dick, du machst gerade Schluss mit mir, stimmt das? Es ist keine Frage, du hast es längst entschieden! Warum bist du wiedergekommen, warum?«

»Nein«, sagte Dick leise, »Lchen, ich mache nicht Schluss. Aber wir müssen darüber reden… ehrlich… und wir müssen *gemeinsam* entscheiden, *klug* entscheiden…«

Klug entscheiden? Ich sah ihn verständnislos an und weinte erst mal noch ein bisschen. Ich liebe dich über alles, aber wir müssen *klug entscheiden*? Liebe ist nicht klug, du blöder Idiot, so was…

»Sieh mal, Schatz, man kann es natürlich auch so sehen…«, sprach Dick vorsichtig weiter, sobald ich mich ein wenig beruhigt hatte. »Ja, vielleicht würdest du weiter arbeiten gehen, wenn wir zusammen leben«, seine Stimme klang jetzt warm und voller Hoffnung. »Aber es muss doch nicht *die* Agentur sein, es gibt doch noch andere, Lchen, kleiner und weniger anstrengend für dich. Und wenn du abends wiederkämst, wäre ich da, Lchen. *Ich wäre da.*«

Er lächelte und wischte mit seinem Ärmel die Schnötte weg, die sich von meiner Nase abseilte und die vom Wind, der mittlerweile tüchtig um unseren Strandkorb pfiff, hin- und herschaukelte wie »Der große Sandino« vorm Todessturz.

»Das Feuer im Kamin würde brennen, wenn du von der Arbeit kommst, und die dicken Fellpantoffeln wären vorgewärmt... Schatz, du kämst in *unser* Haus, *nach Hause*! Und jeden Abend würdest du staunen, was ich tagsüber alles geschafft habe, vielleicht wäre unser Badezimmer endlich in Ordnung und...«

»WAAAAS? Es war kaputt?«, warf ich schniefend ein. Dick legte den Arm fester um mich, und wir drückten uns tief in die windgeschützteste Ecke des Strandkorbs...

»Und ich hätte dein Badewasser schon eingelassen, damit du noch ein bisschen entspannen kannst vorm Abendessen... und mit der Badeente plaudern... Und plötzlich würdest du schöne Musik hören, weil wir jetzt einen kleinen Lautsprecher im Bad haben, den hätte ich auch neu angebracht...«

»Aber bitte nicht deinen doofen Tom Jones, Schatz«, flüsterte ich.

»Und der Geruch von Gulasch mit Pilzrahmnudeln würde unter der Badezimmertür hindurchkriechen, das hätte ich gekocht für dich...«

»Und zum Nachtisch?«

»Und während du in der Wanne liegst, würdest du hören, wie ich unten im Wohnzimmer telefoniere...« Dick blies warme Luft in mein Haar... »Moment, ich frage kurz meine Frau, würdest du mich sagen hören. Und kurz darauf würde ich den Kopf durch die Tür stecken und flüstern: Da ist dieser reiche Mann, der vielleicht die große Henningsen-Lampe kaufen will, Schatz. Bist du morgen Abend da, um ein bisschen mit ihm zu flirten?«

»Und ich? Was würde ich sagen?«

»Du würdest lächeln und nicken.«

»Ich bin nett.«

»Und ich würde dir einen Kuss auf deine bezaubernden Brüste geben, die aus dem warmen Wasser gucken, erst einen auf die linke und dann auf die rechte…«

»Du bist auch nett.«

»Und dann würde ich schnell wieder runter ans Telefon laufen, um dem Mann zuzusagen… Lchen, was wäre so schlimm an so einem Leben?«

Ich schniefte. »Wir hätten nicht mal ein schnurloses Telefon?«

»Und jede Nacht würden wir herrlich zusammen einschlafen, Lchen…«, sagte Dick und strich mir die Strähne aus dem Gesicht, an der der Wind zerrte, der in der Zwischenzeit auch den letzten Winkel des Strandkorbes erobert hatte.

»Das ist ein Argument, Schatz«, flüsterte ich, »warum hast du das nicht gleich gesagt, ich dachte, wir hätten getrennte Schlafzimmer in der Bruchbude…«

Dick lächelte. Und gleichzeitig liefen ihm Tränen übers Gesicht.

»Glaub mir, Lchen… ich würde auf andere Weise für dich sorgen, nicht mit Geld, aber auf jede erdenkliche andere Weise. Ach Schatz, und du bist doch jahrelang jeden Morgen arbeiten gegangen…«

»Das stimmt, Schatz…«, flüsterte ich.

»Warum willst du jetzt unbedingt zu Hause bleiben, Lchen…? Du brauchst vielleicht nur Urlaub, du bist müde, das sehe ich, du siehst *so* müde aus, Schatz… Aber spätestens nach sechs Wochen würdest du es vielleicht vermissen, das Agenturleben, die Kollegen, das Hübschmachen morgens, das Feine-Kleider-Tragen, die Reisen, die Filmdrehs... Das hat dir doch auch jahrelang so viel Spaß gemacht... Lchen, bitte überleg es in Ruhe...«

»Lchen? Kommst du mit raus nach Brooklyn zum Ledermann oder willst du ein bisschen schreiben?«, fragte Dick, der inzwischen angezogen war, und riss mich aus meinen Erinnerungen. Guck, und heute waren wir in New York, wir beiden! Heute waren wir in Manhattan, in Spucknähe zum Central Park! Ich sah Dick an und lächelte glücklich, der neue Pulli stand ihm wirklich gut.

Wir hatten ihn vor zwei Tagen zusammen in unserem bevorzugten Secondhand-Laden in der vierzehnten Straße erstanden. Ich hatte eine Geschichte dazu erfunden, das tat ich immer, wenn wir Secondhand-Kleider kauften. Dieser Pulli, schlicht dunkelblau mit einem Rollkragen mit Reißverschluss, hatte ursprünglich Wim Wenders gehört. Jawohl. Der hatte ihn vor mehr als zehn Jahren – in Houston, beim Dreh der Peepshow-Szene mit Nastassja Kinski und Harry Dean Stanton in »Paris, Texas« – in der Kabine mit der Spiegelglasscheibe vergessen. Wodurch Wim Wenders' Pulli einem späteren Peepshow-Besucher in die Hände fiel. Einem verwitweten Hochschulprofessor, der ihn dann ein paar Jahre lang vor allem zum Gärtnern trug. Bevor er ihn auf einem Flug von Houston nach New York, wo er zufällig die Schulfreundin seiner verstorbenen Frau wiedertraf, die ihm damals eigentlich viel besser gefallen hatte von den beiden, vor Aufregung im Handgepäckfach vergaß. Und die Finderin, Paula, eine Putzkraft der Continental Airlines, hatte ihn danach jahrelang für ihren Mann aufbewahrt, den sie nach den Anschlägen nicht wieder einreisen lassen wollten.

Aber vor zwei Wochen, als ihr noch genau 3 Dollar für eine Show ihres großen Schwarms David Copperfield fehlten, hatte sie den Pulli dann zum Secondhand-Laden gebracht.

»Lchen? Was denn nun? Kommst du mit nach Brooklyn oder bleibst du hier bei den Jungs?« (Dick nannte Curd und Carlino immer unsere Jungs.)

Und vorher hatte Paula den Pulli noch etwas zu heiß gewaschen, weshalb Wim Wenders' Pulli jetzt meinem Schatz perfekt passte!

»Ich arbeite lieber ein bisschen, Schatz!«, sagte ich lächelnd und gab ihm einen Kuss auf die Nase, die wieder mal von Monicas teurer Gesichtscreme glänzte (er konnte es nicht lassen!). »Der Wim-Wenders-Pulli steht dir wunderbar.« Dick grinste. »Aber das nächste Mal möchte ich einen Brad-Pitt-Pulli, bitte!«, rief er noch und verschwand im Flur.

Wer brauchte Geld, wenn er Phantasie hatte – warum waren wir damals nur so ängstlich gewesen?!

Wir waren dann noch ein paar Minuten eng aneinandergeschmiegt im Strandkorb sitzen geblieben und hatten hinaus aufs Meer geschaut. Blinzelnd, durch halbgeschlossene Lider, weil der Wind nun kleine Sandwirbel in unseren Korb und manchmal auch in unsere Gesichter fegte. Unsere Nordsee…

»Dick«, hatte ich geflüstert. »Dick, auf dem Campingplatz damals… habt ihr da tatsächlich gesagt, dass ihr euch scheiden lasst… Hattest du sie wirklich verlassen?«

»Ja, das hatte ich«, hatte Dick zurückgeflüstert und mich noch ein bisschen enger an sich gezogen. »Das hatte ich, so war es, mein Schatz, so war es.«

Dick hatte kein Gepäck dabeigehabt. Er blieb nur noch die eine Nacht, die längste meines Lebens. Eine Nacht, in der ich alles versprach. Ein Haus, ja, ich würde ein Haus kaufen! Eins in Hamburg und später, wenn Olli und ich Agenturchefs waren und nach dem ersten Cannes-Löwen schwammen in Aufträgen, noch ein kleines an der Nordsee vielleicht. Mit Meerblick. Und Bananenpalmen.

Dick wusste, dass er mir nicht glauben durfte, so gerne, so schrecklich herzzerreißend gerne er auch wollte. Er fuhr am nächsten Tag im Morgengrauen. Ich stand nicht auf, um ihm am Fenster nachzuwinken, bis er unter der Unterführung verschwand. Ich blieb im Bett und zog die Decke über mich, um nicht die Tür zu hören, wenn er sie leise zuzog hinter sich… Dann seine Schritte im Treppenhaus, erst laut, dann immer leiser werdend… unten noch mal die Haustür, wenn sie schwer ins Schloss fiel… dann Stille. Ich blieb die nächsten Tage im Bett – guck, wirklich nicht geflunkert morgens! –, sterbenskrank war das arme Lchen. Ich dachte damals doch, ich würde ihn nie wiedersehen, nie, nie, nie im Leben.

»Bis später, Schatz!«, hörte ich Dick jetzt aus dem Flur rufen.

»Bis später, Schatz!«, rief ich zurück. »Kannst du Milch mitbringen, bitte, und Orangensaft?«

»Na, selbstverständlich, Schatz, Milch und Orangensaft, wird erledigt!«

Ich weiß noch, wie ich nach drei Tagen, in denen ich ausschließlich mit Schlafen und nach genauer Abwägung aller Umstände mit Nichtmehrlebenwollen beschäftigt gewesen war, meine Schwester anrief. »WAAAAS?«, hatte sie geschnaubt, und ich hatte mir vorgestellt, wie sie vor Empörung wieder mal Spritzgebäck verspuckte. »Ein Bastelzimmer reichte dem Herrn nicht mehr? Jetzt wollte er ein ganzes

Haus, in dem er für den Rest seines Lebens werkeln kann? Während *du* arbeiten gehst, Lchen, um es abzustottern?« Irgendwie hatte ich beim Gedanken an Spritzgebäck Appetit bekommen. »Und wenn du nach Hause kommst und es ist warmes Wasser da, sollst du ihm vor Dankbarkeit einen blasen, oder nein, besser sein Taschengeld erhöhen?!« Nach drei Tagen hievte ich mich endlich aus dem Bett. »Denn fürs Blasen hat er wahrscheinlich längst eine Geliebte, ist ja sonst ein bisschen langweilig, so den ganzen Tag allein zu Hause, und die Geliebte kostet natürlich, er schenkt doch so gerne – Lchen! Himmel Arsch und Zwirn, Lchen! Sei froh, sei *heilfroh*, dass du ihn los bist!« Mit dem Handy am Ohr schlurfte ich in die Küche. »Wer einmal betrügt, betrügt wieder, Lchen! In ein paar Jahren wärest du die Beschissene, die Zettelchen an der Klospülung findet!« Ich machte mir ein Schnittchen, damals.

Und jetzt waren wir in New York, wenn meine Schwester das wüsste. Aber sie musste ja nicht alles wissen… Ich ging an den Tisch und schaltete meinen Laptop an. Während er mit seinem vertrauten leisen Geratter hochfuhr, stellte ich den Kaffeebecher und meinen Bart-Simpson-Teller mit dem Käsebrot daneben. Lchen, fertig zum Bestsellerschreiben. Ich liebte diesen Moment. Mich morgens in einem stillen, warmen Haus an einen Tisch am Fenster hinter den Rechner zu setzen… mitten in New York auch noch in diesem Fall, im Zentrum der Welt… wie im Auge des Sturms Popeln fühlte sich das an, dachte ich kichernd und biss in mein Brot.

Carlino miaute. Ich stand noch mal auf und gab ihm einen Snack. Und noch einen. Und noch einen. Und noch einen. So, jetzt aber Ruhe, Fressmaschine. Zufrieden rollte Carlino sich neben Curd auf die Couch. Carlino liebte Curd. Er trug ihn manchmal in der Schnauze durch das Apartment, ganz vorsichtig hielt er ihn an seinem lila Halstuch wie ein Junges. Zu viele Östrogene hatte Carlino auch, vermutete ich. An diesem Kater war wirklich alles gestört. Na und? Er war unser Carlino…

Ehrlich, Carlimo, dieser Hemmimgway hat alles bei mir abgeschriebem…

Meim Redem, Carlimo-chem, eim Skamdal…

Die Farbe Grau

Die ersten Wochen nach der Trennung damals waren schlimm gewesen. Ein paarmal telefonierten Dick und ich noch, aber es war nicht schön, wir waren beide ganz verzweifelt vor Kummer. Zusammen waren wir nicht glücklich, aber getrennt noch viel weniger. Wir liebten uns, aber konnten nicht zusammen leben, so sah es aus. So einfach. So traurig. Ich war wieder allein und Dick war wieder zu Hause. In dem kleinen Häuschen am Kanal.

Seine Frau hatte es sich nach ihrem Besuch auf dem Campingplatz doch anders überlegt und die Scheidung nie eingereicht. Sondern gewartet. Still und klug gewartet. Und natürlich hatte sie Dick sofort wieder aufgenommen, sie machten einfach weiter, die beiden, Schwamm drüber, wie der Rheinländer sagt... Aber ich war nicht eifersüchtig deshalb. Er war ja dagewesen. Er war bei mir gewesen, ich hätte haben können, was sie hatte. Ich hatte keinen Grund, eifersüchtig zu sein. Wirklich nicht. *Ich* hatte es ja nicht gewollt.

Das Leben ging weiter, wie man so sagt. Ich lernte neue Männer kennen. Der dicke Mann vom Hoteldach hatte mir seine Telefonnummer in die Tasche gesteckt. Zusammen mit einer Handvoll Nüsschen, eine *sehr* lustige Idee. Frisch gewaschen kamen Nüsschen und die Telefonnummer aus der Waschmaschine. Anders als mein verlorener Schatz kontrollierte ich die Taschen nicht vorm Waschen. Den dicken Mann lernte ich daher *nicht* näher kennen (seine Telefonnummer war nicht mehr zu lesen gewesen nach dem Kochen). Dafür aber einen sehr netten, normalgewichtigen Mann, dem ich wenig später eine fast neue Waschmaschine abkaufte. Einen AEG Toplader ÖKO-LAVAMAT, den der nette Mann nicht mehr brauchte, weil er nach einem privaten und geschäftlichen Bankrott beschlossen hatte, eine Zeitlang durch die Welt zu reisen. Er verschob die Reise und wusch seine Wäsche bei mir, aber nur ein paar Wochen.

Und später meldete sich ein wunderbarer, lebenskluger Amerikaner, mit dem mein Öko-Lavamat ein paar Tage durch Tadschikistan gewandert war, bevor ihre Wege sich in Duschanbe, der Hauptstadt von Tadschikistan, wieder trennten. Der wunderbare, lebenskluge Amerikaner, der sogar entfernt mit Cher verwandt war und auch gern sang unter der Dusche, blieb dann auch ein bisschen länger als die vereinbarte eine Nacht. Er verbesserte mein Englisch und noch mehr mein Amerikanisch: aufstehen, Staub abklopfen, weitergehen. Und noch später lernte ich dann einen liebenswerten Arbeitskollegen etwas näher kennen. Von ihm lernte ich, was er selbst am wenigsten konnte: stehenlassen. Einfach stehenlassen, keine verlorenen Schlachten schlagen. Zwar wäre ein Alkoholiker schön gewesen in meiner Riege der schwierigen Fälle, aber nein. Nein danke. Und danach war ich dann auch endlich drüber hinweg. So weit.

Dann hatte ich diesen Buchvertrag bekommen. Und von dem Tag an hatte ich keine Jobanfragen mehr angenommen. Und auch keine Anfragen wunderbarer, liebenswerter Männer, die ich – liebenswert hin, wunderbar her – gar nicht liebte. Ich hatte beschlossen, das beste Buch zu schreiben, das ich schreiben konnte. Olli, hatte ich zu Olli gesagt, Olli, ich muss das jetzt versuchen, ich *muss*. Na sicher, sagte Olli, auf jeden Fall, hau rein, Lchen! Mein Olli.

Nach zwölf Jahren trennten sich unsere Wege, ich verließ den besten, allerbesten beruflichen Partner der Welt. Ich war allein, ich war frei. Ich stürzte mich in die Arbeit wie ein Kind nach dem Gong in die großen Ferien, frei, frei, frei!

Das Geld, das ich für unseren Traum – Dicks und meinen – damals gespart hatte, bevor er zu groß wurde, beschloss ich nun für einen anderen Traum zu verbraten. Meinen. Wenn es schon nichts würde mit Dick, Lchen und blondgelocktem Hündchen, dann wollte ich mir diesen anderen Herzenswunsch erfüllen: Ich schenkte mir ein Jahr. Ein Jahr mindestens, in dem ich nichts anderes tun wollte, als ein Buch schreiben. Meine Laune stieg immens. Ich schäumte nicht vor Euphorie, nein, das nicht, das nicht. Viel besser: Mit einem Mal fühlte ich mich völlig, absolut… *ruhig*.

Ich hörte auf, ausgerechnet *den* Wunsch zum sehnlichsten zu erklären und ihm wie der letzten U-Bahn hinterherzuhecheln, der sich nicht erfüllte – dann eben kein Mann, keine Kinder, keine Kleinfamilie, das war doch nicht der einzige Weg, glücklich zu werden, dann eben nicht! Stattdessen schlüpfte ich in meine Puschen, meine geliebten Puschen, und drehte die Heizung zu Hause hoch. Ein Jahr Ferien! (Und Buchschreiben.) Ein Jahr lang keine Briefings, kein Weckerklingeln, keine Gurkenspots! Ein Jahr lang machen, was ich schon immer wollte. Ich war ein »fucking Glucks-pilz«, wie mein lebenskluger Amerikaner immer feststellte, wenn wir telefonierten (Glückspilz, wie konnte ich das vergessen, dabei hatte *ich* ihm dieses Wort beigebracht). Ein Glückspilz war ich, ganz genau. Und frei.

Als Dick irgendwann mal wieder anrief, nur so, freute er sich sehr für mich. Sehr.

»Siehste, Schatz«, sagte ich zu ihm, »war doch gut, dass Curd immer Blog schreiben wollte. Und *du* dachtest, das führt zu nichts!«

»Sorry, Schatz«, sagte Dick, »ich habe diesen Curd wirklich unterschätzt, was für ein verfluchtes Genie, bestell ihm bitte meine untertänigsten Glückwünsche, und ich hoffe, nein, ich *erwarte*, dass er den Pulitzer-Preis gewinnt!«

Wir lachten.

»Den *Pups*litzer-Preis kriegt er bestimmt!«, sagte ich.

»Das wird dufte!«, sagte Dick.

Wir lachten noch mehr.

»Schatz, du bist ja ein richtiger Witzbold geworden«, sagte ich, »von wem hast du das denn?«

»Och«, sagte Dick, »ich kannte da mal so ein Mädchen aus Deutschland, sie war völlig irre, aber sehr *seeehr* witzig!«

Ich hatte Tränen in den Augen vor Lachen.

»Und sehr lieb und hübsch und klug war sie…«

Tränen…

Ich sah rüber zu Curd und Carlino. Curd und Carlino auf dem Sofa in unserem New Yorker Apartment.

»Curd, du verfluchtes Genie, könntest du mir bitte mal ein bisschen helfen mit deinem wertvollen, pupslitzerverdächtigen geistigen Input?«

Seit Tagen hing ich an einer Stelle fest. Das Buch, an dem ich schrieb – bzw. im Moment nicht schrieb, weil ich ja festhing –, würde, wie gesagt, eine von Curds und meinen älteren Geschichten erzählen. Die Geschichte seiner und meiner »Freundschaft« mit 119. Und deren Ende, vor allem das Ende. Aber es sollte ein *lustiges* Buch werden, unbedingt lustig, das hatte ich mir fest vorgenommen.

»Traurige Geschichten traurig erzählen kann ja jeder, stimmt's, Curd?«

Es roch. Curd hatte gepupst. Oder Carlino, einer von beiden, puuuuuhhh! Wie war ich nur an diesen Kater geraten. Ja, wie…

Wir hatten dann noch ein bisschen weitertelefoniert, Dick und ich. Und weiter Tränen gelacht. Und drei Tage später fielen wir uns schon in die Arme. Nein, *diese* Geschichte war noch nicht zu Ende, *diese* nicht, noch lange nicht.

Wir trafen uns in Rotterdam. Dick hütete dort das Haus eines Freundes, eine Villa direkt neben dem Museumspark. Der Freund, ein Galerist und Kunstsammler, der zwischen seinen Schätzen lebte, war für zwei Wochen auf Bali. Und er verreiste nie, ohne dass jemand, dem er traute und der Kunst ebenfalls liebte, auf seine Schätze aufpasste. Außerdem hatte er eine Katze. Nein, Carlino, selbstverständlich nicht so schön wie du, nicht annähernd, Mieke, ein ganz dürres, mageres Hemd… schlimm.

Es erschien uns alles so einfach plötzlich. Wir konnten nicht miteinander leben, aber auch nicht ohne einander, also lebten wir eben nur *ein bisschen* zusammen, ab und zu, warum nicht, warum denn eigentlich nicht?

Wer hat denn bestimmt, dass es nur so oder so gehen darf? Das trichtern sie uns ein, in Büchern, Filmen, Märchen – von der Pike auf. So hat Glück zu gehen: Ein Mann und eine Frau, die sich im dritten Akt nach allerlei Scharmützeln küssen und dann zusammenleben, glücklich bis an ihr Lebensende – nein, die *Große ZDF-Sonntagsromanze* würde man aus Lchens und Dicks Geschichte ganz sicher nicht drehen, schade! Und bei den Herren Grimm hatte man das auch noch nicht gelesen: *Und der Prinz lebte bei seiner Ehefrau, die im Gegensatz zur Prinzessin nichts von ihm verlangte, was er nicht konnte. Und die Prinzessin schrieb in Ruhe und frei von Verpflichtungen ein Buch. Und von da an hatten der*

Prinz und die Prinzessin viele glückliche heimliche Treffen bis an ihr Lebensende – nein, so endet kein anständiges Märchen. Anständige Happy Ends gingen anders. Trotzdem waren wir glücklich. Herrje, es gibt doch nicht nur Schwarz und Weiß im Leben, nicht im wahren! Und Grau ist eine wunderbare Farbe, je nachdem, womit man sie kombiniert. Stimmt's, Curd, Grau ist doch toll?!

Curd nickte zustimmend. (Carlino hielt ihn im Nacken an seinem zu Grau sehr hübschen lilafarbenen Pfadfindertuch und spazierte mit ihm die Fensterfront entlang.) Danke Curd, mein Freund!

Nein, natürlich waren wir nicht *immer* glücklich, nicht *ständig*. Aber wer, welches sogenannte glückliche Paar ist das denn? Glück ist doch kein Zustand, sonst würde es uns nicht so angenehm auffallen! Glück sind einzelne Momente, und dazwischen ist es nicht ganz so super. Sicher vermissten Dick und ich uns manchmal, schrecklich. Aber umso glücklicher waren wir, wenn wir uns wiedersahen. Damals in Rotterdam konnten wir kaum sprechen vor Glück. Geschweige denn aufstehen und das Bett verlassen. Jeder Kunstdieb hätte ein- und ausspazieren können. Wahrscheinlich hätten wir ihm noch zugerufen, vergessen Sie den Picasso über dem Kühlschrank nicht, vor Übermut. Und auch hier in New York waren wir die ersten Tage wieder wie im Rausch gewesen, obwohl es nicht an jeder Ecke einen Coffeeshop gab, nicht solche wie in Holland, höm.

Also, es war jetzt jedenfalls so. Wir sahen uns vier- oder fünfmal im Jahr. Und verbrachten dann meistens zwei Wochen zusammen, manchmal auch etwas mehr. Wir lebten als Housesitter in den Häusern anderer Menschen, die auf Reisen waren. Wir fütterten ihre Katzen, gossen ihre Pflanzen, sprengten im Sommer ihre Gärten und ernteten ihre Stachelbeeren.

Neben dem Haus des Galeristen hatten wir noch ein weiteres in Rotterdam. Ganz in der Nähe des Hotel New York (wissen Sie, dem ehemaligen Hauptquartier der Holland-Amerika-Lijn?!), etwas oberhalb vom Wilhelminapier gelegen. Mit einem wunderschönen Blick auf die berühmte Erasmusbrücke und die Maas, wie sie gemütlich dem Ozean entgegenplätschert… Ein phantastisches Haus, es gehörte einer Freundin des Galeristen, einer reichen Architektenwitwe.

Und dann hatten wir noch ein Haus in Kopenhagen (es gehörte Freunden der Witwe), eins in Paris (es gehörte Freunden der Freunde) und hier das Apartment in New York (Carlino war über zehn Ecken mit der Madame Audrey verwandt, der Katze der Freunde der Freunde der Witwe). Wir waren gefragt als Housesitter, denn Dick machte auch Reparaturen und Restaurierungen aller Art. Er besserte das Parkett aus oder strich die Fensterrahmen, er reparierte Haushaltsgeräte, rahmte Bilder neu oder bezog – wie gerade für Carlinos Frauchen Monica – kostbare alte Sessel mit neuem Leder. Das alles, während die Herrschaften in Ferien waren, kein Schmutz, keine Belästigung. Wenn sie nach Hause kamen, war alles erledigt. Perfekt erledigt, auf Dick war Verlass, das hatte sich rumgesprochen mit der Zeit. Und Lpunkt kümmerte sich um Blümchen und Viecherchen, sofern vorhanden.

Am Anfang war das ein bisschen neu für mich gewesen. Lebendige Wesen, huihuihui. Dieses Fressen und Kacken ständig, gewöhnungsbedürftig. Und *eine* Katze war dabei (die erwähnte Madame Audrey aus Paris), die erbrach sich leidenschaftlich. So was kannte ich bisher noch gar nicht von Mitbewohnern, bis auf die paar Pupse hatten sich Curd und Fifi* immer tadellos geführt.

Doch seit ich jene Madame Audrey innerhalb weniger Tage dazu hatte bewegen können, nicht mehr die Blumentöpfe umzugraben (das tat sie noch leidenschaftlicher als Kotzen), hatte ich mir einen respektablen internationalen Ruf als Stubentiger-Psychologin erworben. Spezialität: moderate Wasserpistolenintervention. Ich ertappte die Tiger auf frischer Tat und überraschte sie dann aus dem Hinterhalt mit einem sanften therapeutischen Strahl (aber Vorsicht, nie auf Kopf und Öhrchen!). Außerdem kochte ich eine gute Stachelbeer-Rhabarber-Ingwer-Marmelade (ich kam schließlich auch aus einem Haus mit Garten). Die stellten wir dann auf dem Küchentisch bereit, wenn die Herrschaften aus dem Urlaub kamen. Zusammen mit einem Strauß frischer Blumen und einem netten Brief. Solche Kleinigkeiten machten was aus. Und das Haus war natürlich blitzeblank, zumindest am letzten Tag.

Die gemeinsamen Wochen waren herrlich. Siehste, es war doch wahr geworden, wenigstens ein bisschen: Während Dick durch die Etagen schwirrte und mit seinen tüchtigen kleinen Händen nützliche Sachen machte, saß Lchen in Pyjama und Puschen in der Ecke und schrieb Romane (die Tiger belauerte ich so nebenbei). Genau so hatte ich es mir damals in Amsterdam doch erträumt. Und ab und zu kam

---

* Fifi: Lpunkts kamerascheues Schlaftier – ob ursprünglich Hund oder Schäfchen, ist nicht mehr zu rekonstruieren –, das ihre ersten Atemzüge begleitet hat und hoffentlich ihre letzten begleiten wird, sofern die Pflegerin im Heim es nicht vorher wegwirft, weil die alte Lpunkt ganz normal an Lungenentzündung sterben soll und nicht an Fifi-Bazillen. (Anm. d. Red.)

mein Schatz vorbei, hinterließ einen Kuss oder ein paar Koekjes bzw. Cookies, wie man hier sagte (auch gut), und schwirrte dann wieder ab. Kein Kuhfladen, kein Luca Brasi, eine federleichte, liebe Fliege. Sogar eine internationale! Und jeder von uns konnte zu Hause arbeiten, wie wir *beide* es uns gewünscht hatten. Nur, dass es eben nicht unser eigenes Zuhause war. Naja…

Und abends gingen wir früh schlafen. In langen Nächten perfektionierten wir unsere Verschmelzungskunst. In der ersten Nacht hier in New York hatten wir siebenmal miteinander geschlafen, hoho. Also siebenmal richtig, mit Kommen und allem Drum und Dran. »Nicht schlecht für zwei alte Leute wie uns, hm?«, hatte Dick am nächsten Morgen, als wir zähneputzend nebeneinander vorm Spiegel standen, gesagt. »Nein, mein Schatz«, hatte ich geantwortet, »Dschingis Khan war ein Scheiß gegen dich«, und dabei war mir Schaum vom Mund auf die Badematte getropft, na und? Seitdem waren zwölf Nächte vergangen und es war natürlich etwas ruhiger geworden, mehr Löffelchenballett und Synchronatmen als Dschingis Khan, mir gefiel das ja fast noch besser…

Und das alles, so was Schönes, hatten wir mindestens zehn Wochen im Jahr. Das war eine Menge. Das war bestimmt mehr, als viele andere Frauen von ihren Husbands hatten (hier in New York nannte ich ihn manchmal so, ich sagte »Two coffees for me and my husband« oder »My husband pays…«, höm). Und ich meine, rechnen Sie mal mit, zehn Wochen, das machte siebzig Nächte… mal sieben… na, sagen wir fünf im Schnitt… mindestens drei… das war… … … *viel*! Und dazu die wunderbar entspannten Tage, die herrlichen Städte… Ein schönes, helles Grau machte das alles in allem. Und in Kombination mit meinem ersten Buch, für das mir ein orange-türkises Cover vorschwebte, und Curdchen natürlich vorne drauf… fein!

Trotzdem, das gebe ich zu, bekamen wir immer ein Mal in den zwei oder drei Wochen heftig Streit. Nur genau *ein* Mal, nie öfter. Aber diese Streits waren dann immer schrecklich. *Ich* war schrecklich, wie im Blutrausch. Irgendeine Eifersucht, zu der wirklich gar kein Grund bestand, kochte dann in mir auf, und ich metzelte Dick nieder. Ich nannte ihn einen Schmarotzer, nein, einen *widerlichen* Schmarotzer, der faul im Nest seiner Frau hockt, und dann auch noch eine andere vögelt! Einen Schwächling, der lügt, betrügt und hintergeht, anstatt für das zu arbeiten, was er sich wünscht. Ich hielt ihm vor, dass er abhängig war und nicht Manns genug, für sich selbst zu sorgen. Ich begrub ihn unter Vorwürfen und Beleidigungen wie der Vesuv Pompeji, gnadenlos, grausam, fürchterlich. Innerhalb von wenigen Minuten.

Danach war Stille, und ich begriff selbst nicht, was da gerade passiert war.

»Lpunkt, ich war da«, brüllte Dick mich dann an, tief verletzt. »Ich wollte es versuchen, *für dich,* warum hast du mir damals nicht geholfen?«

»Weil ich genug damit zu tun hatte, Geld für uns zu verdienen, Dick?!«

»Du hast mich alleingelassen und bist abends lieber ins Hotel gegangen als zu mir nach Hause.« (Mist, er hatte mich beobachtet, wie ich später erfahren hatte.) »Ich brauchte dich, Lpunkt, ich hatte alles hinter mir gelassen, mein ganzes Leben, aber du hast lieber Blog geschrieben!«

»Immerhin wird daraus ein Buch, Dick!«

»Ja, und dafür hast du *mich* aufgegeben, für ein *Buch*!«

»Und wofür hast du mich aufgegeben, Dick? Fürs Heimwerkeln!«

»Ein Buch mit einem *Stofftier* vorne drauf!«

»Es war mein Traum, Dick! *Du* warst bloß bequem!«

»Du hast das bekommen, was dir wichtiger war!«

»Du auch, Dick!«

Endstation. An dem Punkt fingen wir dann in der Regel beide an zu heulen. (Synchronheulen, neben Synchronatmen eine weitere Disziplin, in der wir uns übten.)

»Aber du fehlst mir, Schatz.«

»Du mir auch, Schatz.«

Hier wurden die Taschentücher gereicht.

»Es ging nicht anders.«

»Nein, es ging nicht anders.«

Synchron-Naseschnauben.

»Wir können nicht zusammen leben.«

»Nein, nur ein bisschen.«

In den Arm nehmen. Küsschen.

»Und das genießen wir.«

»Ja, Schatz, das genießen wir.«

Versöhnungsverkehr. So lief ein Vesuvausbruch gewöhnlich ab.

Diesmal hatten wir übrigens noch nicht gestritten. Aber vorhin war es nah dran gewesen, haben Sie gemerkt? Als ich Dick gefragt hatte, ob sein reiches Frauchen mit ihm auch Fett absaugen geht, wenn er so dick würde wie Carlino. Huihuihui, das war knapp. Wahrscheinlich würden wir auch diesmal nicht um unseren Krach drum herumkommen. Obwohl es nur noch ein Tag war. Morgen war der Vierundzwanzigste. Der vierundzwanzigste Dezember.

Morgen würde Dick mich mittags zum Flughafen bringen

und dann dort warten, bis zwei Stunden später seine Frau dort landete. Sie hatte es dieses Jahr einrichten können, Weihnachten frei zu machen und war begeistert gewesen von der Idee, in New York zu feiern. Hmpf. Und ich würde Weihnachten im Flugzeug feiern, was aber auch Vorteile hatte. Wenn man schon in der Weihnachtszeit fliegt, dann am besten direkt am Heiligabend.

Da sind die Flüge am günstigsten. Das zum einen. Und ganz sicher wird man nicht sentimental, denn außer einem Glas Extraschampus, was hier und dort dezent geordert wird, deutet nicht viel auf den besonderen Abend, in so einem Transatlantikflieger. Dass plötzlich Geschenke zwischen den Sitzreihen getauscht würden, wurde angeblich nie beobachtet. Oder dass die Businessclass das Gebäck mit der Economy teilt. Oder dass – wie ich es mal auf Heiligabend in einem Zug erleben musste – jemand die Gitarre rausholt und *Schneeflöckchen, Weißröckchen* anstimmt. Das war auf einem Transatlantikflug nicht zu erwarten. Schon, weil es über den Wolken keine Schneeflocken gibt. Und weil »das kalte Neonlicht in Kombination mit dem Geräusch von Triebwerken in zehntausend Metern Höhe den Heiligen Abend auf geradezu magische Weise rückstandslos sterilisiert«. So hatte es jemand im Internet ausgedrückt. Weil ich ein bisschen Bammel hatte vor diesem Flug, hatte ich mich nämlich schon informiert.

Es klingelte. Dick hatte sein Handy vergessen. Auf dem kleinen Beistelltisch neben dem Sofa. Ob *sie* das war? Um zu sagen, dass… dass… egal. Lchen, egal. Nicht weiterdenken. Nicht weiterdenken! Ich sah aus dem Fenster, es schneite. Es schneite dicke Flocken! Auch das noch, sie bekamen weiße Weihnachten. Petrus war mit den Eheleuten… Spießer.

Ich versuchte, mich endlich auf das Buch zu konzentrieren. Manmanman, gleich wäre Dick wieder da und ich hätte keinen Satz geschrieben. Carlinos Pups hatte mich auch nicht inspiriert. (Und warum hörte dieses Scheißklingeln nicht auf?) Jedenfalls, besser allein im Transatlantikflieger als Heiligabend bei Papa und Mama, in meinem Alter. (Endlich, es verstummte.) Im Flieger würde ich mich wenigstens ein bisschen mondän fühlen. Niemand würde zur Begrüßung sagen: »Kind, du hättest ruhig jemanden mitbringen können.« Oder beim Essen fragen: »Lchen, hast du eigentlich noch mal was von diesem holländischen Sauhund gehört – noch Gans?« Was mir alles erspart bliebe. (Herrgott, jetzt klingelte es schon wieder!) Nein, es war wirklich gar nicht schlecht, so ein Weihnachten über den Wolken. (*Was* war so wichtig? *Was* konnte sie nicht morgen beim Ablutschen der Truthahnknochen mit ihm besprechen, *WAS*?) Vielleicht würden Dick und ich es diesmal sogar ohne Streit schaffen. (Das Klingeln verstummte wieder.) Ein Tag, *ein Tag*, das sollte hinzukriegen sein. Lchen, das schaffst du…

»Schatz, ich bin wieder da!« Dick klang ganz aus dem Häuschen. »Es schneit, Schatz! Komm, zieh dich an, wir laufen in den Park, es schneit!«

Mit aufgeregten roten Bäckchen und verdreckten nassen Stiefelchen stand er auf dem cremefarbenen Teppich und strahlte.

»Es schneit?« Scheinbar überrascht blickte ich aus dem Fenster und strahlte ebenfalls. »Tatsächlich! Dicke weiße Flocken! Boah, was für Dinger!«

Was interessierte mich der Teppich, diesmal konnte seine Frau die Endreinigung machen.

»Los komm, Lchen! Eine Runde durch den Park!«

Hoffentlich machte sie das ordentlich, ich hatte einen Ruf zu verlieren, einen internationalen.

»Ich will erst noch ein bisschen schreiben, Schatz, lass uns später gehen, ja?«

»Aber es schneit, es schneit *jetzt*! Und es ist doch unser letzter Tag!«

Tatsächlich? Ich könnte verlängern, wenn du möchtest…

»Na komm, Lchen!«

Sag deiner Frau einfach ab, sie wird sowieso gleich anrufen…

»Na gut, Schatz, warte, ich hole mir schnell meine Madonna-Jacke…«

Ein Tag, das sollte wohl zu schaffen sein.

Eigemtlich hätte ich froh seim müssem, ich war auf eim Weihmachtmänner-Nest gestoßem.

*Überall standen sie umd wartetem nur darauf, emtzückemden kleinem Geschöpfem wie mir emdlich Geschemkchen zu brimgen…
(Ich wümsche mir eim Teewagem, eim Taucheramzug und eim Robbe, Jumgs! Immer noch!)*

Aber irgemdetwas sagte mir, dass diese Weihmachtsmänner nur im Verkehrsgebiet New York zuständig waren…

Und im New York würde ***ich*** *am Weihnachtsabemd nicht mehr seim. (Hier: Curd am 22. Dezember bei Abschiedsfotochem)…*

Terminal

Wir überstanden den letzten Tag tatsächlich ohne Streit. Guck, es wurde doch immer besser zwischen uns, immer besser. Und die Nacht war noch mal wunderschön gewesen. Carlino – als wüsste er, dass es unsere letzte ist – miaute kein einziges Mal und störte uns nicht. (Irgendjemand hatte die Schranktür zu seinen Fressvorräten einen Spalt offengelassen, stellten wir später fest.) Als wir aufwachten, lag New York unter einer weißen Decke. Carlino lag im Fresskoma. Und es lag nicht daran, dass die Uhr in der Küche stehengeblieben war. Es war tatsächlich Mittag. Oh Gott!

Ich packte so schnell es ging meine Sachen, kraulte Carlino ein letztes Mal an seiner bevorzugten Stelle hinterm Öhrchen – Goodbye Fressmaschinchen –, und wir hetzten zur U-Bahn, »zum Airtrain«. Unterwegs fiel mir ein, dass ich mein Laptop-Modem vergessen hatte… und meinen Jack-Lemmon-Schal… oh nein, und meine Puschen! Meine schönen Puschen! Aber es war zu spät, um noch mal umzukehren, Carlinochen, those are for you.

Als wir – schon eine halbe Stunde überfällig – keuchend in die Check-in-Halle stürmten, informierte man uns nachsichtig, dass das »no problem« sei, da der Flug ohnehin »six hours delayed« wäre. Ein großes Glück. Andere Flüge fielen ganz aus. Am Flughafen JFK ging wegen der schönen, dicken weißen Dingerchen nichts mehr, jedenfalls nicht planmäßig. Überall standen, saßen, lagen Menschen, die warteten und in die Weihnachtsbäume bissen vor Wut. Na bitte, konnte Lchen doch noch ein bisschen länger bleiben. Und sich den Flughafen mal genauer ansehen. Und um ein Haar auch Guantanamo. Und staunen, wie dünn Dicks Frau geworden war. Ja, eine schöne Bescherung rollte da auf mich zu, aber der Reihe nach…

Ich hatte Dick eigentlich versprochen, bei *Sbarro – Fresh Italian Cooking* sitzen zu bleiben. Dort hatten wir nach der Schreckensmeldung einen freien Tisch ergattert und uns auf Kosten der Lufthansa erst aus Sentimentalität eine Portion *Pasta Milano* geteilt (Milano, weißt du noch…) und danach aus Hunger jeder noch eine *New York Style Thin-Crust Pizza* verputzt. Modell *Pizza Blanca (White Pizza)* aus aktuellem Anlass, mit Ricottasauce, Mozzarella und eingelegtem Knoblauch (Dicks Frau würde Freude haben). Zum Nachtisch aßen wir jeder noch ein Stück *famous smooth, light and creamy New York-style cheesecake*. Gar nicht übel als Weihnachtsessen, hatte ich gedacht. Danach war ich viel zu träge gewesen, um auf den letzten Metern doch noch Streit zu beginnen, der Vesuv verdaute…

»Na klar, Schatz«, hatte ich deshalb einfach gesagt, »na klar, ich werde hier sitzen bleiben und warten.« Ich werde dir nicht folgen, um dann hinter einer Säule stehend zuzusehen, wie du deiner Frau ein Begrüßungsküsschen gibst (und sie aus den Schuhen fegst mit deiner Fahne). »Ich bin doch nicht verrückt«, hatte ich gelacht. »Ich würde nie alleine wieder herfinden auf diesem Riesenflughafen. Und ich fürchte, ihr würdet das kleine, dumme Lchen nicht zu ihrem Terminal zurückbringen…« Mist! »Schatz, auch noch einen *Original Italian New York-style Cappuccino*?« Das war knapp. Dick sah auf seine Hände.

Als er gegangen war, nach einem sehr traurigen Abschied, war ich tatsächlich sitzen geblieben. Ich hatte es doch versprochen, ich hatte es versprochen. Und außerdem hatte mein Schatz mir doch gerade noch dieses wunderbare Geschenk gemacht. Viel besser als die batterielose Taschenlampe zum Kurbeln, die ich gestern bei unserer vorgezogenen Bescherung bekommen hatte, damit ich nachts Licht hätte beim In-die-Büsche-Pinkeln. Nächsten Sommer beim Campen.

Es war übrigens eine sehr schöne vorgezogene Bescherung gewesen. Ich selbst hatte Dick einen feinen hellgrauen Brad-Pitt-Schal geschenkt, ganz weich. Ich hatte lange überlegt, ob ich eine andere Farbe nehmen soll. Es gab auch einen sehr schönen Schal in Kastanienbraun, aber Grau erschien mir am Ende doch besser, weil man einen Schal ja nicht als Einziges trägt (eher selten), sondern kombiniert – zum Kombinieren ist Grau am besten. Und auch gestern Abend hatten wir herrlich viel gegessen. Zu dritt fast einen ganzen Truthahn (na, doch zu viert eigentlich, Carlino hatte wieder mal für zwei gefressen, für sich und seinen Freund Curd, wahrscheinlich). Schön, schön hatten wir es gehabt.

Aber eben, kurz bevor wir uns hier bei einem amerikanischen Schnellitaliener auf dem John-F.-Kennedy-Flughafen trennen mussten für die nächsten zwei, drei Monate, hatte Dick mir, wie gesagt, noch ein viel schöneres Geschenk gemacht. Er merkte wohl, dass der Vesuv unter all dem Truthahn und der Pizza und dem Cheesecake trotzdem brodelte. So viel konnte ein Mensch doch gar nicht essen, dass so eine Sache nicht an ihm nagte. Auf Weihnachten nach Hause geschickt zu werden, Klaps auf den Po, genug gevögelt, zum Fest der Liebe fliegt Mutti ein! Und ich saß alleine da mit meiner kleinen Taschenlampe, Scheiße war das, ganz große Scheiße, verdammt noch mal! Ist doch wahr…

Dick spürte das Brodeln. Kurz vor einem Anfall wurden

angeblich meine Augen dunkler und meine Nase dünner (Käse!). Er hatte meine Hand genommen und beruhigend auf mich eingesprochen, ganz leise und sanft: »Schatz, wir können nicht zusammen leben, das wissen wir doch beide. Aber wir können doch ein bissche...«

»Quatsch, Dick!«, war ich da explodiert, »Bullshit! Was tun wir denn zig Wochen im Jahr? Was haben wir die letzten beiden Wochen getan? Natürlich können wir zusammen leben, Dick, ganz wunderbar sogar!« Danach hätte ich mir am liebsten die Zunge abgebissen, Mist, Mist, Mist, Lchen, du blöder, vollidiotischer Esel, jetzt war alles kaputt... Jetzt war es gesagt.

Aber heimlich dachte ich es schon lange. Insgeheim trug ich das schon so viele Monate mit mir rum. Natürlich konnten wir zusammen leben! Natürlich! Wenn jeder auf eigenen Beinen stünde, wenn jeder mit sich selbst und seiner Arbeit zufrieden wäre, wenn keiner sich verbiegen müsste, weil der andere ihm die Verantwortung für sein Leben *mit* auflud, dann... dann ginge es doch! Wenn Dick wenigstens *ein bisschen* Verantwortung übernehmen würde, wenigstens für sich selber, wenn wir uns die Kosten teilen würden, dann ginge es... es ginge... dann könnten wir zusammen leben... wir können... wir können... Yes, we can!

Yes, we can. Wie oft hatte ich das vor mich hingekeucht, wenn ich mittags durch den Central Park joggte. Andere Jogger hatten mir spontan zugenickt, *yes, we can*, hatten auch sie gesagt und mich überholt. Ich meine mich übrigens an einen großen farbigen Mann zu erinnern, der... na, aber das ist eine andere Geschichte. Dick allerdings hatte nicht genickt, nachdem es mir nun beim Schnellitaliener rausgerutscht war. Mein Geheimnis. Dieser Gedanke, der schon so lange in mir brodelte. Wir hatten beide auf die leeren Cheesecake-Tellerchen vor uns gestarrt, denn dazwischen, mitten auf dem Tischchen lag es jetzt, glühend heiß: Yes, we can. Wir können sehr wohl zusammen leben. Wir können.

Als Dick dann schließlich etwas sagte, dachte ich zunächst, ich hätte mich verhört. »Lchen, ich arbeite daran«, hatte er sehr leise geflüstert.

»Was?«, hatte ich geschnaubt. Immer noch wütend, aber jetzt mehr auf mich selber.

»Ich kann vielleicht bei einem Institut anfangen… ein sehr renommiertes Institut, das Kunst restauriert. Am vierten Januar habe ich ein Gespräch mit dem Professor, der es leitet… Ich denke, es wird klappen…«

Er nahm meine Hand. Eine der Kuchengabeln fiel scheppernd auf den Boden, aber wir bückten uns nicht danach.

»Lchen, ich weiß doch auch, dass es so nicht ewig weitergehen kann.« Dick sah mich eindringlich an. »Aber ich arbeite daran, ich ändere das. In Hamburg ging es nicht für mich. Alles war so neu, ich wusste nicht, wo ich anpacken muss… Aber in Amsterdam kenne ich Leute, ich weiß, wie und mit wem man reden muss, ich schaffe es, Lchen, bestimmt!« Ein kleiner, alter, chinesisch aussehender Mann trat auf die Gabel, hob sie auf und schämte sich offenbar, dass er sie verbogen hatte. »Wir werden zusammen leben«, sagte Dick. »Dreißig Jahre, Lchen, den Rest unseres Lebens. Geh noch nicht, bitte. Gib mir noch etwas Zeit…«

Das war mal eine Weihnachtsüberraschung. Hoffnung. Perspektive. Zukunft. Das schönste Geschenk der Welt.

»Alles klar«, hatte ich geflüstert.

»Ich muss jetzt los«, hatte Dick gesagt.

»Ich weiß.«

»Bitte bleib hier sitzen, Lchen, tu dir nicht selber weh…«

»Na klar, Schatz, ich werde hier sitzen bleiben und noch ein Stück *Light and Creamy New York-style cheesecake* essen.«

»Du bist zu beneiden, Schatz.«

»Ich weiß, Schatz.«

Wir hatten uns noch mal zugezwinkert, und dann war Dick ganz schnell gegangen.

Ich saß noch eine Weile da, und irgendwann, ganz plötzlich, war ich aufgestanden und losgerannt. Es war ja alles ausgeschildert, nur lesen musste man können. »Arrival«, da stand es, und da, da wieder. Bloß welches Terminal? Was hatte Dick gesagt, woher seine Frau kam? Arabien, Ägypten, Holland? Und mit welcher Fluggesellschaft? Auf jeden Fall musste ich wohl in die U-Bahn steigen und zu einem anderen Terminal fahren, manmanman… Bloß, dass ich rechtzeitig zurück war… wo… wo war ich denn jetzt gelandet, hello? Hello, excuse me, Sir, please…

Verstehe.

Ich sah mich um. Swarovski, DKNY, Bijoux Terner, schön, schön, schön, aber wo waren die Arrivals? Ich sah auch keine Schilder mehr. Panik packte mich. Ganz plötzlich. Panik, dass ich nie wieder zurückfinden würde. Mein Kopf begann zu glühen. Und meine Hände wurden eiskalt. Ah, da war ein Schild, aber es flimmerte so vor meinen Augen, ich konnte es nicht lesen… doch, lesen schon, aber irgendwer hatte die Leitung von meinen Augen nach hinten zum Gehirn gekappt… was… was… bedeuteten diese Zeichen, wie… wer… wo… Oh Gott, ich würde mein Flugzeug verpassen… ich würde nie wieder… »Can I help you, Mam?«

Dieser Mann in Uniform sah mich nicht wirklich hilfsbereit an.

»Nun…«, stammelte ich. Eher schussbereit.

»Ich ich ich… I can't find the Arrivals!« Und nennen Sie mich doch Lchen.

»You're on the wrong level, Mam«, sagte der Polizist. Mein Reden, irgendwie bin ich falsch.

»Is it far from here?«, stammelte ich. »My plane leaves in a few hours…«, nämlich.

Er warf mir einen bohrenden Blick zu. Auweia. Dann nuschelte er irgendwas in sein Walkie-Talkie… Hello, Guantanamo?! (Doch, doch, doch, ich habe es genau gehört!) »So you want to the *Departure-Level, Mam*?«, wandte er sich dann wieder an mich.

»Yes…«, sagte ich und suchte nach dem Wort für einerseits. Einerseits würde ich sehr gern zum Departure-Level. Aber nur sekundär (auch dieses Wort fiel mir nicht ein, ich war wirklich durcheinander). Primär und andererseits wollte ich erst mal zu den Arrivals, weil… weil… »I want to look my husband!«, gab ich mich auskunftsfreudig und kooperativ. »I want to look if my husband kisses his wife!« Gut, dass ich inzwischen so gut Englisch gelernt hatte. »Merry Christmas, Sir!« So, man kann nie freundlich genug sein.

Der uniformierte Mann fragte nach meinem Ausweis. Und nach meinem Ticket. »So… Mrs. Lpunkt… you're from Germany!?« Er gab mir ein Taschentuch. »From *Hamburg*!?«

Ich putzte mir artig die Nase und nickte. Ja, aus Hamburg, Herr Atta war mein Nachbar, er hat immer meine Blumen gegossen, hätte ich um ein Haar gesagt. Doch irgendeine

Notversorgung in meinem Hirn funktionierte wohl doch noch und funkte im letzten Augenblick: Lchen, keine Scherze bitte, im Moment.

»My eldest daughter is studying in Hamburg!«, strahlte der Sicherheitsmann mich jetzt an. »Hello, my name is John!«

»Hello John!«, meinen Namen kennen Sie ja schon.

John hatte mir den Weg zurück erklärt. Dann merkte er wohl, dass ich ein bisschen eingeschränkt in meiner Auffassungsgabe war, und begleitete mich lieber. »Cause it's Christmas!«, hatte er gelacht, »… come on, Lady, come on, just three hours left!« Ob wir zu den Arrivals oder zu den Departures gingen, war mir plötzlich völlig egal gewesen. John würde schon das Richtige tun, Johns taten immer das Richtige. Ich war wieder ganz ruhig gewesen, und da plötzlich sah ich sie… Mindestens zwanzig Kilo hatte sie verloren, Donnerwetter.

Sie stand bei »Runway Exklusiv« und hielt Dick gerade einen schokoladenbraunen Wollschal an – was stimmte denn mit dem hellgrauen Brad-Pitt-Schal nicht? *Was?* Brad Pitt hatte darin einen Burger für Angelina warmgehalten! Ja! Er hatte ihn für sie vom Drive-in geholt, und auf dem Rückweg war er in einen Stau geraten! Deshalb hatte der Schal diesen kleinen Fettfleck in der Mitte, aber die war beim Tragen doch sowieso im Nacken! Den Fleck sah man gar nicht! Dick betrachtete sich im Spiegel… Schatz, der Schal ist *Scheiße*! Dein Köpfchen guckt oben raus wie die Haselnuss auf einer Nougat-Praline! Plötzlich drehte er sich um. »Well, John…«, wandte ich mich meinerseits konversationssicher an John, »… how many childs have you?«

Ich dachte den ganzen Rückflug daran. Zwanzig Kilo

mindestens, mein lieber Scholli. Und der Pony stand Dicks Frau auch gar nicht mal übel. Ich verzichtete, als das Weihnachtsmenü gereicht wurde – wie die meisten der Fluggäste übrigens, die einfach schliefen. Weihnachtsmuffel. Manche hatten diese Schlafwürste, in denen ihre Köpfchen lagen wie enthauptet. Wenn sie dem Despoten zum Beweis noch mal präsentiert werden mussten. Von einem schleimigen Untertan adrett arrangiert… »Ihro Majestät, voilà, die Birne des fiesen Grafen von und zu!« Irgendwie hatte ich keine gute Laune. Ich sah aus dem Fenster, immerhin hatte ich einen Fensterplatz bekommen. Lchen, nun sei mal nicht so undankbar. Aber nachts sah man da ja auch nicht viel, ach man… Ich versuchte auch zu schlafen.

Was Carlino wohl dachte, wenn heute eine andere Frau neben Dick im Bett lag… Ob er sich auch bei ihr auf den Kopf legen würde? Wahrscheinlich. Für Fressen legte sich Carlino bei jeder auf den Kopf, und so einem hatte ich meine Puschen überlassen. Ach ja, er war eben ein Kater… Aber seinen Freund Curd würde er doch bestimmt vermissen, sicher. Die Frau in ihm hatte Curd immerhin für sein Baby gehalten, sein Baby, das vergaß man doch nicht… Das war ja das Dolle an diesen Babys, da kam nichts und niemand dazwischen, nie mehr… ach ja, Babys… Ich erklärte den Versuch, zu schlafen, mal lieber für beendet und sah mich wieder ein bisschen im Flieger um.

Manmanman, bei dieser Neonbeleuchtung konnte wirklich keine Stimmung aufkommen. Und mit dem Mützchen sah der Flugbegleiter aus wie Kardinal Ratzinger auf Polenreise. Trotzdem war das Flugzeug beinah ausgebucht. Was hatten die am Weihnachtsabend alle über dem Atlantik verloren? Hatten diese Menschen denn keine Familien? Ich jedenfalls würde nach der Landung sofort ins Auto steigen und meine Eltern besuchen. Geschenke hatte ich ja schon, ganz schöne. Eben gekauft.

John hatte mich am Terminal 1 auf dem Departure-Level abgesetzt, und ich war dann sofort durch den Security Check gegangen. Genau, wie er mir geraten hatte. Damit ich nicht noch mal »lost« ginge, wie John sich ausgedrückt hatte.

Nach dem Security-Check gab es außer dem Panini-Express nichts mehr zum Essen. Das war natürlich etwas schade, so ein zweites Stück Cheesecake hätte ich schon schön gefunden am Weihnachtsabend. Aber dafür gab es viele Shops. Bvlgari, Cartier, Estee Lauder, Salvatore Ferragamo… Man konnte sich die Zeit herrlich mit Einkaufen vertreiben. Oder zumindest mit Angucken, das meiste war ein bisschen teuer, und einen Secondhand-Laden gab es natürlich nicht. Auch keine Blumen. Mama freute sich eigentlich immer am meisten über Blumen. Wirklich!

Sie fotografierte sie sogar und klebte die Fotos in ein kleines Album. Beschriftet mit Datum, Anlass und dem Namen dessen, der sie geschenkt hatte. Auf diese Weise blieben sie ihr für immer. Aber nein, einen Blumenladen gab es dort nirgends, wer kaufte schon Blumen vorm Abflug. Mensch, Lchen, denk doch mal mit. Dicks Frau hatte Blumen in der Hand gehabt, wahrscheinlich gab es auf dem Arrival-Level viele Blumenläden. Aber da kam man nach dem Security-Check natürlich nicht mehr hin. Trotzdem hatte ich am Ende für alle Geschenke gefunden. Eine Augencreme von Clinique für Mama und Bobadilla 103 für Papa (aus dem Duty-Free-Shop, ganz günstig). Eine reduzierte Hermes-Sonnenbrille für meine Schwester (und zu Hause musste irgendwo auch noch diese Packung Thermounterwäsche für sie liegen). Für Frau D. ein kleines Mont-Blanc-Etui und für Olli, den ich unbedingt wieder mal anrufen musste, sobald ich zu Hause war, eine »NY«-Mütze für seine kahle Murmel. Es war schließlich Weihnachten.

Es war doch Weihnachten. Ich legte mein Gesicht an die Flugzeugwand. So ging es vielleicht auch ohne Schlafwurst... nein, wohl doch nicht... Curd! Curd konnte ich vielleicht nehmen. Ich holte Curd Rock aus dem Handgepäck. Mit Curdchen im Nacken würde ich schlafen können. Auch wenn seine Chucks mir ein bisschen aufs Ohr drückten. Na, wenn schon. Dann hatte er ihr eben Blumen geschenkt. Wir werden zusammen leben, hatte Dick zu mir gesagt. Dreißig Jahre, den Rest unseres Lebens. Ich arbeite dafür, hatte er gesagt. Ich sah mein Gesicht in der Spiegelung der Scheibe. Und das von Curd, der bezauberndsten Schlafwurst im ganzen Transatlantikflieger. »Fröhliche Weihnachten, mein liebes Curdchen«, sagte ich. Und als er nicht reagierte: »Sei nicht traurig. Ich bin sicher, Carlino denkt jetzt an dich.«

Zum Abschied habe ich meim Freumd Carlimo Kekschem gebackem…

Damit er mich nicht vergisst. Niemals…

Coming Home for Christmas

Ich war wohl kurz eingenickt. Als ich erwachte, dämmerte es draußen schon. Die Wolken schimmerten rot. Schatz war weg, dafür hatte sich eine fremde Frau in unser Abteil gesetzt. Sie blickte auf, als ich mir den Nacken rieb und versuchte, meinen Kopf in die Senkrechte zu bringen. Das ging nicht. Da sah sie wieder in ihr Buch und grinste breit. Gemeine Frau. Ich musterte sie grimmig. Sie hatte die Schuhe ausgezogen und ihre Füße auf den Sitz gelegt, auf dem mein Schatz eigentlich saß. Auch das noch. Ich überlegte, ob ich ihr sagen sollte, dass der Platz besetzt war. Ich beäugte ihre Füße. Sie trug hellgraue Falke-Strümpfe mit einem kleinen dunkelgrau eingestickten »R« bzw. »L« oben, etwas unterhalb des großen Onkels. Donnerwetter. Aber bei hautfarbenen Nylonstrümpfen hätte ich was gesagt.

Ich fand das gar nicht schön, wenn Menschen in Zügen ihre Füße auf die Sitze legten und die Schuhe dabei nicht anbehielten. Die Vorstellung, dass Straßenschmutz auf dem Sitz war, gefiel mir zwar auch nicht sehr, aber weit unangenehmer war mir die Vorstellung, dass Fußschweiß in den Polstern hing. Fußschweiß von Füßen in Nylon-Damenkniestrümpfen. Ich wollte nicht, dass mein Schatz sich in Fußschweiß setzen musste, auch in Damen-Fußschweiß nicht. Ich drehte mich zum Fenster.

Ich liebte dieses flache, weite Land. Besonders um diese Uhrzeit, wenn seine Konturen allmählich verwischten und alles aussah wie ein Aquarell von Tante Uschi aus dem VHS-Malkurs. Wenn man nicht mehr genau erkennen konnte, was Land und was schon Himmel war. Ganz oben, da wo definitiv Himmel war, glitzerten jetzt schon klar und hell die ersten Sternchen. Schön sah das aus. Wie oft hatte ich so aus dem Fenster gesehen. Wie oft war ich diese Strecke gefahren in den letzten Jahren. Wie oft würde ich sie wohl noch fahren. Nicht mehr so oft wahrscheinlich, ach ja… ach ja… Ich saß im Zug von Amsterdam nach Hamburg.

Ich war auch nach meinem sehr unglücklichen Heiligabend im Transatlantikflieger weiterhin mit Dick zusammengeblieben. Meine Eltern hatte ich nach der Landung dann doch nicht gleich besucht. Zurück in Hamburg freute ich mich plötzlich darauf, wieder in meinem eigenen Bett zu schlafen, in *meinem*. Ich genoss es, nicht ständig fürchten zu müssen, Flecken auf cremefarbene Teppiche zu machen. Oder dieses dämliche Engelchen beim Abstauben zu zerdeppern. Oder womöglich das komplette Zimmer zu verwüsten, wenn ich ein schiefes Bild geradehängte. Und besonders angenehm fand ich, keine Sorge mehr haben zu müssen, dass die gnädige Frau womöglich früher von der Reise kommt. Und umfällt, wenn sie ihre Küche sieht… Ich hatte es plötzlich genossen, einfach zu Hause zu sein. Etwa zehn Minuten lang.

Dick hatte ich direkt nach meiner Rückkehr eine E-Mail geschrieben. *Schatz, Hilfe! Help! SOS! Ich sterbe vor grundlosem Kummer und unberechtigter Eifersucht!* Danach hatte ich noch etwa achtzig weitere Mails geschrieben mit der Bitte, bitte, bitte anzurufen. Nur einmal, bitte. Nur ganz kurz. Als ich nichts, nichts, nichts von ihm hörte, packte mich dann doch flink wieder die Reiselust. Am zweiten Weihnachtstagmorgen lud ich meine Geschenke in den Mini und knatterte los zur Familie, *Coming Home for Christmas…* dadada dada… Nur auf die Familie war Verlass. Auch, wenn sie gerade in Urlaub war. Meine Eltern waren in der Schweiz, wie ich erfuhr, als ich sie kurz vor Bielefeld anrief, um – (»Ratet mal, wo ich bin!«) – meinen Besuch anzukündigen. Sie hatten traumhaftes Wetter. Meine Schwester und Hannes waren auf Gran Canaria, auch da war das Wetter gut. Ich fuhr dann mal wieder zurück. Eigentlich hatte ich sowieso genug mit meinem Buch zu tun. Zwischen den Jahren hatte man endlich mal Ruhe zum Schreiben... Super war das eigentlich.

Mit Dick telefonierte ich erst nach Silvester. Seine Frau hatte ein Blatt Papier auf dem Boden unterm Küchentisch gefunden, mit handgeschriebenen Notizen: *»Freibad... Dick... Blähungen...«* (Blähungen! Richtig, das war's! Meine Romanheldin sollte Blähungen haben, wenn sie ihre große Liebe kennenlernt! Beim Schwimmen...). Dieser Zettel hatte Dicks Frau irritiert. Im Badezimmer hatte außerdem ein Fläschchen »Babydream« gestanden. Das war das gute Rossmann Kinder-Öl, das ich zum Entfernen meiner wasserfesten Mascara verwendete. *»Schützt und pflegt und reinigt sanft«* stand auf dem Fläschchen. Ein in Amerika eher ungewöhnlicher Slogan. Und Carlino hatte dauernd diese Puschen durchs Apartment geschleppt. Vier Größen größer als die Damenhausschuhe im Entree und mit einem Schild von *Deichmann: 29,90*. Euro, nicht Dollar. Auch das hatte Dicks Frau irritiert.

Und so hatte sie ihn schließlich gefragt: Dick, hat die Besitzerin dieses Apartments Beziehungen nach Deutschland? Mehr nicht. Und Dick hatte geistesgegenwärtig geantwortet: Warum? Ich glaube, eine ihrer Schwestern lebt dort. Mehr nicht. Aber auch wenn seine Frau fast nichts gesagt hatte, hatte sie Dick danach auf Schritt und Tritt beobachtet. Auf Schritt und Tritt. Deshalb hatte er nicht bei mir angerufen, solange sie in der Nähe war. So hatte Dick es mir später erklärt. Absolut verständlich, wie immer.

Im Januar hatte Dick dann die Stelle bei dem Institut bekommen. Da hatten wir uns so gefreut. Aber schon nach einer Woche hatte er sich dann mit dem Professor gestritten, weil der ihm einen Fehler unterstellte, den er gar nicht gemacht hatte. Das ging ja auch nicht. Etwas später bekam er einen Job als Fahrer für einen Kunsttransport, das machte ihm eigentlich Spaß. Aber bei der vierten Tour war er unterwegs krank geworden, und danach hatten sie ihm gesagt, es gäbe im Moment nicht viel zu tun, sie würden sich melden. Das taten sie dann aber nicht. Danach hatte Dick in einer Privatschule Zeichenunterricht gegeben. Aber er war nicht beliebt bei den Schülern, sie mochten ihn nicht und er sie nicht, das hatte ja keinen Zweck.

Dann endlich hatte mein Schatz mal Glück. Er fand eine Arbeit, die ihm plötzlich wie seine Berufung erschien. In einer kleinen, aber feinen Amsterdamer Fahrradmanufaktur, die Räder in Handarbeit nach individuellen Kundenwünschen fertigte. Das war was für Dick! Und der Chef hatte richtiggehend einen Narren an ihm gefressen. Weil Dick wirklich auf ungewöhnliche Ideen kam und so geschickte Hände hatte. Und ein bisschen vielleicht auch, weil der Chef schwul war und Dick so attraktiv fand, ja nun! So geht es doch überall …

Der Chef hatte Dick eine Festanstellung versprochen. Und später vielleicht sogar eine Beteiligung! Dick blühte auf, er war morgens der Erste und abends der Letzte, er sprühte vor Energie, sparte eisern und machte Pläne. Und manchmal blätterte er sogar schon im Wohnungsteil der Zeitungen, um zu sehen, wo so die Mieten lagen in und um Amsterdam. Aber zwei Wochen vor Ende seiner Probezeit wurde seine Frau plötzlich krank. Ihr Bauch schwoll dick an, sie hatte

Schmerzen, aber im Krankenhaus fanden sie nichts. Niemand konnte ihr helfen. Sie lag Wochen zu Hause und musste gepflegt werden. Da wurde es dann nichts mit der Festanstellung für Dick. Zwischenzeitlich hatte der Chef an einem anderen einen Narren gefressen. Aber Dicks Frau war zum Glück wieder gesund.

Dafür wurde Dick selbst danach immer häufiger krank. Immer öfter plagten ihn schlimme Kopfschmerzen, später auch Probleme mit dem Magen. Ständig wurde ihm schlecht, er war müde und erschöpft, aber auch bei ihm konnten die Ärzte keine Ursache finden. »Krankheiten brauchen keine Ursache, eine Funktion reicht manchmal vollkommen«, hatte meine Schwester damals lakonisch kommentiert.« Ach, Quatsch! »Lchen, es ist derselbe Virus, den seine Frau hatte, er hält ihn in seinem alten Leben zurück, Dick will es nicht verlassen, eigentlich, unbewusst, will er das nicht!« *Eigentlich? Unbewusst?* KÄSE! Gemeines Psycho-Gedeutel! Ich verließ mich auf das, was ich sah.

Und ich sah doch, dass mein Schatz es immer wieder versuchte, dass er sich schrecklich anstrengte, ich sah das! Bei jedem neuen Job war er ganz euphorisch, Lchen, diesmal schaffe ich es, jetzt schaffen *wir* es, sagte er dann. Aber meist verlor er die Arbeit schon nach kurzer Zeit, weil er einfach zu oft ausfiel durch das viele Kranksein. Aber *gewollt* hatte er das ganz sicher nicht, schlimm war das für ihn, schrecklich, und es veränderte ihn. Er war von Mal zu Mal deprimierter.

Wir redeten dann nicht mehr von seinen Jobs. Ich stellte keine Fragen mehr. Gib mir noch Zeit, ich arbeite dafür, sagte Dick manchmal von sich aus, aber nur ganz leise zwischen zwei Küssen, wenn er spürte, dass ich traurig war.

Ich antwortete dann nicht mehr WAS, ich fragte nicht WOFÜR, ich nickte nur. Ich weiß, Schatz, ist gut, ist gut. Das wenige Geld, das Dick durch kleine Jobs verdiente, sparte er nicht mehr, sondern gab es aus, um mir Geschenke zu machen. Schokolade, Seife, Wäsche… Ich freute mich darüber, natürlich freute ich mich darüber, so was Liebes. Aber jedes Mal dachte ich auch: Geschenke sind für Geliebte…

Ostern und die ersten Maiwochen verbrachten wir im Haus der reichen Architektenwitwe in Rotterdam. Wir hatten noch einmal Ostereier zusammen angemalt und am Ostermorgen kleine Überraschungen im Haus versteckt, wir waren ganz entspannt. »Aber diesmal will ich ein bisschen mehr als Zettelchen an der Toilettenspülung!«, hatte Dick gelacht. Statt *Ik hou van jou* und *Ich will mit Dir leben* bekam Dick eine große Packung Kekse, eine Fahrradklingel und eine Badehose von mir. »Die Eierchen musst du selbst drin verstecken!«, sagte ich. Wir lachten. Und gecampt hatten wir ein paar Tage später, als es plötzlich sehr sommerlich wurde, auch noch mal. Wie abenteuerlustige Kinder schlugen wir im Garten hinter der Villa unser Zeltchen auf. Und ich hatte die kleine Taschenlampe zum Kurbeln eingeweiht, um nachts gezielt in die Büsche zu pinkeln. Das war schön. Wunderschön war das. Trotzdem, irgendwas stimmte nicht mit Dick.

Die alte Dame hatte Dick gebeten, im Bad eine Fliese auszutauschen, und dabei war ihm irgendein schweres Gerät aus der Hand gerutscht und ein Stück Emaille der alten Badewanne war abgesprungen. Dick hatte versucht, es zu reparieren, aber das klappte nicht, man sah es, es sah hässlich aus. Er sprach die ganze Zeit davon, sogar manchmal nachts im Schlaf: »De badkuip was al kapot!« (»Die Badewanne war schon kaputt!«).

Und zwei Tage später schüttelte er seine Packung »Vla Banaan met chocoladebolletjes« (Bananenflüssigpudding mit Schokoladenbällchen), die unerwartet bereits offen war, weil ich davon probiert hatte (Bananenflüssigpudding mit Schokoladenbällchen!!!), und danach musste die Küche neu gestrichen werden. In einem türkisen Farbton, der wirklich nicht leicht zu treffen war. Dabei war Dick dann in Farbe getreten, die auf die Abdeckfolie getropft war. Und mit der Farbe unter den Schuhen war er über den Perserteppich gelaufen, um den Kater der Nachbarn zu verscheuchen, der durch die offene Terrassentür in den Salon geschlichen war. Und der seine Krallen an der Chaiselonge schärfte. Der Kater floh in die Küche, lief ebenfalls durch Farbe und flitzte dann über den Teppich, den Bauhaus-Ikone Gunta Stölzl 1920 entworfen und gefertigt hatte, wieder hinaus in den Garten. Es war wie bei Loriot, nur nicht so komisch.

Und auch nachts war es nicht mehr ganz so fröhlich. Dick stand oft auf und musste brechen, das war natürlich auch für mich nicht so schön. Ein Mann, der sich übergeben muss, wenn er mit dir schläft, nein, schön war was anderes. Dicks Magen war wirklich sehr empfindlich geworden. Er vertrug die Pillchen nicht, die wir früher oft vorm Schlafengehen genommen hatten (keine Ahnung, was das war, Dick hatte sie immer besorgt, in Holland kriegste ja alles), auch das Rauchen vertrug er nicht mehr. Also ließen wir es, wir ließen es einfach, ohne dieses ganze Zeug war es doch genauso gut. »Schatz, wir brauchen das doch nicht«, sagte ich. »Nein, Schatz, natürlich nicht«, sagte Dick, »ohne ist es sogar besser, finde ich.« – »Genau! Irgendwie noch… bewusster.

Sollen wir schon ins Bett oder vielleicht noch einen Film gucken, Schatz?«

An unserem letzten Morgen in Rotterdam, im Haus der Architektenwitwe, war ich dann schon in aller Frühe aufgestanden. Dick hatte nach meinem »Hähnchen Bangkok« (seit einiger Zeit hatte ich einen Hang zum experimentellen Kochen entwickelt) eine schlimme, schlimme Nacht gehabt und schlief noch tief und fest. Ich hatte mich ganz leise angezogen, einfach die Jogginghose übers Nachthemd und Dicks dunkelblaue Seemannsjacke drüber, und war dann im ersten Morgenlicht runter zum Wilhelminapier gegangen. Ganz an die Spitze, wo vorm Hotel New York die liegengebliebenen Koffer der Auswanderer standen.

Koffer, Seesäcke und ein paar notdürftig verschnürte Kisten mit wer weiß was für Siebensachen. Sogar ein kleines Stoffhündchen, das irgendeinem Kind gehört hatte, aus dem später ein Amerikaner wurde und das heute sehr wahrscheinlich schon tot war. Aus Eisen, alles aus Eisen, auch das Stoffhündchen. Ich lehnte an Jeff Walls *Lost Luggage Depot*, an dem Dick und ich damals gestanden und in das Silvesterfeuerwerk über der Maas geschaut hatten. Dick hatte die Seemannsjacke angehabt, die ich jetzt trug, und als mir kalt wurde, hatte ich meine Hände von hinten in seine Taschen gesteckt… Ich sah blinzelnd auf die Maas, die ein paar Meter weiter Richtung Ozean plätscherte. Damals, heute, immer. Und ich probierte, ob sich eigentlich auch »Ich hab noch einen Koffer in Rotterdam« singen ließe. Nicht so gut. Es reimte sich auch nicht mit »deswegen muss ich nächstens wieder hin«. Ich summte trotzdem probehalber mal weiter, hörte ja keiner, »Die Seligkeiten vergang'ner Zeiten… sind alle noch in meinem kleinen Koffer drin.« Mist, *drin – Rot-*

terdam ging auch nicht, Rotterdam reimte sich einfach auf nichts. Ach, aber bei Marlene hätte es trotzdem schön geklungen… bestimmt…

Hier hatte die Reise begonnen damals. Hier hatte ich abgelegt und war nach Amerika aufgebrochen. Amerika… Ich lächelte. Und ich war da gewesen, ich war da gewesen, das kannste nicht anders sagen! Ich hatte in einem Apartment in Spucknähe zum Central Park gelebt. Zusammen mit meinem Schatz. Und zum ehrwürdigen Metropolitan Museum of Art konnten wir auch prima spucken. Und wir hatten sogar einen Hund gehabt. Nicht blondgelockt, und genau genommen war es auch ein Kater. Aber einen mit dem Herz eines Hundes. Und mit dem Appetit eines Hundes – unser Carlino… Ich hatte es geschafft. Ich war da gewesen. Und nun war ich wieder hier. Die Reise war zu Ende.

Als ich nach Hause kam, schlief Dick immer noch. Ich sah ihn an, er war blass, sein blondes Haar klebte an der Stirn und man sah, dass es an vielen Stellen eigentlich gar nicht mehr blond war, sondern weiß. Die letzten Monate waren schlimm gewesen für Dick. Für mich auch, wenn ich mal ganz ehrlich war. Wir mussten aufhören damit. Es musste aufhören. Oder wir mussten es akzeptieren. Entweder oder, Lchen, entweder oder.

Entweder wir akzeptierten, dass es das war, was es war, und immer bliebe. Ein… eine… gibt es ein Wort dafür? Affäre ist doch nicht richtig! Eine *lebenslange* Affäre? Eine behinderte Liebe? Eine anders begabte Liebe? Egal… Entweder wir lernten, ES zu lieben. Oder, wenn uns das aus irgendwelchen Gründen – vernünftig oder nicht – nicht gelang, wenn wir uns öfter schlecht als gut davon fühlten, dann… dann… dann… mussten wir aufhören damit. Dann mussten wir es lassen. Sonst machte es uns irgendwann krank. Es machte uns krank.

Ich hatte Dick schlafen lassen und mich an den Schreibtisch gesetzt. Um mich zu trösten und ein bisschen abzulenken, hatte ich die letzten Seiten des Buchs geschrieben. Mein erstes Buch! Nein, es war noch nicht fertig damals, noch lange nicht. Es war ja nur die allererste Fassung, die ich damals zu Ende schrieb, ich würde sie noch viele Male überarbeiten, aber eine ganze erste Fassung, immerhin! Für eine, die sonst nie über Seite zehn hinausgekommen war, gar nicht so übel, dachte ich – mein liebes Lchen, Chapeau. Und das Ende, *das Ende* des Buchs würde so bleiben, beschloss ich. Das Ende würde ich genau so lassen, wie ich es an diesem Morgen geschrieben hatte, genau so, kein Wort würde ich daran ändern, nur die Rechtschreibfehler, darüber konnte man reden…

Das Buch endete damit, dass die Heldin in einem kleinen Häuschen in Amsterdam aufwacht und einen hübschen blonden (blonden!) Mann sieht, der am Herd Milch für den Kaffee schaumig schlägt. Es endete damit, dass eine Stoffpuppe namens Curd Rock in kleinen Holzschühchen am Fenster steht, auf den Kanal blickt und überlegt, dass es vielleicht eine Option wäre, dieses Land öfter mit einem Besuch zu beehren. Es endet damit, dass die Heldin Lchen und der Held Curd Rock gemeinsam ein Zuhause gefunden haben. Das würde auf jeden Fall so bleiben. Das Buch sollte glücklich enden. Und außerdem war es die Wahrheit.

Das hatte ich wirklich geglaubt damals. An jenem Morgen, als ich zum ersten Mal in dem kleinen Häuschen am Kanal aufgewacht war, in Amsterdam, da hatte ich geglaubt, ich wäre jetzt daheim. Was man so glaubt, wenn man sich gerade verliebt hat. Und bis Weihnachten, Weihnachten im Duty-Free-Shop, Weihnachten im Transatlantikflieger, hatte ich noch Hoffnung gehabt, dass ich mich damals nicht getäuscht hatte. Doch, diese Hoffnung hatte ich eigentlich immer. Zu jeder Zeit meiner Beziehung mit dem lieben, klugen, blonden Holländer namens Dick. Ich hatte es nur nicht immer zugegeben. Aber ganz tief drinnen hatte ich immer gedacht, Lchen, wart's ab, das wird noch was. Love will find a way, dochdochdochdochdoch… jawohl.

Aber in den Wochen und Monaten nach Weihnachten war sie mir dann abhandengekommen, diese Hoffnung. Nicht schlagartig, ganz langsam war das gegangen. Begonnen hatte es wohl auf dem Flughafen. Als Sicherheitsmann John mich zurück zu meinem Terminal geleitete und als ich plötzlich Dick und seine Frau zusammen sah, wie sie bei »Runway Exklusiv« den Schal probierten. Braun stand ihm wirklich besser. Wenn man Nougatpralinen mit Nüsschen mochte. Dick hatte gestrahlt, bevor sein Lachen erstarrte und er sich plötzlich umgedreht hatte. Und die Blumen, die seine Frau in einer Hand hielt, sie waren wirklich schön gewesen. Es war, als hätte jemand durch eine unachtsame Bewegung den Stöpsel kurz aus der Badewanne gezogen und ihn dann schnell wieder draufgedrückt. Aber nicht richtig, nicht gerade, nicht dicht.

Ein kleiner Spalt war geblieben, durch den das warme Wasser der Hoffnung danach langsam ablief. Es sackte immer tiefer in den Monaten, die dann kamen. Mit jedem Job, den Dick verlor – durch eigenes Verschulden oder with a little help of his wife, durch Ungerechtigkeit oder Krankheit –, tiefer und tiefer. Und nun saß ich da. Mit nacktem Po in einer Wanne, in der nur noch eine kleine, kalte Pfütze stand. Die

Hoffnung, die ich an jenem wunderbaren Morgen, mit dem mein Buch endete, gehabt hatte, die gab es nicht mehr. Wanne leer. Zeit aufzustehen, Lchen. Komm, sonst wirst du krank. Du auch noch.

Ich hatte den Computer ausgeschaltet, nachdem ich die letzten Seiten geschrieben hatte, und mich zu Dick ins Bett gelegt. Wie lange hatten wir so gelegen? Eine Stunde, zwei, ich weiß es nicht genau. Dick schlief und ich atmete einfach nur mit ihm synchron. Wir hatten auch so viel Schönes gehabt, so viel Wunderbares. Wir waren Hand in Hand auf dem Rhein getrieben, wir hatten im Central Park Schneeflocken mit dem Mund aufgefangen, in Amsterdam waren wir nachts auf einer von Lampions geschmückten Eisbahn Schlittschuh gefahren. Mit Curd, der seine Holzschühchen trug, auf dem Eis, Holzschuhe, der kleine Spinner… das hatte ich, das würde mir niemand mehr nehmen, auch die gemeinen Pflegerinnen später nicht… ich begann leise zu summen…

Ich hab' noch einen Koffer in Amsterdam…

Deswegen leg da ich nächstens wieder an.

Na bitte…

Die Seligkeiten vergang' ner Zeiten

Sind alle noch in meinem kleinen Koffer, tadam.

So ging's, so ging's! Auch mit Rotterdam, wenn es mit Amsterdam ging, ging es auch mit Rotterdam…

Ich hab' noch einen Koffer in Rotterdam…

Mit ganz Holland eigentlich, wer braucht Reime, es ging…

Ich hab' noch einen Koffer in Holland…

»Brauchen Sie ein Taschentuch?« Die Frau mit den Buchstaben auf den Strümpfen sah mich an.

Ein was? Ein Taschentuch? Ich? Wieso?

Sie bot mir eine Packung Tempos an.

»Aber nur, wenn Sie mir versprechen, dass Sie sofort aufhören zu singen!« Sie zwinkerte freundlich.

Käsefüße vom Platz meines Liebsten, aber dalli! Wo blieb er eigentlich...

»Danke, sehr nett.«

Ich nahm ein Taschentuch und schnaubte mich. Schnauben kann man sich immer. Schnauben ist nie verkehrt. Ich sah wieder aus dem Fenster, lange konnte es nicht mehr dauern, draußen war jetzt beinahe Nacht... Hier und da sah man einen Weihnachtsbaum im Vorgarten. Und überall diese Lichterketten, Lichterketten waren schwer in Mode gekommen in den letzten Jahren. Manmanman, manche Häuser sahen aus wie ein explodierter Coca-Cola-Weihnachtsspot... Aber schön.

Ich glaube, ich hätte es nie geschafft, wenn Christian nicht gewesen wäre. Dann wäre ich bestimmt irgendwann rückfällig geworden und hätte reagiert auf Dicks tausend Mails und Briefe. »Du wirst sowieso erst drüber wegkommen, wenn ein anderer da ist«, hatte auch meine Schwester damals seufzend orakelt. Auf der Rückfahrt von Rotterdam nach Hamburg, als ich in Münster in Westfalen ausgestiegen war, um mich kompetent trösten zu lassen (das kann doch nur die eigene Familie). »Wir sind Schwestern, Lchen«, hatte sie gesagt, »du bist genauso eine Pfeife wie ich, wir brauchen immer jemanden.« So war es, so ist es. »Aber wir haben andere Qualitäten«, hatte sie gegrinst, »bestimmt.«

Natürlich hätte ich lieber erzählt, dass alles ganz anders gelaufen war. Dass ich durch das Schreiben zu mir selbst, zu innerer Ruhe, emotionaler Unabhängigkeit et cetera et cetera gefunden hätte. Das wäre chic gewesen. Dass ich mir selbst genügte, meinen Wert erkannte und außerdem den weltberühmten fliegenden Holländer* erfand. Nein. Nein, so war es nicht. Und das Goldene Rückrat, den Preis der Frauenzeitschrift Ulla für weibliche Unabhängigkeit und Stärke habe ich mir auch diesmal wieder nicht verdient, dies bleibt eine Geschichte der Pfeifen, der Schwachen. Ich glaube, ich habe nur deshalb geschafft, auf Dicks herzerweichend liebe Briefe nie mehr zu antworten, weil dann tatsächlich ein anderer kam. Sie kennen mich doch…

Ein sehr schöner, sehr lieber, sehr kluger Mann namens Christian, wie gesagt. Ein Mann, der eines Tages vor meinem Fenster gesungen hatte (doch!). Und ich hatte ihn mit Salzheringen beworfen (diesen Lakritzdingerchen). Diese *verdammten* Straßenmusiker, hatte ich gedacht. Ich hatte wirklich schlechte Laune an diesem Sommerabend. Sehr schlechte. Ein Sommerabend, an dem man herrlich hätte campen können… in einem kleinen Zelt am besten hinter den Dünen… und dann auf einem Gaskocher Nudeln mit Tomatensoße kochen… und nachts hört man das Meer… Aufhören, du Zupfbarde! Lärmbelästigung! Hier, ein Hering!

Obwohl mir schon auffiel, dass ich diesen Mann noch nie zuvor gehört hatte unter meinem Fenster auf der Straße. Und dass er im Gegensatz zu den Immigranten-Combos, die nur ein paar armselige Cent dafür wollten, dass sie schnell verschwanden, ganz großartig spielte und sogar Applaus bekam. Donnerwetter, ich selbst musste sogar weinen bei seinen Liedern, so trauriger Italo-Schmalz eben. Gerade hatte ich aufgehört damit, gerade war ich wieder ein bisschen im

---

* Der fliegende Holländer: Psycho-Reißer der Opernliteratur, in dem ein verfluchter Holländer namens Dick von einer ehemaligen Geliebten dermaßen mit Anlauf ins Gesäß getreten wird, dass … huuuuuiiiiiii. (Anm. d. Red.)

Sattel… Da! Bitteschön, Weichei! Noch ein Hering für dich!

So fing eine neue Geschichte an. Weil alle Heringe, die ich aus dem dritten Stock auf ihn abgeschossen hatte, im Essen der Kneipengäste landeten, vor denen er spielte, lud Christian mich ein, aus nächster Nähe auf ihn zu zielen. Bei einem Glas Wein. »Christian, du kannst dir die Mühe sparen«, sagte ich nach dem dritten Apfelsaft. »Ich liebe einen anderen Mann.« Und außerdem hasse ich Männer, die die Augen schließen beim Musizieren (er schloss tatsächlich die Augen, wenn er sang!). »Ich sitze hier nur mit dir, weil *er* mir so fehlt.«

»Wie heißt der Kerl?«, hatte er gefragt.

»Schatz heißt er«, antwortete ich. »Mein Schatz.«

»Schöner Name.«

»Ja, Christian ist ein Scheiß dagegen, das musst du zugeben.«

Da lachte er laut. Beim Lachen schloss er auch die Augen.

»Da hast du recht«, sagte er dann, »aber du kannst *mich* auch gern *Schatz* nennen, oder *mein Schatz*. Oder *Zupfbarde*. Oder *Weichei*. Mir ist egal, wie du mich nennst. Hauptsache, du fährst morgen mit mir ans Meer…«

»Nein«, hatte ich gesagt und ihn angelächelt, »nein… tut mir sehr leid. Ich werde nicht mit dir ans Meer fahren und ich werde dich nicht *Schatz* nennen.« (Das hatte ich übrigens tatsächlich nicht getan, bis heute nicht, am Meer waren wir noch nie gewesen und *Schatz* nannte ich ihn auch nur manchmal in Gedanken.) Danach hatte ich meine drei Apfelsaft bezahlt und war gegangen. Ich war noch längst nicht wieder im Sattel.

Ich träumte noch immer jede Nacht davon. Wir hatten in

Rotterdam auf dem Bahnhof gestanden und auf meinen Zug gewartet, Dick und ich. Bis dahin hatte ich mich gut gehalten, zwischendurch war mein Portemonnaie verschwunden gewesen, mit allen Papieren, das hatte mich ein bisschen abgelenkt von meinem Elend. Aber dann tauchte das Portemonnaie wieder auf, und als Dick sich von Curd verabschiedete, da war es so weit.

»Auf Wiedersehen, Curd!«, hatte Dick gesagt und ihn richtig fest an sich gedrückt. »Im Sommer fahren wir campen, hörst du, Curd? Und diesmal wirst du dich nicht wieder drücken. Diesmal fahren wir alle zusammen, du, ich und Lchen.« Da musste ich heulen. Da musste ich heulen wie ein Schlosshund. Dick nahm mich in den Arm, mich und Curd Rock. »Schatz, wir sehen uns doch bald, na komm, Sommer ist doch schon fast…« Ich hatte genickt. Ja, Schatz, Sommer ist schon bald. Und ich dachte, er hätte nichts gemerkt.

Aber dann war er neben dem Zug hergelaufen. Wie damals, als ich ihn zum ersten Mal besucht hatte, so lief er auch jetzt neben meinem Zug her. Dem Zug, der diesmal aber nicht ankam, sondern wegfuhr. Er wusste es. Wenn er ins Haus zurückkäme, wo er diesmal noch auf die Heimkehr der gnädigen Frau am Abend warten musste, um mit ihr den Schaden an der Badewanne und das neue Türkis in der Küche zu besprechen (aber die Flecken hatten wir zum Glück rausbekommen aus den Teppichen), dann würde er meinen Brief auf dem Tisch finden und nicht überrascht sein. Er wusste es schon.

Schatz, verzeih mir, ich kann nicht noch länger warten. Take care.

Mehr hatte ich nicht geschrieben.

Erst später, in meiner Verzweiflung, als Dick schon vorm Haus wartete, weil wir doch zum Bahnhof mussten, war ich noch mal reingelaufen, angeblich, um zu pinkeln, und hatte schnell noch etwas daruntergekritzelt:

P.S. Oder sagen wir besser so: Ich warte, aber es kann sein, dass irgendwann wer kommt, der mir beim Warten Gesellschaft leistet. Aber das heißt nichts, Schatz! Ich kann nur schlecht alleine sein. Solltest du irgendwann ein freier Mann sein, melde dich bitte, egal, wer mir Gesellschaft leistet! Ich schicke den Knallkopp sofort in die Wüste, versprochen.

Ich sah aus dem Fenster in die Dunkelheit. Und seufzte tief, es wäre ja schon schön, wenn Christian mal langsam wiederkäme. Bestimmt futterte er schon wieder, wie ich ihn kannte. Oder er hatte einen Anruf bekommen, für manche seiner Kinder war er immer erreichbar. Ich seufzte noch mal, ach ja…

»Liebeskummer?«, fragte die Frau mit den Buchstabenstrümpfen.

Ich nickte. »Nein, ich bin eigentlich sehr glücklich.«

Sie lachte.

»Vielleicht wäre das was für Sie…« Sie reichte mir ihr Buch. Ich betrachtete es, Curd sah wirklich lieb aus auf dem Bild, vierhundertmal hatte ich ihn in dieser Pose fotografiert… Curd?…… Curd???……… C U R D!!! Das war doch *Curd* da vorne auf dem Buch! Die Frau las ein Buch mit meinem Curd auf dem Titel!! Diese Frau las *mein Buch*!!! Ich hatte noch nie einen Menschen, der sich nicht durch persönliche Bekanntschaft oder Verwandtschaft dazu verpflichtet fühlte, mein Buch lesen sehen… Die Dame mit den eleganten Strümpfen war eine Leserin! Eine leibhaftige, echte, freiwillige Leserin! Ich starrte sie ungläubig an.

»Ja, die Puppe ist ein bisschen gewöhnungsbedürftig…«, sagte sie.

Gewöhnungsbedürftig? Auweia. Gut, dass Curd das nicht hörte. Er schlief in seiner braunen adidas-Tasche im Gepäcknetz, er hatte aufreibende Fotoshootings hinter sich. In den letzten Tagen hatte ich nämlich Bilder in Amsterdam und Rotterdam von ihm gemacht. Schon für die Fortsetzung des Romans…

»Meinen Sie, das Buch hilft bei Liebeskummer?«, fragte ich die nette Dame. Hechel.

»Es ist zumindest lustig«, sagte sie.

»Ach, finden Sie?« HECHEL!!!

Christian kam wieder. Die Dame nahm ihre schönen Füße von seinem Platz. Vorsichtig stellte er ein Tablett mit Kaffee, Sandwichs und Donuts auf den Klapptisch. »Du hast sicher Hunger!«, zwinkerte er mir zu. Dann faltete er seine eindrucksvollen Einmetervierundneunzig in den Sitz, legte seinen Arm um mich und küsste mich aufs Ohr. »Wie ich dich kenne, hm?«

»Schau mal, die Dame liest dieses Buch!«, strahlte ich ihn an.

»Oh, ein Buch mit einer Puppe vorne drauf!«, grinste er. Dann wandte er sich lächelnd an die nette, geschmackvolle Dame: »Und wovon handelt es?«

»Ach… von einer Frau, die sich nicht trennen kann. Obwohl der Mann offensichtlich der Falsche ist.«

Ich sah der Frau zu, wie sie in ihre Schuhe schlüpfte. Sie hatte die Strümpfe vertauscht, trotz Buchstaben…

»Eigentlich völlig idiotisch«, bemerkte sie lächelnd.

Das sagte die Richtige. Meine erste echte Leserin, und sie konnte L und R nicht auseinanderhalten, so was. Ich holte tief Luft, um ihr einen Vortrag über das Wesen der Liebe zu halten. Oder das korrekte Tragen zweier Strümpfe, das wusste ich noch nicht, das würde ich spontan entscheiden. Aber Christian kam mir zuvor.

»Möchten Sie ein Sandwich?« Er bot dieser Frau *unsere* Brote an! Hmpf. Jetzt aber nicht mit den Fettfingern das Buch wieder anfassen!

»Du auch, Lchen?«

Nein. Esst nur. Gleich bei meiner Schwester würde es noch genug zu essen geben, schließlich war Weihnachten (dieses Jahr würde meine Schwester endlich die Thermounterwäsche bekommen). Wir würden viel essen und trinken, meine Schwester und ich würden über unsere Arbeit reden, die Männer würden rauchen und über Kinder plaudern (mein Schatz war nicht nur Zupfbarde, sondern auch Musiktherapeut in der Kinderpsychiatrie, ja, ja...). Später über Nudelrezepte. Sie würden sich gut verstehen, und wir würden ihnen diese Nacht das Ehebett überlassen. Weil meine Schwester und ich uns so lange nicht gesehen hatten und im Gästebett noch Damengespräche führen wollten vorm Schlafen.

»Erzähl, wie läuft es so mit Otto von der Botenlaube*?«, würde meine Schwester fragen, blass vom Vorweihnachtsstress einer Direktorin und glänzend wie eine Apfelsine von ihrer Nachtcreme.

---

* Otto von der Botenlaube: der vierte Sohn des Grafen Poppo VI. von Henneber und ein vergleichsweise unbedeutender deutscher Minnesänger, über den meine Schwester in der Schule mal einen ihr persönlich unvergesslichen Aufsatz schreiben musste. (Anm. d. Red.)

Und ich würde sagen: »Gut, es läuft gut mit Otto von der Botenlaube.« (Meinem Schatz war schließlich egal, wie man ihn nannte.) Und es wäre die Wahrheit. Im Vergleich zu den ersten Monaten mit Dick, dem ich ja auch nur langsam Platz machte, bevor ich erfuhr, dass *ich* es eigentlich war, für die kein Platz war, lief es sogar *sehr* gut. Keine Kuhfladengefühle, keine Luca-Brasi-Attacken, das Flämmchen bekam Luft und wuchs.

Ich würde meiner Schwester erzählen, dass es schon komisch gewesen war, mit einem anderen als mit Dick durch Amsterdam zu schlendern. Über Straßen und Plätze, die Dick mir gezeigt hatte, durch die wir mit unseren klappernden Rädern gefahren waren… Ich erinnerte mich an jedes Wort, das wir gewechselt hatten. An jeden Blick, wenn er sich voller Sorge nach mir umdrehte. Hier wäre ich fast mal mit einer Straßenbahn kollidiert, hier hatten Dick und ich mal Milch und Orangensaft gekauft… Erinnerungen. Vorbei. Nun ging ein neuer Mann an meiner Seite und hielt meine Hand. Und was für einer, das muss man auch mal sagen. Was für einer! Das war doch auch was, Augen auf, Lchen, verdammt noch mal! Nicht zurückgucken, sieh hin, was für ein Glück du hast, jetzt, hier, und wie großartig sich dieser schöne neue Mann verhält!

Christian fragte nicht, wenn ich manchmal schweigsam wurde. Auch nicht, wenn ich seine Hand manchmal losließ, weil es mir wie Verrat vorkam, hier, an dieser Stelle, die Hand eines anderen zu halten. Auch nicht, wenn ich manchmal abrupt die Straßenseite wechselte, weil ich glaubte, den kleinen blonden Mann, der da auf uns zukam, zu kennen. Oder wenn Curd – statt fürs Foto zu lächeln – heulte und »Dickchem! Dickchem!« krähte. »Dickchem, wo bleibst du denn, ich bin doch hier in Amsterdam?!« (Na, aber das hörte vermutlich sowieso nur ich.) Christian fragte nicht, legte höchstens sehr vorsichtig seinen Arm um mich und sagte: »Na, Schatz, viele Gespenster unterwegs, hm?«

Und wenn ich dann nickte und wegsah, weil mir das Wasser in die Augen schoss, zog er mich ein bisschen näher zu sich und fing an, irgendwas zu summen mit seiner schönen, tiefen Stimme. Und manchmal beugte er sich dann im Gehen aus seinen Einmetervierundneunzig Höhe zu mir runter und blies mir ein bisschen warme Luft durch meine neue, heiße rote Bommelmütze in die Haare. Nur so, ohne irgendwas zu sagen. »Das hat schon Größe«, würde ich zu meiner Schwester sagen, wenn ich ihr im Gästebett von den aktuellen Entwicklungen im Fall Otto von der Botenlaube berichtete.

»Das hat Größe«, würde sie bestätigen. »Guter Mann.«

»Guter Mann. Denke ich auch.«

Und plötzlich würde ich mich fragen, ob ich ihm eigentlich schon gesagt hatte, wie gut ich ihn fand. Und wie großartig er sich verhielt. Und ich würde mir vornehmen, es gleich morgen früh zu tun, als Allererstes. Und überhaupt, wie froh ich war, dass er damals nicht aufgegeben hatte, das würde ich ihm bei der Gelegenheit auch gleich sagen. Dass er am nächsten Abend wiedergekommen war und wieder gesungen hatte. Und am übernächsten. Und am überübernächsten, obwohl es da in Strömen geregnet hatte. Ich meine, bin ich eigentlich ein Glückspilz oder bin ich ein Glückspilz? Ich würde neben meiner Schwester im Gästebett liegen und überlegen, ob ich mir vielleicht noch schnell ein Zettelchen schreiben sollte mit all den Dingen, die ich Christian am nächsten Morgen gleich als Allererstes unbedingt sa…

»Also verglichen mit dem, was du bei Dick am Anfang so erzählt hast, klingst du ziemlich glücklich«, würde meine Schwester meine Gedanken unterbrechen und sich schnaufend aufsetzen. »Für mich persönlich ziemlich langweilig, wenn ich das mal bemerken darf. Ich glaube, dann schlafe ich doch lieber bei Hannes.«

Dann würde sie mir zuzwinkern aus ihren lieben, müden, wachen Augen und in ihrem verwaschenen karierten Schlafshirt aus dem Gästebett hoppeln. Meine Schwester, ihr musste ich nichts erzählen.

Und etwas später würde Christian dann schlaftrunken angetorkelt kommen. »Deine Schwester hat mich aus dem Bett geworfen«, würde er sich beschweren. »Hannes und ich hatten es so schön gerade.«

»Das tut mir leid. Ich weiß, sie ist gemein manchmal…«

»Ich vermisse Hannes«, würde er sagen und sich an mich ranrobben, und unten würden seine Füße einen halben Meter aus dem Gästebett gucken, weil er ein wirklich großer Mann ist. »Los, tröste mich!«

Ich würde mich zu ihm drehen und nach einem kleinen Räuspern »Armer Schatz…« flüstern. Oder sogar »*Mein* armer Schatz…« Na, was man eben so flüstert. Nein, nie würde ich ihn in die Wüste schicken, nie. Ich glaube nicht…

Natürlich war es noch etwas ungewohnt. Ein Mann, der nicht schwierig ist. Ein Mann, bei dem es nicht strapaziös und herausfordernd und dramatisch ist, ihn zu lieben. Über den man ganz sicher keine lustigen traurigen Geschichten schreiben würde. Aber warum nicht? Warum eigentlich nicht?

Dass Liebe unbedingt dumm sein *muss*, hat auch niemand gesagt.

Ich hab schom mal etwas depomiert im Amsterdam…

Denn ich komme natürlich zurück… und dann ziehe ich zu meim Freumd Dick in kleim Häuschem!

Meim Freumd Carlimo wird auch dort seim…

Bestimmt…

Anette Göttlicher

Die Melonenschmugglerin

Roman

ISBN 978-3-548-26685-5
www.ullstein-buchverlage.de

Mitte 30 und endlich vom Traummann schwanger ... da muss man doch einfach glücklich sein! Nicht so Charlotte: Denn mit dem Bauch wächst auch das Chaos in ihrem Leben und vor allem in ihrem Herzen. Ist Frank wirklich der Richtige? Oder ist ihr bester Freund Tom eigentlich nicht schon lange die Liebe ihres Lebens? Sind vielleicht allein die Hormone schuld an dieser Verwirrung? Und so steht Charlotte auf einmal – in einer Lebensphase, in der doch alles klar sein sollte – mit einem Baby im Bauch zwischen zwei Männern.

»Göttlicher erzählt frech-poppig über das Durchwurschteln zwlschen zwel Männern. Entspannung pur!« *Bild.de* über *Paul darf das!*

UB512

ullstein